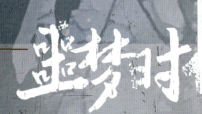

3120年，世界各地忽然爆发大量生物变异与灵异事件

而你——我的朋友，欢迎来到 **噩梦时代**

为了人类延续的希望，请在噩梦时代中注意以下几点：

事项 1： **不要相信**四季天气

事项 2： 请储存合适的食物、水和**武器**，避免成为其他人的储备粮

事项 3： 当你遭遇危险的时候，如果遇见了**蓝色短发**的小姑娘，可以试着寻求她的**帮助**

事项 4： **末日环境**下没有永远的敌人

事项 5： 当你开始发烧，这就是**激活异能**的前兆

事项 6： **三角关系**就是百分百牢固

事项 7： 前 6 点注意事项中有两点是**错误**的

签字人：＿＿＿＿＿＿＿＿   签字日期：＿＿＿＿＿＿＿

声明人：圆八彩

生命可贵，加油喔 030

黎明之上

2

仄黎 著

广东旅游出版社
GUANGDONG TRAVEL & TOURISM PRESS

中国·广州

城市被植株贯穿，
人在里面显得渺小无比。

JI MING
ZHI SHENG

E MENG

乌龟

"不是巧合,是你于万千尘埃中唤醒了我,
听见你声音的那一瞬间,我就认定你了。"

沉狱

"永远冷静,具有欺骗性……
不愧是我的母体……"

桑薛糕

这是异变体横行、
普通人艰难求生
的时代。

"坏人,离我妈妈远一点!"

噩梦时代

谢依

"我喜欢这里，这里空气潮湿，很适合蘑菇生长！"

贝采薇

"你们两个会遭报应的！"

每个不起眼的地方
都会存在
致命危险……

SHI DAI

目录

任凭盼咐的诡影雪入

神秘祭祀的柿子树村落

笼罩在规则怪谈下的仙娘子镇……

活下去——

一定要活下去。

第一章

重获新生

此时天色已黑，一群人围坐在树荫下，交错的枝叶投下的阴影像是来自另外一个世界的惊奇画卷，阴森森的，压在所有人的头顶上。

有人情不自禁地搓了一下自己的胳膊。

救援人员武威顿了一下，说："你们下去之后，我们派人去找了一位幸存的 B 大教授，她跟我们讲述了这口古井内洞穴的来历。"

武威今年三十五岁左右，是个满嘴胡楂的壮汉，但不知道为什么，他说这几句话时，神情略微有些奇怪。

"她说古井下面，原来是个防空洞。"

这话一出，顿时有人感觉到了不对。

"不能吧？防空洞里会有教室课桌？"

"那里被后期改造过。"尚嫄补充了一句。

"建校前这个防空洞就存在了，因为防空洞的位置在非建筑区，所以当时的工程队只是匆匆地将它封了起来，但没过几年，就出事了。"武威严肃道，"最开始只是几个探险的学生在防空洞内失踪，后来，防空洞内失踪的人越来越多……"

"当时的校方就专门找人在下面建造了你们看到的教室，摆放了桌椅，说是一个秘法。

"后来就再也没出过什么事……"

棕熊变异者柯伍邪就在旁边，闻言叫道："等一下！"他指指自己的伤口，"你管我这个叫没什么事？"

苏珊璃紧张道："对啊，而且我能感觉到，下面的东西很危险，它好像很想让我们去走廊深处……"

一直在旁边没说话的万俟子琅忽然开了口。

"下面那个洞穴，应该已经发生异变了。"

她这话一出，几个人顿时看了过来。

"只要是土壤，就很有可能隐藏着瘴气。在进入噩梦时代前不是什么大问题，可进入噩梦时代后，多了磁场变异，尤其是这种土壤就极容易被影响。被影响之后的土壤会发生异变，成为某些异变生物的栖息地……"

尚嫄打断了她："你怎么知道的？"

她语气虽然平稳，但不知道是不是气质使然，依然让人不自觉地有些紧张。

万俟子琅抬起了头，在跟尚嫄对视了几秒钟后，面无表情地说："看过小说吗？我是重生者。"

尚嫄无奈道："正经点！"

"好吧。我是在网上一个帖子里看到的。"万俟子琅扫了一圈周围的人，"你们之前应该见过或者听说过吧？"

她说的帖子指的是进入噩梦时代前她自己发的那个。

噩梦时代爆发前没几个人相信，但依旧有一部分人大概记得这个帖子的内容，现在她完全可以用这个帖子去解释这件事情。

"那柯伍邪……"

"这也是我要跟你们说的。"

少女盘腿坐着，几缕头发垂在耳边。

"土壤发生异变的那座防空洞似乎在孕育着什么。

"我不知道它究竟会生出什么，我只知道，在'它'即将'临盆'的时候，它会像猪笼草一样诱捕所有靠近它的生物，然后给它孕育的那个东西提供养料。"

这几句话，听得人不寒而栗。

尚嫄："那我们现在……"

万俟子琅干脆道："封井，不管里面有什么声音，都绝对不能再让它吃人。"

——否则谁也不清楚会发生什么。

刘队一行都对万俟子琅比较信任，她讲完之后几个人便互相商量了一下，没怎么犹豫，连夜封锁古井的井口。

这会儿已经是深夜了，古井的井口阴森森地立在杂乱的野草中，上面有残留的干掉的黄泥，一个正站在井边封井的救援人员忽然惊呼出声。

"井里有挖土的声音！

"有东西要出来了！"

万俟子琅抄起铁锹，一个箭步冲了过去："让开！"

她刚到井口，就听到里面传来了一道熟悉的呜咽声。

旁边的唐俊逸一个激灵："二黑？"

一只血淋淋的爪子破开了陈旧的木板和刚封上去的泥土，那条叫二黑的德牧犬一瘸一拐地从井里爬了上来，呜呜叫了两声。万俟子琅还没有来得及阻止，唐俊逸已经噭的一声张开了双臂。

"二黑！"

一人一狗抱在了一起，万俟子琅站在后面，跟尚嫄、刘队等人各对视了一眼。

肉红色的德牧犬很快就被带走检查，在做了一个简单的测试之后，军队这边的人得出了结论。

"没什么大问题。"尚嫄其实有些迟疑，但最后还是做出了决定，"可以还给唐俊逸了。"

万俟子琅："……"

"这么舍不得？"旁边的白开嗤笑了一声，说，"刘队，我有个大胆的想法。既然她这么恋恋不舍，不如就让她跟这条狗在这里守着，万一井里还有什么东西要往外跑，也好喊我们一声……"

万俟子琅："教练，我也有一个大胆的想法。"

刘队："好了，有什么大胆的想法都先别说，我再考虑考虑——"

他话还没有说完，万俟子琅就飞起一脚，直接把白开踹进了井里。

"想法已经大胆了，行动也大胆一点吧！"

白开惨叫一声，死死地抓住了井口。

井口边顿时一片混乱，一群人好不容易才把白开拉上来。

被拉上来的白开一身狼狈，手臂瞬间硬化，冲着万俟子琅就要动手："你大胆的想法就是害人吗？你有没有一点人性！"

刘队："好了，别吵了！把你的异能收回去！"

到底还是没有打起来。虽然大家起了冲突，但在安排守夜的时候，万俟子琅还是主动请缨，要求跟那条德牧犬一起住在距离井口最近的帐篷里。

刘队同意了，唐俊逸也没有说什么。

万俟子琅领着德牧犬进了帐篷里。

里面只点了一支光线微弱的蜡烛。外面阴风呼呼地吹，肉红色的德牧犬蹲在角落。它伸着舌头，黏稠的口水滴滴答答地往下滴，惊悚细长的四肢上，骨头顶起薄薄的皮肤，无声地盯着万俟子琅。

万俟子琅："……"

而这时候，帐篷的门忽然被人一把掀开。

她瞬间警觉地回过了头，却看见了一张熟悉的脸。

清秀，但一如既往的毫无警惕。

宋命题叼着一片面包，一边嚼嚼嚼一边走到了她身边，一蹲，一靠，跟她一起看着那条德牧犬："这狗好像有点饿了。"

也不知道宋命题是怎么准确无误地找到这顶帐篷的。

万俟子琅冷漠道："帐篷里好挤，你出去。"

宋命题："我可以摸摸它的舌苔吗？"

万俟子琅："你出去。"

宋命题："哦、哦，摸起来好舒服！"

万俟子琅："出去。"

"你说面包片……"宋命题嚼了一会儿，又道，"这种东西是谁发明的呢？"宋命题又嚼了一会儿，道，"即使馊了也好吃。"

万俟子琅："睡觉吧……"

帐篷不大，睡袋更少，两个人躺在一起。万俟子琅面朝上安稳地躺着，听着宋命题哼歌，哼着哼着歌声忽然就停了，然后少年凑了过来，头靠在她肩膀上，声音紧绷："你有没有发现不对劲儿？"

万俟子琅："……"

宋命题的声音又低了几分："你，我，狗。

"我们三个都在帐篷里。"

万俟子琅："别说话了。"

宋命题："算不算狗男男？"

万俟子琅："……"

她起身抬手就把他摁进了睡袋里。

在被闷了几分钟后，宋命题安静了下来——万俟子琅觉得他应该是睡着了，这才松了手，平稳地躺了下去。但她躺下之后没多久，那条德牧犬就凑了过来。

它的头离她的胸口很近，口水也越流越多……

乌龟忽然从她颈窝内探出了头，然后一爪子打在了狗鼻子上。

肉红色的德牧犬往后缩了缩，趴在了地上。

乌龟伸头看了它一眼，扭头："……"

万俟子琅："没关系，睡吧。"

乌龟："……"

"嗯。"万俟子琅闭上了眼，"明晚换我守夜，今晚的话靠你了，有什么情况的话随时喊我。"

帐篷里很快响起了平稳的呼吸声，时间一分一秒地过去，趴在地上的狗却忽然再一次抬起了头。它扭曲又细长的四肢在地上划拉了一下，隐约带起了一点尘土，然后它匍匐着慢慢凑近了万俟子琅。

它伸出舌头，贪婪地舔了舔嘴唇，充满肉腥味的喉咙内，轻微蠕动了一下，紧接着一双细白的小手就从它的喉咙里伸了出来，悄无声息地朝着万俟子琅的眼睛伸了过去。

"它"想要把这对眼珠子抠出来。

可就在它即将碰到万俟子琅的眼珠时，旁边倏然伸出了一只苍白的手，狠厉而无声地一把抓住了细长的狗脖子。

唐延玉眼睛弯着，冲它竖起了一根手指："嘘。"

那只小手嗖的一下缩了回去。

而唐延玉脸上的笑容依旧没变，他掐着狗脖子的手猛然用力，"德牧犬"的脖颈传来了清脆的一声响，男人的动作仍旧没有停顿，他直接用另外一只手硬生生插进了它的喉咙里。

"我都没有碰过她的眼，你算什么东西……"

他在狗肚子里用力地捏住了什么东西，随后一抽，直接将其拖了出来。

那是一个刚刚成形的异变幼体。

它眼睛还没有睁开，只来得及张了一下嘴，就被唐延玉囫囵塞进了自己的嘴里。那东西拼命挣扎，却根本无法逃脱，不一会儿，唐延玉肚子上被撑起来的皮肤就复了原。

他轻描淡写地擦了擦嘴边的血迹。

那条狗还活着，它趴在旁边，头几乎要埋进泥土中，一声都不敢叫。

唐延玉并不在意，他弯下腰，拨开了万俟子琅耳边的碎发，想要轻轻碰一碰她的脸。

姐姐……

下一秒，他就跟万俟子琅对视。

唐延玉面不改色，把手收了回去，脸上带着笑："晚上好。"

万俟子琅："哇哦。"

唐延玉："'哇哦'是什么意思呢？"

万俟子琅："是没有想到你还能轻轻松松地说出'晚上好'这三个字的意思。"

唐延玉微微一笑："我只是路过，结果听见你帐篷里的声音好像不太对，所以进来看看，刚才伸手也只是……"他帮万俟子琅往上拉了一下睡袋。

"怕你着凉。"

他说话慢条斯理，可这会儿只要是个正常人，就能察觉到他言行举止中的诡异——她和他什么交情，需要他来担心、来帮忙拉睡袋？

更何况……

万俟子琅的视线从他的嘴上一扫而过。

"哦，还有这个。"唐延玉感觉到了她的视线，手指按在了自己的嘴唇上，"这条狗好像从下面带上来了什么，那东西还在动，我就顺嘴吃了，你不介意吧？"

"……"

万俟子琅坐了起来——她不是只直起了腰，而是换成了以膝盖为主要支撑点的跪坐。

然后她才张开了嘴，说："不介意。但是以防万一，你要不要跟我形容一下那个东西长什么样子？"

"大概这么长，这么大。"唐延玉比画了一下，"有头有脸的，被一层白色的薄膜包裹着，还会动。如果一定要比喻的话，像是变大了的人参果。还有其他问题吗？"

"没什么问题，应该只是普通的增生异变体，但最好还是检查一下。"万俟子琅晃醒了还在睡袋里的宋命题，"帮我按一下唐延玉，我摸一下他的肚子。"

"好嘞！我很擅长按人的！"宋命题兴致勃勃，从后面搂住了唐延玉的肩膀，"是这样吗？"

万俟子琅："嗯，你做得很好——你稍微忍一下。"她后半句话是冲着唐延玉说的，后者笑着点了点头，然后在这种和谐的气氛里——

万俟子琅行云流水地掏出匕首，一刀刺入了唐延玉的腹部。

宋命题倒吸一口气："我的天，啊啊啊！"

他说完手也没松，稍一沉吟。

宋命题："这个叫什么来着？"

万俟子琅手上半点没卸力。

万俟子琅想去唐延玉的肚子里掏什么，然而还没等她有所动作，唐延玉肚子里就迅速出现一个诡异的东西，往上一冲，瞬间就从头顶冲了出去。

那东西"啪嗒"一声落在了地上，发出了一道刺耳的哭声。

万俟子琅并不恋战，在那东西落地的瞬间就抱着宋命题，一个飞扑从帐篷里滚了出去，几个翻滚之后她迅速稳住，按响了手里的警报器。

伴随着尖锐警报声穿透长夜的，还有她的喊声。

"防空洞里的东西出来了——"

周围瞬间喧闹，灯光火光也从四面八方聚了过来，一群人迅速包围了井边和帐篷。

尚嫄快步冲了过来："什么情况？！"

"防空洞内的东西藏在了德牧犬的肚子里，然后被那个吞噬异能者吃下去了。"万俟子琅有些轻微的气喘，"我不知道唐延玉有没有被控制，所以想试试能不能直接把那东西挖出来，但是被察觉了。"

她示意尚嫄等人往里看。

帐篷还撑着，里面的蜡烛未熄，一个小小的、扭曲的影子投射在了帐篷上。

它略微有些畸形，从帐篷的缝隙中能看到它全白的瞳孔和牙齿。它蜷缩在地上，发出小小的、野兽一样的哭声，而帐篷内很快也传来了轻微的、土壤被破开的声音。

帐篷外的一群人不敢轻举妄动，但在察觉到那个诡异的东西似乎趴在地上啃食着什么之后，还是有人忍不住问了出来："它在干什么？"

它在干什么？

没有人清楚。

直到下一秒，空气里响起了嘎嘣的咀嚼声。

才有人隐约猜到了什么。

"帐篷下面……是不是就是防空洞？"

万俟子琅："它在接受防空洞的哺育。"

一句话，几乎让所有人心里都冒了寒气。

防空洞能用什么来哺育这东西，大家心知肚明……它在蚕食孕育了它的"母亲"。

人群虽然还没有出现大的异动，但已经传来了窸窸窣窣的声音。

"现在跑的话……"

"不能跑。"尚嫄咬紧了牙，"这里还有上千个普通市民！"

她跟刘队对视一眼，刘队当机立断，立刻下令进行射击，瞬间硝烟四起，眨眼的工夫帐篷就被彻底打散，但是——

那东西竟然毫发无伤！

而没了帐篷的遮掩，他们也终于看清楚了那东西的全貌。

刘队后退了一步："没办法了，现在只能先撤离警察和异能者了……"

尚嫄："再让异能者试一下！这么多人，我们绝不能轻易……"

她话还没有说完，万俟子琅忽然一伸手，攥住了她的手腕。肌肤上传来了冰凉的触感，尚嫄一愣，顺着万俟子琅的目光看了过去，而她刚转头，那边就传来了一阵骨骼摩擦声。

周围安静了下来。

那东西开始扭动了。

它的骨骼在薄如蝉翼的皮肤下挣扎，然后慢慢抽长，瘦小的身形暴长，短短几秒后，它就长大了。

没有人敢动，几十个人加在一起，都只能听到沉重的呼吸声。

那是个赤身裸体的"少年"。

它踩在帐篷的废墟上，舒展了一下自己的手指，盯着骨骼分明的五指看了一会儿之后，忽然歪了歪头，脸上浮现了一抹灿烂的笑容。

它右边嘴里有一颗小小的虎牙，笑起来温柔又可爱，身材不算很高，却修长匀称，比例极好。

刘队微微抬了一下手，鼻尖上有豆大的汗珠："先不要轻举妄动，看看能不能进行交涉……"

而那少年却并不怎么关注他们，他皱了皱鼻子，忽然一伸手，纤细的手臂竟然直接穿透了土壤——然后它稍微用力，就从里面拔出来什么东西。

被他从土壤里拔出来的东西还在挣扎，它长到恐怖的四肢在空中舞动，一张脸犹如麻风病人。少年却浑不在意，掐着它的脖子咬了上去。

嘎嘣，嘎嘣，嘎嘣。

连骨头渣滓都没有剩。

那少年终于吃完，然后胡乱擦了擦手，忽然转头看了过来，冲他们灿烂一笑。

依然是一笑露出一颗小虎牙。

然而没有人能跟少年一样笑出来，所有人的心底，都不由自主地冒出了一股寒气。

尚嫄轻声道："这究竟是什么东西……"

刘队："不知道，我只知道一件事……"

感觉到少年的目光，刘队的小腿肚子都一抽一抽地疼，他精神紧绷，呼吸越来越粗。

"那是防空洞里的异变体，就是之前往走廊深处引人的那个，从某种理论上来说……"刘队吞下了一口口水，"那是它亲妈，亲妈都能毫不犹豫地吃下去，我们这种路人……"

另一个救援人员问："那现在怎么办？跑，还是……"

他们嘴唇嚅动，警惕而谨慎地交流着。

那个少年朝着这边走了一步，白皙的脚掌踩碎了一根干枯的树枝。

咔嚓——

旁边的柯伍邪终于受不了这种压抑而紧绷的气氛，他怒吼一声，身形暴长，脚底多了一头巨熊的影子，整个人瞬间变大了三倍。

他朝着少年扑了过去，奔跑起来地面都在颤抖。

他抬起了厚重的手掌，一巴掌就拍了下去。之前基地做过力量实验，在召唤熊影的情况下，他的掌力堪比大型棕熊，但那少年只是歪了一下头，然后抬起了白皙娇弱的手轻轻一抓，就握住了柯伍邪的手。

少年像是玩游戏一样，又轻轻松松往地下一掰，柯伍邪立刻发出了一声惨叫。而还没有等人看清，他就单手扣住了柯伍邪的头，一个翻身，把柯伍邪按下去的同时，骑在了他的身上。

尘埃四起中，少年有些天真地看了一眼柯伍邪的后脑勺，然后用漂亮的手指对准了熊的头——

刘队一个激灵："不要——不要！手下留情！有什么话好好说！你想要什么我们都可以给！"

少年充耳不闻，依然恶劣地在柯伍邪后脑勺上比画着。它好像忽然想到了什么，然后停了下来，偏头问："真的，什么都可以给？"

刘队一看可以商量，立刻坚定道："只要你别伤害他！"

少年稍稍思考，露出乖顺灿烂的微笑，小虎牙可爱得要死："好，那我们一言为定哦。"

虽然是恐惧远大于信任，但现在也没有办法不相信那个少年。

军方迅速行动了起来，很快送来了热水、衣服、鞋子……旁边一直有持枪的人在监视着。

那少年倒是很顺从的样子，乖乖伸出手，让人给他套上了衣服，宽大的白衬衣包裹住了他的身体，他的态度居然非常平和。

军方很快就把少年接到了最大的帐篷里。

万俟子琅目送他离开，看着剩下的救援人员疏散人群。虽然刚才情况有些凶险，但并没有死人，周围的气氛称得上轻松。

万俟子琅："……"

乌龟："……"

万俟子琅："是我的错觉吗？"

乌龟："……"

万俟子琅："你也感觉到了？那个从唐延玉肚子里爬出来的人，目光好像有点不太对。"

帐篷里，少年坐在中间，玩着宽大的袖子，旁边坐着一群手持武器的救援人员。

刘队走了进来，在偏外侧的地方压低声音问了一句："棕熊变异者的情况怎么样了？"

尚嫄："伤倒是不重，但是心里有些受伤。"

刘队干咳了一声，往前走了一步，声音谨慎："我们继续……"

少年眼睛瞬间就亮了，笑得阳光又天真："你们真的能保证，我想要什么都可以给？"

刘队："只要是我们有的……"

少年声音清脆，打断了他："我想要一个人。"

刘队："柯伍邪我们是不能给的，你想要他的命的话我们不会答应。如果你不想要他的命的话，那我不知道你有没有听说过一句话，叫强扭的瓜不甜……"

"不、不是他。"提起柯伍邪，少年有些不耐烦地皱了皱脸，"他很正常。"

刘队："……"

"那你是想要……"

少年站了起来——旁边救援人员的枪保险栓早就拉开了，他动的瞬间，几乎所有人都跟着动了。而那少年就好像没有察觉到他们的动作，伸出了细白的手指，指向了一个方向。

"我要那个，跟我在一顶帐篷里待过的人。"

刘队跟几个救援人员交换了一下眼色，几乎是毫不迟疑地答应了下来。

尚嫄："……"

她抿了抿嘴。

得到了允诺，那少年心情明显好了很多，然后眼睛弯了一下。

"对了，我还没有做过自我介绍吧？"

刘队腹诽道："刚从娘胎里爬出来，是要来跟我们介绍一下羊水甜不甜吗？"

但是这话他肯定也没胆子说。

所幸那少年似乎也并不是想说给他们听的。

"我有名字的。"少年轻轻舔了舔小虎牙，长长的睫毛像是藏着整个春天的花，连声音里都带着香甜的气息。

"我叫燕归。

"似曾相识燕归来的，燕归。"

片刻后。

尚嫄犹豫了很久，才在万俟子琅的帐篷外轻咳了一声。

在得到允许之后，她掀开了帐篷门。

分发下去的帐篷都不大，里面也只够容纳几个人，万俟子琅正盘腿坐在里面给自己上药。

她抬着一条手臂，另外一只手上拿着棉签，也没点，就直接一扫，几秒的工夫直接解决，然后抬起了头："有事情吗？"

尚嫄略微迟疑，道："你能去那边一趟吗？"

万俟子琅："怎么了？"

尚嫄："就是那个差点杀了柯伍邪的人，他想要之前跟他一起待在帐篷里的人……"

她有些难以启齿。

万俟子琅却冷静地"哦"了一声，掐了一把旁边睡得正香的宋命题的屁股，后者一个激灵，瞬间清醒了："怎么了？上次那个异变体又来了啊？！"

万俟子琅："不是，那边那顶帐篷里有人找你。"

尚嫄感觉有点不太对："等一下，他好像……"

万俟子琅："那边说要一起在帐篷里待过的人，没具体说要谁吧？说出来你可能不信哦，我其实还有另外两个人选。"

她伸出手，给尚嫄看她手里的乌龟："你一起带过去也行，至于那条德牧犬，就不归我管了，刚才打完它就去找它的主人了。"

尚嫄："……"

说话的工夫，宋命题已经把衣服穿好了，兴致勃勃地问："男的找我还是女的找我？"

"男的。"万俟子琅平静道，"身材很好的那种。"

宋命题瞬间兴奋了起来，撩起帐篷门就走了出去。尚嫄稍微迟疑，深深地看了万俟子琅一眼，然后也跟着走了。

他们的身影消失之后，万俟子琅就地把乌龟一放，说："那个人是冲我来的，这里不能久留。"

"你在这里等着宋命题，等他回来，你就跟他说，十分钟后去 B 大北墙等我，我们开车离开这里。"

乌龟："……"

它默默伸出了爪爪，意思是要跟她一起走。万俟子琅也看懂了，而"幸运"的是她从来不管它的意思，二话没说一转头，两秒不到，人就不见了。

乌龟："……"

它往外走了两步，然后停在了原地。

它又走了两步。

乌龟缓慢前进的时候，万俟子琅已经冲到了北墙那边。

进入噩梦时代前，天气变化无常甚至异常极端，但 1 月 1 日之后，气温就会渐渐恢复正常，只是夏天会比以前更炎热，冬天则会更寒冷，眼下这会儿虽然也寒风凛冽，但还没有到最冷的那个时间点。

万俟子琅左右看了几眼，然后后退几步，一个助跑，轻松地攀着冰冷的砖墙跃了上去。

然而就在她想往外跳的时候，脚腕却忽然被重重一捏。

万俟子琅："……"

她跨坐在墙上，墙的左右各垂着一条腿，左边的那条空空荡荡，右边的那条比较"有艳福"，被少年抓了个正着。

那少年身上套了件白衬衫，倒也不觉得冷的样子，笑意盈盈，脸上一派天真："姐姐，你要去哪里？"

万俟子琅面无表情："乌龟调皮跑不见了，我去找找。"

"你的小乌龟呀。"燕归仰了一下头，笑着说，"我刚才见到了，它还在你的帐篷里，你回去就能看到它。"

"哦，那真是太好了。"万俟子琅抽了一下腿，"你松手，我这就跳下来。"

燕归却动也没有动，只是仰头，弯着双眼，漂亮得像女孩般的脸上带着笑，从万俟子琅的角度看过去，甚至能看见他露出来的锁骨。

"你真的会跳下来吗？姐姐，你好像认出我了。"

万俟子琅稍微停顿，然后说："唐延玉？"

在她说出这三个字的瞬间，少年从内至外都迸发出了兴奋的情绪。

他舔了舔鲜红的嘴唇，说："嗯！"

随后他脸上笑意扩大了几分："怎么认出来的？"

万俟子琅沉默一瞬，随后才回答了他："因为你的眼睛，这种目光太明显了。"

这东西想吃了她。

这种恨不得把她剥皮拆骨、嚼碎了咽下去的目光。

她攥紧了手里的匕首，冷声说："别的我都可以不在意，可但凡是想要觊觎我性命的人，我都不会手下留情。你要是饿了，那就去吃别的东西，别来纠缠我。"

燕归没有说话，却忽然松开了手。万俟子琅立刻把腿收了回来，半蹲在墙头。

她手心里有点汗水。

不是她不想杀了这个东西，而是她清楚地知道，她暂时不是它的对手——这种东西心思阴晴不定，虽然嘴上乖乖地喊着姐姐，但她如果真的动手……

燕归："姐姐。"

万俟子琅猫着腰，低头看去，恰好跟他对视。

少年白净的脸上带着一点泥土，语气乖巧而天真："姐姐，现在最好不要出去哦……"

万俟子琅理都没理他，转身跳到了墙外。

她轻松落了地，正准备从空间里调车，就忽然发现不远处的墙边站着一个人。

此人身材修长，头发洁白似雪，脸上戴着那张可怖的铁质面具，正在阴森森地盯着她。

沉狱："我，找到你了，母体。"

万俟子琅："……"

她毫不迟疑，立刻翻了回去，墙下燕归笑眯眯地一伸手，刚好接住了她。

"你回来啦？"

"嗯。"万俟子琅站定，友善地跟他握了握手，道，"我想通了，B大环境优美，人杰地灵，留在这里是我的幸运。"

燕归立刻反手抓了回去，却并不是握手，而是撒娇一样地晃了晃，道："那我们回帐篷那边？"

万俟子琅其实抱了一些祸水东引的想法，但不知道为什么，她回来之后，外面那东西却没有要追来的意思。

万俟子琅：“……”

这些事情已经超出她的认知范围了，她没有办法继续探究，而是任由燕归牵着她往里走。

但她始终保持着警惕。

外面是有异变体没错，但里面这个东西也不安全。它竟然能震慑住外面那个异变体。而且……她记得这少年吞吃了孕育他的防空洞时的样子。

或许下一刻，少年就会忽然翻脸，剥去她的皮，把她吞吃入腹……

两个人手牵手，万俟子琅满脑子都是那个画面，她身边的少年笑容甜蜜，还知道歪头往她面前凑：“姐姐，你喜欢我的脸吗？”

他露出了可爱的小虎牙。

“我记得你说过你喜欢好看的人，所以我在‘长大’的时候捏出了这个长相，你要摸一下吗？”

万俟子琅眼皮都没抬一下：“还行吧，感觉是挺好看的。”

燕归脸上的笑容瞬间就消失了：“你不喜欢。”

“不是你的问题，每个人的审美都不一样。”万俟子琅平静地说道，“不是所有人都能长成龟龟那个样子的。圆头，福气大，绿色的肌肤说明身体健康，绿豆眼中闪烁着动人的光泽。

“虽然不知道为什么总是会变大变丑，但龟龟的长相已经不是一般人能比的。”

“……”燕归沉默了一下，没说话。

他把万俟子琅送回了帐篷里，扒拉着窗帘，跟她说了晚安。

临走前他还蹭了蹭她的手，声音甜腻，模样温顺地跟她撒娇，说：“姐姐，明天早上我可以看到你吗？”

“放心好了，你会的。”万俟子琅摸了摸他的头，“晚安。”

少年离开很久，她才坐了下来，然后晃醒了不知道什么时候回来并且睡着了的宋命题，又顺手从他衣服里掏出了她的乌龟。

燕归回到了帐篷。

从他站在帐篷附近到进入帐篷内，里面一直都很安静，救援人员井然有序，都在忙着各自手里的工作。

"……"燕归玩着手上的纽扣，笑眯眯地说道，"我的听力范围涵盖了整座 B 大。"

他此话一出，帐篷内气氛骤然变得紧张。

燕归倒是不怎么在意，施施然地坐了下来："不过我不介意你们讨论我的事情啦，下次有什么事情直接当着我的面说就好了，我不介意的。"

少年的态度太平和了，几个人都有些惊疑不定，一旁的白开转了转眼珠子，忽然小声说道："万俟子琅是不是不愿意？"

燕归抬起了头。

白开愤慨道："她也太自私了，既然享受了超出普通人的待遇，就该为了保护人民献身！不然就现在这个环境，她凭什么享受帐篷、热水、食物这一类的物资？"

燕归托着腮："还有吗？"

刘队连忙拦了一下："没了、没了……"

"我问你了吗？"燕归笑着问。

刘队："……"

他立刻闭上了嘴。

燕归看向白开，笑着问："那么你觉得，我应该怎么对她呢？"

白开眼珠子转了转，和万俟子琅从孙家小学就开始累积的矛盾一股脑地占据了她的大脑，恶意几乎毫不掩饰地发泄了出来："强迫她！不行就绑起来打，打到她愿意为止！"

燕归认认真真地想了想，肯定道："我也这么想过，把她绑起来什么的。还有吗？"

气氛看上去没有什么不对劲儿，但是周围一群人连大气都不敢喘。

白开倒是浑然未觉，只顾自己说得兴奋，说到一半的时候，却忽然看见燕归站了起来，冲着她露出略带羞涩的笑容："说了这么久，我有点饿了，你可以让我咬一口吗？"

十分钟后。

燕归整理了一下衣服，乖巧地跟帐篷里的人说了声要出去喝点水，然后就溜溜达达地走了。

但即使他离开了，帐篷内也没有人说话。

就算噩梦时代到来后见多了各种变异和磁场变化，但救援人员也被这种场景给震惊到说不出话来。

过了好久，刘队才道："可以跟他合作，但是如果能摆脱的话，最好还是尽快摆脱。"

柯伍邪结巴了一下："他、他会不会吃上瘾啊？下一个该不会是我吧？小熊饼干，听起来还挺好吃的！"

尚嫄在旁边冷冷道："真要算起来你也不是什么小熊饼干，小熊饼干可不会爆浆。"

柯伍邪："……"

柯伍邪欲哭无泪，可惜这对尚嫄半点用都没有。她沉思了一下，满脑子都是万俟子琅。

"要是能想办法提醒一下她，让她赶紧跑就好了……"

与此同时，燕归正盘腿坐在地上。

他面前的油灯被风吹得忽明忽灭，跟外面负责看守他的人抖得一样好看。

他嘴里哼着调子奇怪的歌，期待着明天和万俟子琅的见面。

但哼着哼着，歌声忽然停了。

少年抬起了头，看向了某个方向，笑容消失了一瞬，下一秒，却又灿烂了起来。

另一边，万俟子琅拉着宋命题上了墙头，发现那只异变体不在之后，就从空间里取出了那辆中型卡车。

宋命题打了个哈欠，爬到了后面，抱住了座位上的毯子，用脸蹭了蹭："好软啊。"

万俟子琅："是我之前放上去的，你先睡一会儿，清醒后帮我看路。"

宋命题："我们不直接回家吗？"

万俟子琅："不，先在周边绕几圈。"

那东西的嗅觉太灵敏，他们直接回去的话，说不定会跟上来。

她启动了卡车，抓紧方向盘踩下了油门，随机选择了一个方向，朝着那边开了过去。在市区逛了大半个小时之后，他们行驶到了郊区，停在了一家加油站前面。

这里临近深山，人烟稀少，变异的动物也没有多少，只服务站里有两个晃荡的异变体，也被她轻松解决了。

宋命题被她留在了车上看车，她孤身一人，头上顶着乌龟，一边跟它聊一边皱了一下眉。

"你是说听到救援人员说，那个东西自我介绍叫燕归？"

乌龟："……"

万俟子琅："我知道了。"

乌龟："……"

万俟子琅："不回去。"

乌龟扬了一下头。

"没有什么为什么。我知道事情不会这么凑巧，同样的名字，还有刻意的接近，燕归……那东西确实有可能就是当时的箱。"万俟子琅想到了那个小小的、死在她怀里的东西，稍微沉默了一下，再抬眼的时候，目光里已经半点波澜都没有了，"但是那跟我没有关系。我跟箱的缘分，在我埋葬它之后就已经结束了。"

一艘破船，久经风霜，被敲敲打打很多年，上了不少补丁，十几年后补丁船上所有的木板都已经被替换过一次了，这时候，这艘船还是原来的船吗？

人也是一样的。

一个器官坏了就换掉，几年后全身的器官全部被换了一次，那么这个人，还算是原来的人吗？

更何况……好像还有一个更奇怪的地方。

万俟子琅稍微沉思，就把这个念头压了下去。

她在加油站里搞了一点汽油，准备用汽油遮掩一下卡车上的味道，临走之前在旁边放置了一些物资以供后来者捡。

她走回去的时候往车子里看了一眼，第一眼很正常，宋命题坐在副驾驶座上，冲着她招手，第二眼再看过去，心就直接凉了一半。

因为就这一会儿的工夫，宋命题已经招完手，从后座上掏出来了另外一个人。

黑色头发，小虎牙，乖乖巧巧。

宋命题："兄弟你看！"

燕归："姐姐！"

万俟子琅看了一眼燕归跟宋命题拉在一起的手："下车聊。"

燕归倒也没说什么，笑眯眯地就下了车，然后当着万俟子琅的面，一拳砸在了卡车上。

随着一声巨响，整个车身都被砸得晃动了一下，坚硬的铁皮甚至直接凹陷进去了一大块。

万俟子琅："我的车……"

"解释一下吧，姐姐。"小少年背着手，语气虽然依然温和，却平白让人觉得悚然。

"我们前脚刚说了晚安，后脚你就要走，现在我站在你面前了，你还有一次机会。"

万俟子琅面无表情："我要是说只是出来上个厕所，你会信吗？"

"好理由。"燕归给她鼓了个掌，猩红的舌尖在尖锐的虎牙上一扫，"看在这个理由的分儿上，我会给宋命题留出写遗言的时间。"

万俟子琅："我看出来了，你现在的能力是几个人的融合，但最多相当于一个三级变异者吧？"

燕归："然后？"

万俟子琅："如果真的动手，我不一定能杀了你，但我能保证，一定会让你付出代价，所以不如打个商量……"

她举起了自己的右手。

燕归瞬间想到了当年他在唐延玉的书房里看到的各种资料，但还没等他把那些资料展开一点，就听见万俟子琅一字一顿道："你离我远一点，我把我的右手剁下来给你，你可以拿去填饱肚子。"

燕归沉默，然后道："姐姐，我想要的不是这个。"

万俟子琅皱眉道："你别太贪心，我不可能给你两只手。右手已经是常用手了。"

燕归："……"

她的意思好像是想让他夸一下她很大方。

万俟子琅见他没说话，补充道："手不够的话，我还有一只乌龟，我可以把它煮熟了再给你。"

她头顶上的乌龟缓缓伸了一下头。

可惜在场的两个人显然都不怎么在意它。燕归叹了口气，微微踮了一下脚，用鼻尖隔空蹭了蹭万俟子琅的发丝，道："我不要你的手，我只有一个要求——"

"让我留在你身边。"

吞吃，咀嚼，融为一体，是他的本能，也是他潜意识中最安全的储存方式。

可是……

他嗅了嗅万俟子琅头发上的味道。因为奔波许久，万俟子琅已经有段时间没洗澡了，那发丝的味道并不好闻，机油味、灰尘味、腐烂的血肉味……却也是活着的味道。

不知道为什么，或者说没有为什么，他想要活着的姐姐。

"……"

万俟子琅倒是没有犹豫太久，很快就做出了决定。

她已经证实过，以她目前的手段，她没有办法摆脱掉这个叫"燕归"的东西，跟他纠缠下去只会浪费时间和精力，产生更大的风险。

所以她选择了同意，冲着他伸出了一只手。燕归一愣，随后展颜一笑，抬手握住了她的手。

万俟子琅："……"

其实她不是这个意思，但既然已经握上去了，问题也不是很大。反而是乌龟伸头看了看他们交握的手，又谴责地看了一眼万俟子琅。

万俟子琅当作没看见，燕归倒是冲着乌龟露出了乖巧和善的笑容："你知道吗，我也可以变成乌龟的样子哦。"

然后他又补充了一句——

"跟你一模一样的那种。"

乌龟："……"

"存在的。"燕归半点都没有停顿，"这个世界上存在很多一模一样的乌龟，你并不是独一无二的，别给自己脸上贴金了。"

乌龟："……"

万俟子琅："别听他胡说，你就是独一无二的。"

乌龟伸出爪爪，默默扒拉万俟子琅的脑袋。

上车之后，万俟子琅简单做了个介绍，宋命题对忽然出现的燕归接受程度很高，似乎刚才那一会儿就被燕归哄得非常开心。两个人在后面聊得亲亲热热，没一会儿宋命题就被哄睡了。

虽然绕了一大圈路，但万俟子琅还记得方向，她踩着油门，上了公路，只要沿着这条路行驶，天亮之前就能离开这片山林。

只是现在临近深夜，夜幕中树木高耸入云，公路崎岖不平，周围除了卡车行驶的声音外，其他什么声音都没有，深山里的气氛莫名有些阴森诡异。唯一比较让人欣慰的是车子的玻璃都是双层加厚的，虽然外面寒风凛冽，里面还是温暖的。

但开着开着，万俟子琅忽然一顿，握着方向盘的手猛然收紧："先别睡了，看前面！"

宋命题一个翻身坐了起来："那是什么？车子？好像还有人？"

寂静的公路上，不远处出现了一幅让人毛骨悚然的凄惨场景。

满地都是血。

一辆巨大的卡车横躺在地上，一个看上去只有二十岁出头的女孩子满脸都是泪痕，正在拼命地挥着手。万俟子琅错开了那辆卡车后踩下了刹车，而他们的车子刚刚停稳，那女孩子就着急地冲了上来，用力抓住了车外的铁栏杆，惊恐道："开门！快点开门让我上去！再不离开这里，它们就要来了！"

它们？

万俟子琅一眯眼，但为了保险起见，她没有直接放人进驾驶室，而是打开了车厢处的铁栏杆，让那女孩子进入了后面的车厢里。

宋命题从连接处的小洞里给她塞过去一杯热水和一条小毯子。车厢和驾驶室中间有一面不小的玻璃，从他们这边可以轻松看到后面。

　　那女孩子裹着毯子坐在车厢里瑟瑟发抖，一副受惊过度的样子，只喃喃重复着一句话："快点开车，离开这里，小心它们……"

　　宋命题："你怎么一个人在公路上？是翻车了吗？"

　　那女孩子抽噎了一声，抬起了挂满泪水的脸。

　　"我叫易二三，灾难爆发之后，我跟我男朋友在家里躲了很久。

　　"一开始不出门还好，但是渐渐地，家里的食物就不够了，周围好像变得越来越危险。所以几天前的深夜，我们决定驾驶卡车离开狸熊市，去隔壁青红市寻找幸存的亲人……"

第
二
章

为虎
作伥

卡车行驶进森林之后，天色就暗了下来。这片山区植物变异得不严重，虽然公路被顶得全是裂痕，但还可以走车。

易二三坐在副驾驶座上，往外看了几眼。密集的灌木丛里一片漆黑，只偶尔有什么东西经过，空荡荡的公路上只有他们这一辆车。以防万一，他们没有开大灯，车速也不敢提太快。她搓了一下手臂上的鸡皮疙瘩，小声问："还有多久才能离开这里啊？"

她男朋友叫冷季，是个开大车的司机："别着急，这片山区很大，最快也得天亮之前才能离开。"

易二三抱怨道："为什么一定要走深山老林啊，你就不怕有什么变异的植物和野兽？"

"我也不想走这边的。"冷季心里多少也有些发毛，"但是我们大车司机群里说，这是通往青红市最安全的路。"

易二三："真的假的？"

"真的。"冷季抬了一下下巴，"不信你自己看，他们还在群里聊天呢。"

自从噩梦时代到来后，信号就变得断断续续的，有些地方通信直接断了，但是他们这边运气比较好，偶尔还能收到信息。这个群原来是被冷季屏蔽的，但是后来他无意中发现里面还有不少幸存者，群内成员还会时不时地进行信息交换，也就把群消息提示给打开了。

易二三拿过了他的手机，发现群内确实有人在聊天。

卡车司机陈姜：青红市那边比较安全？真的假的？

卡车司机陆泽：真的。

卡车司机宋淳：真的。

卡车司机陈姜：你们还给指了路，确定这条路比较安全？好像有人说那座山里有老虎……

卡车司机陆泽：假的，我没遇到。

卡车司机宋淳：假的，我也没遇到。

卡车司机陈姜：那就好，我信你们，狸熊市我不准备待了，今晚我就从这条路开去青红市，争取早日跟你们会合。

卡车司机陆泽：等你。

卡车司机宋淳：等你。

…………

这些信息都是前几天的，易二三又往下滑了滑，发现陈姜发完消息后的十几个小时都没再说过话，前不久才忽然在群里发了条消息。

卡车司机陈姜：我到青红市了，那条路确实很安全。

卡车司机陈姜：没有老虎。

看上去陈姜确实是通过这条路安全抵达了青红市。

易二三松了一口气，放下了手机。这会儿他们已经驶入了深山，周围的光线又暗沉了几分，树叶簌簌乱动，透着一股难以言喻的诡异感。

冷季："宝贝，你先睡一会儿吧，有事我喊你。"

易二三应了一声，然后睡了过去。

这段时间精神高度紧绷，她确实累得很，这一觉睡得昏昏沉沉，而就在她睡得正香时，却忽然被喊醒了。

冷季："快醒醒，你帮我看一眼。"他一只手抓着方向盘，另外一只手推着她的肩膀，声音有些紧张，"前面侧翻的卡车旁是不是有个女人？女人的手里还牵着两个小孩，在冲我们招手……"

前面的公路上，有一辆侧翻的卡车和三个模糊的人影。

一高两矮，高的那个抬着一只手，缓慢地冲他们摇着。

冷季跟易二三对视了一眼，两个人都没怎么犹豫。

冷季："现在自身难保，也顾不上别人了，我没减车速，他们也刚好站在路边，直接开过去就好了……我的天！"

在卡车靠近他们的瞬间，那个女人忽然伸出手，把一个小孩推了出去。那小孩猝不及防地跟跄几步，瞬间被卷入了车轮下面。车下传来了让人毛骨悚然的嘎嘣声，冷季下意识地想要踩刹车，却被易二三一把拦住。

"别停……别停下！这是故意碰瓷的！他们绝对有后手！"

冷季："可是……"

卡车没有停，直接行驶了过去，很快就把那个女人甩在了后面。透过后视镜，车子上的两个人清晰地看到了，车胎驶过处拖出来了一条长长的痕迹。

而易二三忽然惊呼了一声："冷季……冷季你看后视镜！"

她说的不是那条痕迹，而是那个女人——她还站在后面，目光阴冷地看着远去的卡车，而她身后的草丛里，忽然又钻出来了十几个半人高的身影……

易二三咬牙道："果然是碰瓷的！她就是想借孩子让我们停车，然后抢走我们的物资！"

冷季："可毕竟，那是一条人命啊……"

易二三："……"

冷季："宝贝？"

易二三疑惑道："你有没有感觉不太对？"她又回头看了几眼，但是那个女人和那十几个半人高的身影都已经看不到了，"那些孩子，怎么好像身高都一样？"

十月怀胎，就算是早产，最快也要七八个月才能生一个孩子出来。那十几个小孩，最大的和最小的年龄应该差上十几岁，正常来说应该是有高有矮的……

冷季："可能不是一个妈生的吧？"

两个人都有些心惊胆战，但毕竟已经过去了，噩梦时代中发生什么事都很正常，所以在一阵惶恐之后，车厢里的气氛也渐渐平静了下来。

冷季继续开着车，易二三也睡不着了，抽空看了一眼手机，发现那个司机群居然还在聊天。她随口道："你们这个群还挺活跃。"

冷季："原来有一二百个人，现在只剩下三四个了。他们在聊什么？"

易二三："我正在看，前面就还是在说那条路上什么危险都没有，后面的话……"

她刷到了某条信息，心里忽然一紧。

卡车司机陈姜：那条路……唉，你们如果要走那条路，一定要小心，千万别撞人。

易二三："……"

她的手指不由自主地往下一滑。

卡车司机陆泽：你撞人了？

卡车司机陈姜：撞了一个女人带着的小孩，我怕他们抢我物资，就没有停，直接开走了。

卡车司机陆泽：后来呢？

卡车司机陈姜：后来我遇到了很奇怪的事情，差一点就死了。

奇怪的事情？

易二三飞快地扫完这几段，发现他们后面没有再说话了，便急忙追问了一句。

卡车司机冷季：什么奇怪的事情？

她等了一会儿，那个叫陈姜的卡车司机才回答了她。

卡车司机陈姜：先是车上出现了奇怪的哭声，然后我们发现……

卡车司机陈姜：我们行驶不出去了。

卡车司机冷季：行驶不出去了？

卡车司机陈姜：那条公路好像没有尽头，我们开啊开啊，无数次经过了车祸地点，可就是没有办法离开这里，而那道哭声也越来越大、越来越大，像是从车子的某个地方渐渐逼近了驾驶室……

手机屏幕上幽暗的光打在易二三脸上，她看着这些消息，浑身都冒出了冷汗，手指飞快地在屏幕上打字。

卡车司机冷季：那最后呢？最后你们是怎么离开的？

卡车司机陈姜：后来啊，我们开回去了。

卡车司机冷季：开回去了是什么意思？

卡车司机陈姜：就是开回了那个女人身边。

卡车司机陈姜：然后我们下了车，对着她磕头，一直说对不起。

卡车司机陈姜：磕完之后，我们就离开了……顺利地，离开了。

就这么简单？不知道为什么，易二三总觉得心里不太舒服。但紧接着，群里又蹦出来了几条信息。

卡车司机张三：我做证，陈姜说得对，我也遇到了。

卡车司机夏封：我也做证，不要撞人。

卡车司机陈姜：如果撞了，那就一定要在哭声逼近驾驶室前开回去。

卡车司机张三：回去磕头。

…………

易二三看着消息，喊了一声："冷季，你来看一下，你们群里在说……"

冷季："别说话！你有没有听到什么声音？！"

两个人惊恐地对视了一眼，都隐约听到，有什么东西正在小声地哭泣着……

幽幽的，声音似乎是从窗外传来的，但源头不是两侧的山林，而是他们的后备厢。

最恐怖的是——那东西在慢慢接近驾驶室。

冷季："什么东西？！"

易二三："你先看一下这个！"

冷季飞快地将聊天记录看了一遍，惊恐道："那我们……我们现在怎么办？掉头往回开？！"

那哭声越来越近了。易二三也心急如焚，慌乱中两个人对视了一眼，然后冷季掉转了车头："这么重要的信息，他们为什么不早说？！"

"别废话了，赶紧开！"易二三吞了一口口水，侧耳听着驾驶室外的声音，"要在它逼近驾驶室之前开回去……"

"我已经很快了！"冷季踩紧了油门，满头大汗，"回去至少要二十分钟……"

易二三："嘘！"她竖起了耳朵，惊悚地发现，"那个哭声越来越大了！而且我已经确定它具体在哪里了！"

冷季："什么……"

他话还没有说完，易二三已经掏出了一面化妆镜，然后把手伸出了窗外，努力找了一下方向，而就是这么一找，她险些被吓得魂飞魄散。

"我看到那个东西了……我看到那个东西了！"

冷季："是变异的动物吗？"

"不是！"她捂着嘴，"是刚才被我们撞的东西！它只露出来了上半身，现在就在车轮里面……它在哭，它在哭啊！"

两个人都被这种情况吓破了胆，冷季疯了一样地狂踩油门，道："现在回去给那个女人磕头，说不定还来得及！"

哭声越来越大，卡车行驶的速度也越来越快，终于，他们回到了出车祸的那片地方。那辆卡车还侧翻躺在那里，那个女人背对着他们，从公路旁移到了灌木丛里。蓊郁的植物遮挡住了她腰以下的部位，能看到她的身侧站了很多个只到人腰高的小孩……

冷季惊恐道："我停好车了！我们下去磕头，磕完头马上回车上！"

两个人飞快地下了车。本来就是冬天，再加上是深夜里的山林，车外的温度比车内低了太多，阴森森的。

"你慢点，等等我……"易二三试图去抓冷季的手，但还没等她抓到，冷季的脚步却忽然停了下来，她问，"怎么了？别看了，我们快点去磕头吧！"

冷季站在那辆侧翻的卡车前，有些不安地张了一下嘴："好奇怪，这个车牌号看起来怎么这么眼熟……"

他头上又开始冒冷汗。

涔涔冷汗一颗颗顺着鼻翼滚下。

"××72……怎么这么像、这么像……"黑暗中，他身体摇摇欲坠，"像是陈姜的……"

而与此同时，他的手机发出嗡的一声。

紧接着又嗡了一声。

然后是第三声、第四声。

群里的司机们开始发消息了。

卡车司机陈姜：我跑出去了。

卡车司机陆泽：我也跑出去了。

卡车司机宋淳：那条路最安全。

卡车司机张三：那条路没有老虎。

卡车司机夏封：你也回来了吗？

卡车司机陈姜：冷季……

窸窸窣窣。

草丛里的女人转过了身。

这一次，冷季跟易二三终于看清楚了女人的脸，也看清楚了女人身侧那十几个"孩子"的样子。

全部是熟悉的脸。

陈姜、陆泽、宋淳、张三……

它们冲着他俩笑。

这条路上没有老虎啊。

这条路上非常安全啊。

你也回来了吗？

冷季。

易二三蜷缩在车厢里，眼泪一颗颗地往下掉。

"那个女人长了一张虎脸，我被吓得晕了过去，等再醒过来的时候，就看见冷季仰着头，而他身上，趴着一个形似野兽的黑色身影。"

说到这里，她终于控制不住地捂住了脸，失声痛哭了出来："幸好我是个异能者，我的异能是只能自保的隐身。我趁它吃冷季的时候，悄悄隐身跑掉了，这才躲过了一劫，我甚至不知道它究竟是什么东西……"

"听起来像是虎伥。"不知道什么时候燕归醒了，正在看热闹。

易二三抽噎道："虎伥？"

"一种动物变异。"万俟子琅神色淡淡地接过了话，"被老虎吃掉的人，死后会变成依附在老虎身边的伥，专门引诱人来给老虎吃。那个女人应该就是虎伥，吃了一个卡车司机之后，就在那个群里引诱下一个人。

"你们去的时候，应该已经有很多司机被吃了。"

易二三失声痛哭。

"为什么会有这种变异类型……"

宋命题拍了拍她的肩膀，安慰了一句："不要哭了，能活下来就已经很幸运了，而且你还有异能呢，我要是有隐身异能，我就天天去男澡堂……"

易二三哭得更伤心了。

但没一会儿的工夫，她就想通了，看着平静了很多，还自己擦了擦眼泪，对宋命题表示了感谢。

"你说得对，能活下来就已经很幸运了，谢谢你们。"

不知道是不是因为那个司机群里的人已经被老虎吃得差不多

了，他们平安无事地驶出了这条公路，途中并没有遇到易二三说的那个黑衣女人。

傍晚时分，他们穿过了山林到达了小院，卡车停了下来。

万俟子琅和宋命题离开的这大半个月，小院已经变了样。

周围高耸入云的粗大树木已经被砍得差不多了，不远处摆放着堆成小山的树干，城墙也被加高了一大圈。

——毕竟留在院子内的人都很靠谱，唯一活蹦乱跳的宋命题被万俟子琅带走了。

宋命题兴高采烈地去敲了门。

宋分题脸色铁青地开了门。

两个人碰面的瞬间就黏在了一起，虽然是宋命题单方面的黏。

"哥，我好想你！哥，我不在家的日子你开心吗？哥，反正你不在我就不怎么开心。哥，都没有人帮我洗内裤了。哥……"

宋分题："滚啊！"

卡车开了进去，铁门缓缓闭合，易二三震惊地看着这座规模不小的院子。

在她左右乱看的时候，桑肖柠走了过来。她看着万俟子琅，眼圈一红，一伸手就把人抱住了："有没有受伤？饿不饿？"

万俟子琅一用力就把她抱了起来，原地转了几圈，放下去之后才回答了她："没有，饿了，抱。"

燕归就在一边眼巴巴地看着，等桑肖柠被放下来，他立刻凑了过来，乖乖张开了手臂："我也要转圈圈。"

万俟子琅："……"

桑肖柠这才看见他："哎呀，好可爱，这是谁家的小朋友？"

燕归笑得露出小虎牙，神态乖巧："桑姐姐好！我叫燕归，是被姐姐捡回来的小宠物。"

桑肖柠：“什么桑姐姐不桑姐姐的，我都是孩子的妈妈啦。”

后面的宋分题冷哼了一声，他刚收拾完宋命题。

宋分题一边挽袖子一边冷声道：“有空乱捡东西，都不知道想办法报个平安，信号只是时断时续，又不是完全没了。”

“……”

万俟子琅没说话，宋分题被她盯得有点奓毛，冷冷道：“干什么？”

万俟子琅：“抱一下？”

宋分题：“……”

他冷哼了一声。

万俟子琅把车子停好，跟着他们往里面走。

进来之后万俟子琅才发现，不仅是外面，就连院子里面也整洁了不少。变异植物的枝叶都被修剪过了，地上石子路铺得平平整整，只有一点——院子里的菜地里，多出来了一道如同树干般粗壮的隆起。

“好像是蚯蚓。”宋分题一直跟在她后面，这会儿正靠在门框上，鼻梁上架着无框眼镜，“你们离开的这段时间，这里出现了变异的苍蝇、蚊子和各种野兽，不过变异程度不严重，都被处理掉了，唯独这个……”

蚯蚓变异之后，似乎都是在地下活动的。

万俟子琅：“蚯蚓呢？”

宋分题：“拱着离开了，也不知道附近有几条。”

那边桑肖柠遥遥地喊了一声：“别聊啦！来帮忙收拾一下！你们终于回来了，我们今天吃点好的！”

宋分题应了一声。他过去的时候，桑肖柠已经在池子里选好鱼了。她动作利落，宰杀、去鳞、改刀，然后加入各种香料和黄酒去腥，盐、酱油调味腌制，又把葱姜蒜炒香，鱼煎熟，加水加调料，小火咕嘟嘟地慢炖着，散发出了诱人的香气。

旁边的电饭锅里是煮好的米饭，米粒颗颗晶莹剔透，散发着米香。

宋分题帮着和了玉米面，拍了一些玉米饼，把它们贴在了铁板鱼的旁边。玉米饼的下半部分浸入了浓郁的汤汁中，吃起来刚刚好。

"呜呜呜……"易二三一边大口吞咽着，一边涕泗横流，"可怜我的男朋友，怎么死得这么早！"

锅里的饭她吃了一大半，桑肖柠有些心疼地拍了拍她的肩。

一群人吃完了晚饭，宋分题问万俟子琅："今晚有时间来我房间吗？有东西要给你看。"

万俟子琅："什么东西？"

燕归："……"

燕归脸上的笑消失了一点，宋分题瞥了他一眼，继续道："无线电接收机，收到了一些其他城市的消息。"

两个人一边说着一边上了楼。燕归有些委屈，却没有跟上去，而是乖乖地帮桑肖柠收拾了东西，又跟着她一起给易二三收拾了房间。

看到干净整洁的被褥，易二三又是一阵痛哭流涕。她扑到了桑肖柠身上，道："这里是天堂吗！我要死在这里！"

桑肖柠摸了摸她的头，温声道："洗澡水也给你准备好了，洗完就早点休息吧。"

易二三嗷嗷哭着脱光了衣服，浴室里面很快传来了水声。桑肖柠将她的脏衣服收拾了一下，放好干净衣服后就离开了。

这会儿天已经彻底黑了，为了防止灯光招来什么乱七八糟的东西，到了一定时间，别墅里的大灯就会被全部关上。易二三的屋子也暗了下来。又过了一会儿，浴室里的水声停了。

一个湿漉漉的身影走了出来。

她穿好了衣服，在走廊上看了几眼，然后下了楼，悄无声息地溜到了铁门旁边。

那铁门高大又厚重，应该是做了什么机关，只能从里面打开。

易二三看了一会儿，脸上忽然露出笑，嘴角几乎咧到了耳根："要不是被带进来了，还真的是一点办法都没有啊……"

她凑到了门边，敲了几下门。

咚咚、咚咚、咚咚。

十几秒后，门外响起了一道阴森恐怖的声音。

"我的伥，你可真是太辛苦了……"

"主人，请您稍等一下。"易二三嘴角有些黏稠的唾液，她的面孔已经变了，原来看上去就是个普通女孩子，现在瞳孔涣散，尖嘴猴腮，乍一看竟然跟野兽似的，"让我找找开门的机关，让我放您进来，我们一起饱餐一顿……在哪里呢？机关在哪里……"

一道轻松的声音插了进来。

"在你左手边。"

易二三："谢谢……"

她身体忽然一僵，然后抬起了头。

月光下的墙头上，坐着一个乖巧的小少年。他眉眼弯弯，眼睛眨了一下："别客气。"

十分钟后。

燕归心满意足地眯着眼睛，抱着一张虎皮去了万俟子琅的房间，献宝一样地往她面前一递。

"姐姐你看，刚剥下来的虎皮，拿来给你做褥子，好不好？"

万俟子琅："你自己剥的皮，自己留着用，给我干什么？"

燕归眼睛一弯："因为我喜欢姐姐……"

"你不是。"万俟子琅盘腿坐在地上，手还保持着拿乌龟的姿势，语气波澜不惊，"至少你不是因为'想'才这么做的，而是用理性判断这么做可能带来的利益，比如促进一下我们之间的感情什么的。"

燕归："……"

他脸上的笑消失了，整个人莫名有些阴沉。

"我不是说你有错，只是提醒一下你。"万俟子琅微微抬起了头，"这招对我没有用，我会说谢谢，但是不会因此亲近你。

"你要是不介意的话，以后这种事少做，我们彼此之间都能省点功夫。"

"……"

两个人对视半晌，燕归扬起了笑脸："我知道啦，姐姐，那我不打扰姐姐了。"

他乖巧地说了晚安，很有礼貌地关上了万俟子琅房间的门，然后几下撕碎了那张虎皮。

颜色斑斓的虎皮碎片落了一地。

他几乎控制不住自己阴暗而暴虐的想法——想把她的心脏掏出来，一口口地嚼碎咽下去。

从指尖到血肉，甚至连一根微不足道的头发丝，都是他的。

下一秒，他神色再次一变："怎么了？"

宋分题正牵着小团子，站在楼梯口看了他一眼，又看了看地上的一片狼藉。

燕归不好意思地磨了磨小虎牙。

宋分题倒是没怎么在意，只把手里的小孩往前推了推："这小孩叫桑薛糕，肖柠的儿子，你可以跟他打个招呼。"

那小孩已经长到五六岁大了，脸蛋圆润，头发毛茸茸的，一双眼睛像猫猫一样好奇，还知道松开宋分题的手，蹲下去划拉地上的虎皮碎片，只是没有门牙，说话有点漏风："妈妈累，要打扫干净……"

两人互相打完招呼，燕归就走了，桑薜糕也被领了下去。

宋分题反手关上了万俟子琅房间的门，把一台拼装的机器放在了她桌子上，道："本来我还以为，对付那个叫燕归的，会很麻烦。

"但是看这个样子，你应付起来好像不怎么费劲儿？"

万俟子琅不置可否："你是什么时候看出来燕归不对劲儿的？"

宋分题坐在了她面前。快到睡觉时间了，他穿了一套宽松的家居服，神情还算比较轻松："他下车的时候。我没有肖柠那么善良，一个他，一个易二三，两个人都是一眼就能看出来的不对劲儿。"

万俟子琅："刚才你在外面听了多久？"

"全过程。你还真是一点情面都不给别人留啊。"宋分题耸了耸肩，转移了话题，"不说这个了，燕归是个不可控因素，我们一时半会儿拿他也没有办法——不然你早就把他解决掉了。先来听一下这台收音机。我改装过的，可以接收到一些信息。"

收音机发出了刺刺的电流声。

"你应该知道，网络需要信号基站，一个国家大概会有上百万座信号基站，一个城市的话，基站的数量也不少。"

"嗯。"万俟子琅点了一下头，"但是噩梦时代爆发之后，植物疯狂生长，各种变异丛生，基站被破坏得差不多了吧？"

宋分题："对，狸熊市运气比较好，保存下来的基站似乎不少。在市区内部分地区通信问题不大，但是你应该察觉到这段时间的异常了，其他城市的消息我们……"

现在不是聊相关话题的时候，他一语带过。

"我试着改装了一下这台收音机，发现它似乎可以接收到其他地区的求救信号。其中有一条，是从你父母所在的雅思山传过来的。"

万俟子琅没说话。

宋分题停顿了一下，说："正常来说，普通无线电的传播距离不可能这么远……"

万俟子琅敲了一下桌子："放吧。"

宋命题沉默了片刻，调整了一下，屋子里很快就响起了一道奇怪的声音。刺啦作响，是从收音机里传出来的。

刺——不——刺刺——

刺刺——跑——刺——不——

刺——来——跑——刺刺——千万——

断断续续的，杂音很多，只有零星几个字能听清。

但是那几个字，也足以让人拼凑起几句话。

不要来。

快跑。

千万不要来。

"不知道具体是从什么地点投射过来的，但好像是在警告人类，不要接近雅思山。"

万俟子琅："……"

两个人不约而同地沉默了一下。

万俟子琅是因为不知道想到了什么，宋分题是因为她没说话。他隐约记得她跟宋命题好像是同龄人，但从性格和气质上来说，她看起来不像是那个年龄的小孩。

她有远超常人的沉稳和冷静。

又沉默了一会儿，宋分题忍不住问了一句："喝咖啡吗？我刚才磨了一点豆子。"

万俟子琅摇了一下头："我没关系，不用担心我，以后有线索的话我们再说，今晚先去睡吧。"

宋分题应了一声，刚要开门出去，就忽然听见万俟子琅在后面喊了他一声："啊，对了，你有空的话去一趟易二三房间，把她床底下的砍刀拿出来放回厨房里，明天做饭还要用。"

宋分题："放砍刀干什么？"

万俟子琅："原来想夜袭的，但是现在用不到了。"

宋分题："……"

虽然猜到了这个回答，但看着她脸上这种理所当然的表情，还是让人有点忍不住……

宋分题离开之后，万俟子琅拉开窗帘，看了一眼外面院子的情况。

院子的土地上还保存着那个突兀的隆起，足足有几米宽，看上去惊奇异常。

接下来的几天，万俟子琅一直在跟宋分题一起收集信息。

在灾难中丧命的人类不少，如今将近两个月过去，有些变异情况较轻的地方，已经陆续出现了人类基地。

狸熊市的 B 大救援基地开始在全市范围内搜寻幸存人类了。

"B 大那边信号不算太好，但是有一些消息在断断续续地往外传，说那边损耗在趋于平稳……"

万俟子琅："平稳期持续不了多久，耗损很快就会变大了。"

宋分题："因为物资？"

"是。"万俟子琅在狸熊市的地图上画了一个小小的点，"这段时间基地的人员损耗小，是因为他们仅仅在 B 大附近探索搜寻，B 大内有那棵柳树庇护，一般东西不敢也不会轻易入侵，但用不了多久，B 大和 B 大附近的物资就会全部消耗完毕。到那时候，不管是普通人还是异能者，都会被逼着去更危险的地方。"

"说起这个来，有个地方很奇怪。"宋分题皱了一下眉。

"我知道你想问什么，那边的救援人员确实多是军人和警察出身，但是……"万俟子琅正想说什么，就听见外面桑肖柠喊了他们一声。

吃饭时间到了。

万俟子琅把东西简单收了一下，出去之后发现燕归没在。

宋命题手里捧着碗："他说他出去吃，让我们不要管他。"

除了桑肖柠有些担心以外，其他人都没什么反应。

今天阳光比较好，虽然偶有寒风，但中午不算很冷，因此桑肖柠在院子里支了一张桌子，午饭在外面吃。她中午做的饭菜也很丰盛，几个人按照之前的习惯分了筷子，万俟子琅偶尔会夹一筷子菜给她头上的乌龟。

但吃着吃着，乌龟忽然一偏头。

乌龟："……"

万俟子琅："你说什么？"

宋分题端着碗，扒拉着米饭，听着他们说话，丝毫没有耽误吃饭的进度。

宋分题还没反应过来："怎么了……"

"离开这里——快！"他话音未落，万俟子琅已经唰地站了起来，声音紧绷，"龟龟说它闻到了潮湿泥土的味道，是……"

她的话还没有说完，地面就忽然一阵剧烈晃动。

下一刻泥土飞溅，万俟子琅一把抓住了宋分题的手腕，低喝道："都不要乱动！"

一群人动作猛然一停。

有什么东西破开泥土钻了出来——很快，他们就看见了引起地动的罪魁祸首。

那是一条浅红褐色的巨大蚯蚓，巨大无比，单顶端就足足有三个人大小，几个人在它面前，像是一舔就化的小糖人。

"不要乱动。"万俟子琅心脏扑通扑通地跳动着，嘴唇微动，轻声道，"蚯蚓没有视觉和听觉，但是能感受到光线和震动。"

宋命题呼出一口气，慢慢往嘴里扒拉了两口饭，道："吓死我了，那我继续吃了哈，米饭都要凉了。"

宋分题："吃什么吃！你闭嘴！声带的震动就不是震动了吗！"

宋命题："我觉得不是，我吧唧嘴它都没反应……而且我们都说了这么长时间的话。"

万俟子琅："声带的震动对它来说太微弱了，问题应该不大。"

话虽然这么说，但那蚯蚓趴在离桌子不远处——离它最近的宋分题与它的距离只有三米不到，还是给他们造成了很大的压迫感。

它体形太大了，如果盘起来，几乎跟院子里的三层小别墅一样高，肉肠一样的身体也在不停地收缩。

没有人敢动，除了宋命题……他已经吃了三碗白米饭。

宋命题："干吃米饭也还行。"

"……"

如果不是不能剧烈活动，宋分题的巴掌早已经扇上去了。

桑肖柠："现在……现在要怎么办？"

万俟子琅看了一眼从他们这里到门的距离："如果声带震动对它影响不大的话，或许我们可以试着慢慢移动，看能不能先离开这里。"

宋命题慢慢举了一下手："那我能带着点东西出去吗？"

宋分题："你要是敢说带米饭，我就削死你！"

宋命题："我是那种事到临头还只想着吃的人吗！我不带米饭！"

他一边说，一边缓慢地放下了手，然后又缓慢地弯下了腰，在桌子底下扒拉了两下，掏出来两颗人头。那人头一颗面容美艳，一颗萎靡丑陋，中间被什么东西连接着——正是之前被宋命题装回来的美人头，贝采薇。

现场安静了一下。

贝采薇面无表情："怎么，我看起来像是自愿的？"

宋分题："……"

要不是形势不允许，他真想给宋命题一脚。

事不宜迟，先是万俟子琅开始行动。她试探着往前走了几步，在确认蚯蚓没有异动之后，冲宋分题等人点了一下头。几个人小心翼翼，缓慢往外移动。

长长的石子路通往大门外，院子里半点脚步声都听不到。

宋命题一左一右抱着两颗美人头，问："话说回来，蚯蚓有嘴吗？"

宋分题："有，看见环带了吗？距离环带近的那一段就是它的嘴。"

那蚯蚓的头部就在距离桌子不远处。

宋命题沉思了一下："一收一缩的，我觉得比起嘴，这更像是……"

宋分题："闭嘴！"

桑肖柠："分题你还好吗？想吐吗？"

宋分题的脸色不是很好看，道："放心好了，一条蚯蚓而已，我还不至于吐出来。"

他话还没有说完，桑薜糕忽然压低声音，发出了威胁的低吼声。

下一刻，院子里的土壤忽然一阵翻滚，无数巴掌粗细的蚯蚓钻了出来。它们密密麻麻地纠缠在一起，粉红色的身体像是一根根软若无骨的手指……

宋分题："呕——"

随后他若无其事地擦了擦嘴。

"一条不会吐，但是院子里有这么多，吐了也正常。"

虽然他吐了，但往外走的速度没有被耽误，谁的动作也没有因此而变慢。宋分题踮着脚走，宋命题一脚踩爆七八条蚯蚓，只有万俟子琅多看了几眼："这些小蚯蚓为什么会突然钻出来？"

这些密集的小蚯蚓已经彻底覆盖了地面，土壤都已经看不见了。

宋分题也多少感觉到了不对，但形势所迫，他蹙眉道："别管这么多了，先离开这里再说——"他的声音戛然而止。

一道巨大的黑影，用快得让人看不清的速度，黑云压顶一样地落了下来。

而最让人震惊的是，它是用门口的那一段压下来的！

万俟子琅一个飞扑，直接撞到了桑肖柠身上，巨大的冲击力让她们一起翻滚到了蚯蚓堆里。她伸出手死死护住桑肖柠的后脑勺，顾不上满脸的蚯蚓黏液，几乎喊破了音——

"小心——它一直都能感受到我们的震动！它知道我们的位置！还有——还有，它的头跟尾部是相反的！"

万俟子琅没有半分停留，下一个瞬间已经一个滚扑爬了起来，站起来的同时手里已经抓上了一把极长的砍刀，刀锋阴寒，凛冽的光芒一闪而过。

"头尾互换……"宋分题咬牙道，"它……改变了生物形态？！"

普通蚯蚓的头接近环带，所以可以借助环带来判定哪边是蚯蚓的头，哪边是蚯蚓的肛门——然而这条巨大的蚯蚓，靠近环带的竟然是尾部！

它的头，一直都埋在靠近铁门的地下，静静地等着他们自己走过去。

宋命题："所以它刚才一直在用屁股'看'我们？！"

这短短几秒钟，这条蚯蚓已经直起了上半身。

它真正的头部就在门口旁边，肉质的叶状突起旁，有一个紧致的浅褐色肉洞。

蚯蚓无颚，无齿，但是它的口非常有韧性。一旦被它吞下去，可能就会被活活挤压致死。

万俟子琅手里抓着砍刀，桑薛糕的指甲骤然变长变硬，前肢变长，不停地刨着地面，发出威胁的低吼声。

两个人都挡在桑肖柠面前。

万俟子琅紧盯着蚯蚓的一举一动，声音紧绷，话却是对着桑肖柠说的。

"它一旦来攻击我们，你就立刻跑！不要回头！"

桑肖柠一咬牙："我知道！留下来反而是拖累，我会尽力跑远，不让你们因为我分心！"

虽然答应得干脆利索，可她的目光还是透出了担忧。

巨大的蚯蚓盘在院子里，把变异的植物压塌了一片。蚯蚓没有动，几个人更不敢动——如果现在移开目光，就等于发出"我可以被攻击"的信号。

气氛几近凝固。

几分钟后，万俟子琅的眼神忽然一凝，暴喝一声："要来了！小心！"

下一刻，蚯蚓忽然一个飞快的俯冲，巨大的嘴朝着万俟子琅压了下去。她深吸一口气，死死屏住呼吸，半步都没有后退，而是左脚在前、右脚在后，双手持刀用力往上一划。随着扑哧一声，锋利的刀直接贯穿了蚯蚓的身体。

但没用。

它半点都感觉不到疼痛的样子，被豁开也就被豁开了，头部的捕食动作半点都没停。

"这样不行，蚯蚓的生命力太顽强了，它还在动！"宋分题一个飞扑，"拖住！砍不死的话，那就只能试着把它消耗掉了！"

"哥，你坚持住！我带着美人头去帮子琅他们！"

宋分题嘴里含着东西，说话含糊不清："快滚！"

他话刚刚说完，却忽然看见已经走出两步的宋命题一个转头，目光一滞，像是看到了什么恐怖的东西，然后猛地转过了头，用力踹在了他身上。

宋分题："你干什么——"

他话音未落，巨大的蚯蚓脑袋已经出现在了他的视野。

那只蚯蚓忽然转过了头，然后对准他刚才站的位置，用力压了下去——

宋分题张开了嘴。

有那么一瞬间，世界很安静，但它还在运行。

所以他看见了——

蚯蚓的体重惊人。而宋命题被压住的时候，腰是向后折的。

随着嘎嘣一声，他被活活压断了。

宋分题的大脑一片空白。

他耳膜在突突地跳动着，手脚发麻。

他脑海中出现的念头，竟然是——我看错了，这绝对不可能。

直到蚯蚓再一次抬起了头，他看见了宋命题被压得血肉模糊的身体。

宋命题几乎被对折，被带到半空中的时候，还没有完全断气。他那张平时贱兮兮的嘴，只来得及喊了一个字。

"哥……"

然后宋命题就缓缓闭上了眼。

宋分题："……"

他呆愣在原地。

蚯蚓悄无声息地扭动着身体，两三下甩开了宋命题的身体，朝着宋分题压了下去。

电光石火间，万俟子琅几步冲了过来，一把抱住了他。两个人就地一滚，才勉强躲开。而少女毫不犹豫，一巴掌扇在了他脸上。

"醒醒！"她满头是土，掐着他的脖子，声音早就已经喊哑了，"站在那里不动是想要找死吗？！"

宋分题嘴唇微动，几乎发不出声音来："你……"

万俟子琅："我看见了。"

她死死地咬着嘴唇，头发乱蓬蓬："可是那又怎么样？死去的人不会再回来了！活着的人还要跟着一起去陪葬吗？！"

"起来——"

宋分题还没有来得及说话，地面就再一次剧烈震动了起来。他听见那边传来了桑薛糕暴躁不安的叫声，然后下一秒，他的脸就被狠狠捏住了。

少女低着头，单手掐着他的脸，刀刃已经卷了，但她目光依然冷静："如果你没有办法继续战斗，那就朝着肖柠离开的方向跑！"

宋分题张了张嘴。

他想说"我走了，你们怎么办"，还想问问宋命题是不是……是不是真的……

但到最后，他却什么都没有说出来，只是爬了起来，沉默着冲向了那条蚯蚓。

天蒙蒙亮的时候，巨大的蚯蚓只剩下了半条。

万俟子琅手中的刀咣当一声掉在了地上，后背靠在墙壁上，缓缓地滑了下去。

桑薛糕的爪子鲜血淋漓，指甲外翻，就在她旁边，筋疲力尽的他缩成了一小团。

乌龟："……"

它伸出头，看了看万俟子琅的脸。后者摇了一下头："我没事。"

她的注意力都集中在宋分题身上。

青年垂着眼帘，身上脏兮兮的，卷上去的袖口也破了，但是他难得没吐，而是在检查蚯蚓残留的尸体："蚯蚓横切很难死，竖切就会好很多，所以我竖着啃掉了它一半的身体。剩下的一半怎么办？"

万俟子琅说："这边有塑料大桶，把尸体塞进去，腐烂之后做肥料。"

院子并没有被破坏太多，院墙跟别墅基本上是完好无损的，只是满地的青菜被压塌了一大片，但其实问题也不是很大。

两个人都没有再说话。

这场战斗持续了接近二十四个小时，所有人的力气都被消耗干净了，就连万俟子琅也多少有些疲惫。

她闭上了眼，睫毛有点沉。

没多久后，她被桑肖柠轻轻戳醒了。

不知道桑肖柠是什么时候回来的，额头上带着汗，眼睛里泪水盈盈，跟万俟子琅对视一眼之后，才落下眼泪："子琅……"

万俟子琅伸出手，把她的头按在了自己肩膀上，很快就感受到那里的布料湿了一片。

"别哭了。"

桑薛糕仰着头，攥着桑肖柠的一根手指，努力想挤进去帮她舔舔眼泪："妈妈不要哭了……"

桑肖柠抽泣了一声："分题已经……已经被收集起来了。我们把他埋在院子里，好吗？"

万俟子琅："好。"

就这么一个字。

桑肖柠却再也忍不住了，眼泪汹涌而下："他今年才十九岁啊……明明我离开的时候，他还好好的，怎么忽然、忽然就这个样子了？

"我刚才还答应他，过几天要给他做红烧排骨吃的……"

她哭得不能自已，桑薛糕一撇嘴，也跟着哇的一声哭了出来。

万俟子琅没有说话，只是时不时轻轻地拍一拍她的后背。

从他们这里能看到站在不远处，背对着他们的宋分题。

他安静地站在那里。

"我们去帮帮他吧，尽早挖好，也尽早……"桑肖柠想要站起来，却被万俟子琅一把拉住了手腕。

万俟子琅："不要过去了。"她认认真真地，一点点地把桑肖柠的眼泪擦干净，声音平缓，没有起伏，"死了就是死了，难过的人也不会因为几句安慰的话好受一点，现在的安慰对他来说只是打扰，让他自己静一静吧。"

桑肖柠："子琅。"

桑肖柠哭得声音都沙哑了，眼圈跟鼻头都是红的，眼睛里蒙着一层水光，一副悲恸到了极点的样子，声音里却有些迷茫："你为什么没有哭……"

万俟子琅："哭不出来。"

她习惯了不去做没有意义的事情。

人已经死了，怀念、祭奠、伤心、哭泣……都是在浪费时间，即使哭得肝肠寸断，都没有办法改变已经发生的事实。

世界上最让人感到无力的事情，就是人类的生与死。

桑肖柠："……"

她盯着万俟子琅看了一会儿，忽然一伸手，用力地抱住了万俟子琅。她声音沙哑，带着哭腔："对不起。"

万俟子琅："有什么好对不起的？"

桑肖柠却哭得更难过了。

她知道万俟子琅曾经历过什么。

但那不是切身体会，没有人能做到完全的感同身受，曾经她所经历的一切，对他们来说都是隔了一层雾的朦胧惊险。

奔波、挣扎，死里逃生，为她擦一把汗，可除她以外，其他所有人都只当那是所谓的"经验"。

直到现在，桑肖柠看着她平静的脸，终于明白那些痛楚。那些从她的沉稳和镇定中汲取的安全感，原来是她一路走来淋漓的血。那路上她孤零零一个人。

万俟子琅摸了摸她的头。

万俟子琅陪着她又坐了一会儿，就去了宋分题那边。

他刚刚把被包裹起来的尸体放进土坑，撒了一把土后，就再也没有了动作。

万俟子琅半蹲在土坑的另一边，只能看到青年清秀的额头。他的睫毛很长，上面有一点水珠。

万俟子琅："舍不得的话，可以再放几天，严寒天气，尸体没有那么容易腐烂。"

"不用。"

宋分题摇了摇头，说："我就再看一会儿，一会儿就够了。"

半晌，他忽然又开了口。

"其实我以前，不讨厌他的。"

万俟子琅"嗯"了一声。

宋分题轻轻闭了一下眼："如果有下辈子……"

他的话没有说完，却忽然看见万俟子琅抬起了头。而这会儿她的脸上没有什么伤心的表情，反而有些……诧异。

诧异？

他看见她站了起来，直接跨过了土坑站到他身边，然后一伸手，捏住了他的下巴，微微往上一抬。

宋分题一脸茫然："怎、怎么了……"

万俟子琅："看着我！"

宋分题微眨了一下眼，却发现万俟子琅没有看他，而是盯着他的额头，目光凝重而诧异，像是看到了什么不可思议的东西。

宋分题："……"

他下意识地抬起手，摸了摸自己的额头。

这一摸之下，他不禁倒吸了一口凉气。

第三章

中影

雪诡

他触碰到的，不是光滑柔软的肌肤，而是一个洞。

——他的额头上多出来了一个大拇指大小的洞，洞口湿润，他稍微用力，就感觉手指一痛，竟然像是被人咬了一下。

宋分题："哕——"

万俟子琅顿了一下才道："你居然吐了，正常人不是应该会照一下镜子吗？"

宋分题根本顾不上回应她，一心要找镜子："我额头上长了什么恶心的东西？"

万俟子琅："一个好消息和一个坏消息，好消息是那不是脏东西，坏消息是，长出来的是你弟。"

宋分题一愣，难以置信地往额上摸去，心脏一阵狂跳："命……"

后面那个字他还没说出口，就感觉自己伸上去的手指被含住亲了亲。

"哥哥你轻点……"

宋分题："……"

他平静又绝望地闭了一下眼，然后问："我刚才摸到的洞是什么？"

万俟子琅："他的嘴。"

宋分题："……"

万俟子琅："峰回路转，感动吗？"

宋分题面无表情，道："'敢动'，我不要镜子了，把刀给我，以后我就没有额头也没有手指了。"

宋命题："哥，我爱你。"

宋分题："滚！"

宋命题："你刚才说的话，人家都听到了，太感动了！"

宋分题："……"

宋命题："哥，我是认真的，看着你刚才落泪的样子，我心里只想到了一句话。"

宋分题："……"

虽然看不到那个小浑蛋的脸，但两个人毕竟是血脉相连的亲兄弟，眼下听着这道熟悉的声音，宋分题心里多少也有些感动，然后他就听见宋命题轻声说："你哭起来好像女孩子哦，感觉能被子琅……"

宋分题一拳打在了自己的额头上。

万俟子琅劝了他一会儿，才终于控制住了场面。桑肖柠过来的时候，宋分题已经被按在地上了，万俟子琅用膝盖顶着他的腰，一只手抓着他两只手腕，另外一只手轻拍他的后背安抚他。

"别着急，事情没有你想象中的那么糟糕。"

宋分题："……"

他头发凌乱，面朝下，两只手被反扣着，脸颊上带着生气过后留下的红晕，喘了一会儿后——他刚才挣扎得很激烈，差一点就真的从万俟子琅手里把刀抢过来了。

宋分题抿了一下嘴，问："真的没有那么糟？"

万俟子琅："没有。"

宋分题："你保证。"

万俟子琅："我保证。"

在她的再三保证下，宋分题终于冷静了一点。

几分钟后，几个人在院子里坐了下来，他也终于拿到了镜子，看清楚了自己的额头。

额头还是那个额头，但上面多了一张缩小的脸。

只有五官，皱巴巴的，但能隐约看出是宋命题的脸。此时他正在一缩一缩地跟宋分题打招呼。

宋命题："哥！"

宋分题："……"

他安静地看着镜子里的人脸，一句话也没有说。旁边桑薛糕好奇地伸出爪子，摸了摸他额头上宋命题的嘴。

宋命题："嗷！"

宋分题："……"

桑薛糕被吓了一跳，毛瞬间就炸了，一头躲进桑肖柠的怀里，低声咆哮了出来。桑肖柠挠了挠他的下巴，问道："这到底是怎么回事？是异能还是……"

"虽然我之前说过，人类异能总体分为两种，但实际上，种类是千变万化的。他这个应该属于异能和兽化的中间变异类型。"万俟子琅说，"我查了一下，根据寄生、孵化的性质，还有高出皮面的游走性团状肿块，这些特性全都指向了一种生物。"

"人皮蝇。"

宋分题安安静静地坐着，没说话。

万俟子琅拍了一下他的肩膀："很好，看上去你心态稳住了，那我也不用担心接下来的日子你会熬不下去了。"

宋分题："接下来的……日子？"

万俟子琅："你知道怀胎十月吗？"

"……"

宋分题站了起来，一头就朝着不远处的大缸撞了上去。

三十秒后，他再一次被万俟子琅按在了地上，这次的挣扎比之前更激烈了："让我去死！让我去死！"

"哥，不要啊！"宋命题游在他额头上鼓励他，"你换个角度想想，这其实是好事！你把我生下来，以后你就不仅是我哥，还是我爸了！咱爸不仅是你爸，还是你兄弟！咱妈不仅是你妈，还是你奶奶！"

几句话，直接让宋分题的挣扎程度激烈了八个百分点。

这次控制住场面花了万俟子琅不小的力气，十几分钟后几个人才重新坐了下来。宋分题虽然神情如丧考妣，但比刚才安静了很多。

"因为本来就没有那么严重，宋命题在胡说八道，你根本就不会把他生下来。"万俟子琅安慰道，"人皮蝇会把卵产在人的皮肤或者衣物上，然后幼虫钻进人类的皮肤中，借助人的体温繁殖，所以严格意义上来讲这个叫孵化。"

桑肖柠："……"

有一种再劝就要把人劝死的感觉呢。

"不过有一点很奇怪。"万俟子琅看了一眼宋分题，"正常来说，不管是什么异能，身体都应该在1月1日到来的时候出现一些症状的……"

宋命题："症状？1月1日那天晚上我发烧来着。"

万俟子琅："……"

桑肖柠："……"

宋分题："……"

院子里的几人沉默了几分钟，许久之后，宋分题才开了口："为什么没有听你说？"

宋命题："因为感觉是碰巧。"

宋分题："……"

宋命题："原来不是碰巧啊，嘻嘻。"

宋分题："……"

这次万俟子琅没有拦着。

十几分钟后，几个人第三次坐了下来。

万俟子琅："那时候宋命题的异能就已经觉醒了，只是等你死了之后，人皮蝇的特质才被激发了出来。"

"你很了解人皮蝇吗？"宋分题问，"它一定要在我额头上孵化吗？"

万俟子琅迟疑道："理论上来说，人皮蝇的幼虫是可以在皮肤下游走的，如果你不想让它在你的额头上孵化，可以让它移动一下。"

宋分题："不，我不是这个意思……"

宋命题："可以啊！我去哪里比较合适？"

万俟子琅稍微思索："乳房吧，人类的乳房是人皮蝇幼虫孵化的好地方，虽然你哥是男人，但男人的乳房也是乳房。"

宋命题："好嘞……"

宋分题："别动！"

他一把按住了宋命题，咬牙切齿道："你敢动我就杀了你！！"

在他的强烈要求下，宋命题最后还是没有乱动。

几个人收拾了一天院子。

虽然还有很多残留的蚯蚓，但是大的死掉之后，小的就不足为惧了。

万俟子琅挖了一个坑，然后找了几个巨大的白色塑料桶和木箱，木箱里又装了一些土。

"把那些死了的蚯蚓全都丢进塑料桶里，发酵一下当肥料，活着的就放进木箱里，以后可以炸蚯蚓吃。"

她刚好在宋分题旁边，两个人干活的时候，宋分题就盯着她头上的乌龟看，看了半天之后忽然说："龟龟，你变个人给我看看。"

乌龟："……"

乌龟把头缩进了壳里。

宋分题连白眼都懒得翻。乌龟怎么可能变成人？一天到晚说胡话。

院子里的蚯蚓尸体数量太多，就算有工具，几个人也收拾了两三天。

而几天后，院子快要被收拾好的时候，天上忽然下起了鹅毛大雪。

万俟子琅仰起了头。天空混浊，蒙蒙不见日光，雪花纷纷扬扬，落在人的皮肤上，冰冰凉凉。

眨眼的工夫，地上就见白了。

"要下暴雪了。"万俟子琅喊了一声，"把工具收起来吧！这雪一时半会儿停不了。"

她猜得没有错。当天夜里，外面积雪就已经有人的半截小腿那么高了。而且天上依然有雪在飘，那雪花前所未有地大。

院子里被雪覆盖上了厚厚一层。

桑肖柠在玻璃上擦了一下，担忧地看着外面，道："雪下得太大了，也不知道什么时候能停……"

万俟子琅："最近不要出去了，雪天难行走，而且要小心患上雪盲。"

桑肖柠应了一声。

天气转冷，桑肖柠是考虑得最周到的那个。

晚上楼上的炭火都会熄，所以她去把每个人的卧室和窗户都检查了一遍，防止有地方漏风，下来之后又在客厅的沙发上铺了一层毛茸茸的厚毯子。

客厅不大，茶几旁边点了小火炉，烧得滚烫的炭偶尔会爆出噼里啪啦的声响。

这么一弄，也不比噩梦时代到来前的地暖差多少，甚至靠近火炉之后会让人感觉更温暖。

桑肖柠在火炉旁边烤了一会儿手，问了几句燕归的去向，在得到"不用担心"的回答之后，还是往门口多看了几眼。

但直到第二天傍晚，燕归都没有回来。

吃晚饭的时候，她又觉得宋命题总这么饿着不行，就找了把小勺子，一点点地给他喂饭，宋命题乖乖地"啊——"，桑肖柠也夸了他好几句"乖宝宝"，两个人都没怎么管宋分题的死活。

宋分题在他开始吃的时候，就已经把手里的筷子拍在了桌子上，满脸绝望地捂住了眼。

桑肖柠倒是安慰了几句："别太担心，命题说他应该快了。"

宋分题："……"

他没敢想那个"快了"是什么意思。

吃完饭之后，宋分题去刷了碗。噩梦时代来临后，入夜后的娱乐项目基本消失，人睡得越来越早，众人互道过晚安后，就各自回房间睡觉去了。

桑薛糕跟妈妈一起睡，没一会儿就在桑肖柠哼的曲子中睡着了。桑肖柠拍了拍他身上的小被子，也打了一个哈欠。

就在她正准备去睡时，却忽然感觉院子里不太对。

不知道什么时候宋分题出去了，大冬天的，身上只穿着一件薄毛衣，手里还拿着什么东西，正艰难地在厚厚的雪地上行走。

桑肖柠来不及多想，喊上万俟子琅就冲了出去。

"分题！你要去哪里？大晚上的不要乱走！"

宋分题："……"

他背对着她们，沉默半晌之后转过了头。

然后几个人同时沉默了下来。

宋分题头上的洞消失了。

取而代之的是婴儿一样的手脚和一张皱巴巴的脸。

宋命题看上去也确实是很委屈的样子。

宋分题面无表情，非常冷静地说道："别担心，我就是出来走走。"

桑肖柠："你手里抓着的绳子是准备干什么用的？"

宋分题："雪地太冷，跳绳可以温暖身体，反正不是用来自杀的。"

桑肖柠："要、要不，你先回去睡一觉？"

宋分题："睡什么？我的身体已经脏透了，直接长眠比较好。"

桑肖柠沉默一会儿后说道："说不定一觉醒来，命题就下来了呢？"

宋命题："哥，实在不行你就当我是一顶绿帽子。"

万俟子琅："对啊，乐观一点，至少宋命题的脸跟你有七分像……"

她不说还好，说了宋分题半点犹豫都没有，扭头就往墙上撞了过去。

"头上有这么个东西，人生还有什么意义！"

万俟子琅眼明手快，一把搂住了他的腰。

宋命题更委屈了："我说了我可以往下走，你又不愿意……"

宋分题："你还想继续玷污我的身体？"

宋命题："我去下面也不是不行。"

万俟子琅："对，这样你就有五个……"

宋分题平静地停下了挣扎，然后冲着桑肖柠伸出了手："把刀给我吧，这颗脑袋不能要了。我对不起我爸妈，但我们家绝后是应该的。"

万俟子琅叹了口气，一个手刀，狠狠地劈在了他的脖子上。

宋分题两眼一翻，晕了过去。

万俟子琅蹲下来将他背了起来，谴责了宋命题一句："以后不要再惹你哥生气了。"

"哦。"宋命题问，"我哥腰可细了。"

桑肖柠："……"

她当没听见这句话，跟在万俟子琅后面进屋，关上了门。

一楼客厅里炭火还没完全熄，所以留着窗户缝。万俟子琅估算了一下，发现差不多也要到孵化时间了，因此就决定在这里守夜。

桑肖柠也留了下来。

屋子里的暖气熏得人昏昏欲睡，柔软的沙发轻轻一按就能陷进去。

她泡了一杯茶水，还找了点棉花，盖在了宋命题的额头上，几个人轻声细语地交谈着。

"难受吗？有感觉了吗？"

"倒是不难受。"宋命题说话声轻轻的，"就是有点担心我哥，我哥是第一次，可能没经验。我们要不要准备点什么？"

万俟子琅："不用，你出不来的话我就用匕首把你挖出来……"

总之是一段宋分题如果听了绝对会自杀的对话。

几个人守到半夜，宋命题忽然"哎嘿"了一声，还没有等桑肖柠问一句，他就直接落了地。

落地的瞬间，他就已经恢复成了原来的样子。桑肖柠立刻偏开了头，万俟子琅倒是没什么异常。

宋分题额头上巨大的洞口也慢慢闭合了。

宋命题正想说什么，万俟子琅却忽然一偏头，看向了大门的方向。桑肖柠跟着看了过去，惊喜道："是燕归，可算是回来了！"

她快步走了过去，打开了门，一阵夹杂着雪的寒风吹了进来，人身上的暖意被瞬间卷走。

她搓了两下手，把燕归拉了进来："外面要冻死人了，快进来暖暖手。"

燕归的头发上全是雪，他随意地拍了拍，冲着桑肖柠乖顺地笑了笑："谢谢姐姐，我不冷的，你快进去，别冻着啦……"

"我去给你倒杯水，子琅你帮他暖暖手吧。"桑肖柠嘱咐一句就去了厨房。

万俟子琅没说话，看着燕归乖乖地坐在她身边，他把手伸到了她身侧的毯子里，语气倒是乖巧："手太冰了，不用姐姐暖，我自己来就好。"

桑肖柠拿着一杯热水走了回来："也幸亏你没在，不然你可能要被那条蚯蚓吓死。"

燕归眨了一下眼，听着她讲完那条蚯蚓的事情。

桑肖柠："对了，还没有问呢，命题的身体感觉怎么样？"

万俟子琅："我检查过了，没问题，跟之前的差别不大，宋分题的身体也没有异样，只是被消耗了一部分气血和精力。人皮蝇的其他性质我们还不知道，但至少它目前展现出来的……"她抬起了眼皮，"是复生。"

燕归笑道："听起来很有用的样子，要是利用好，除开时间差，那说不定不限次数呢。"

宋命题陷入了沉思。

"那我们怎么知道，这个是一次性技能还是永久性技能呢？"

桑肖柠立刻意识到了不妙："等一下，你要干……"

她话音未落，宋命题就已经毫不迟疑地一头撞在了墙上，脖子嘎嘣一声扭断了。

过了一会儿，他的声音从宋分题的衣服下面传了出来。

"确认过眼神，是永久性技能。"

桑肖柠："……"

没多久，宋分题悠悠转醒。他醒过来后的第一件事就是摸自己额头，在发现触感一片光滑之后，大大松了一口气。

"终于孵化出来了？"

万俟子琅若无其事地站了起来："嗯，我先去睡了。"

桑肖柠："我也去睡了。"

宋分题不明所以。

桑肖柠临走之前给燕归手里放了个暖水袋："我在里面灌满了热水，睡之前记得放在被窝里，先暖暖床。"

燕归甜甜地蹭了蹭她的手："谢谢桑姐姐。"

桑薛糕的爪爪把着桑肖柠的另外一只手，警惕地看着他："喵呜……"

万俟子琅回了房间，没多久就有人敲了敲门。

开门之后，她发现是换了一套衣服的燕归。他比万俟子琅矮一点点，还是个小少年的模样，目光也纯真："我没进来的时候，感觉姐姐好像在看院子外面，有什么事情吗？"

万俟子琅单刀直入："你回来的时候有没有清理掉你的脚印？"

"姐姐担心有人跟着我的脚印回来？"他也看了一眼窗户外面，然后漫不经心地揪住了自己一缕头发，"不用担心，就算真的来了人，我也能帮姐姐吃掉。"

万俟子琅："……"

"还是有别的不喜欢的人？"燕归笑嘻嘻地说，"桑肖柠？宋分题？只要是姐姐不喜欢的，我都可以吃掉。"

万俟子琅："那我不喜欢……"

燕归："除了我。"

万俟子琅："那就没有了。"

话题到这里就打住了，两个人各自回了房间。

虽然别墅外已经彻底变了天地，一眼看过去白茫茫的一片，充满了未知，但别墅内安全又稳固，钻进松软厚实的被子里，听着外面寒风呜呜地吹，会让人产生一股莫名的安全感。

　　而与此同时，郊外，距离院子不远的地方，一群穿着单薄的人正瑟瑟发抖地在野地里行走。

　　这一行人大概有十几个，全都面黄肌瘦，憔悴异常。

　　为首的是个二十岁出头的女孩子，留着一头染成黄色的粗糙中长发，嘟囔着抱怨。

　　米露："别挤、别挤，挤在一起走不动了！"

　　她身后有人抱怨了一句："不靠在你身边就要冻死了！"

　　米露的手上有一簇小小的火苗，散发着微弱的光芒。

　　她是团队里唯一有火焰异能的人，他们这群人没有被冻死在大雪里，全靠这簇小火苗。

　　而离米露最近的是个粗壮的大汉，忽然惊喜地开了口。

　　夹谷梁："你们看前面！是不是有栋别墅？"

　　人群喧嚷了起来。

　　"好大的院子！门口有脚印，里面肯定有幸存者！"

　　"居然有基地，里面的物资肯定也不少！"

　　一个叫越映澜的中年男人搓了一下手："赶快敲门！进去取暖！"

　　夹谷梁："都让开！我来！"

　　他用力地敲着铁门，门里很快就响起了脚步声。

　　万俟子琅："谁？"

　　越映澜："幸存者！我们花了好大劲儿才从我们原来的城镇逃出来！让我们进去吧！"

　　"对、对！我们要冻死了！救救我们吧！"

　　十几个人七嘴八舌地嚷嚷了起来，万俟子琅戳了一下头上的乌龟。

乌龟："……"

万俟子琅："确定都是人类没错……"

她刚要说话，就被一道暴躁的声音打断了。

夹谷梁："别废话了！你还在磨叽什么？赶紧让我们进去啊！"

万俟子琅一挑眉，却忽然听见了夹谷梁说的下一句话。

"我们这边才十五个人！把我们放进去又不会用多少东西！"

万俟子琅一顿："你确定你们的队伍是十五个人？"

她这句话问得有些莫名其妙，越映澜下意识地回道："确定啊，十五个人。"

万俟子琅站在墙上："你们自己数一下……虽然人站得很乱，但是我确定，站在门前的，是十九个人。"

几个靠近铁门的人都听到了她的话，悚然一惊，纷纷转过了头。

而在回头的一瞬间，越映澜的脑袋里嗡的一声，心惊胆寒——

因为不知道什么时候，队伍的末尾，竟然多出来了四个黑色的身影。

那是四个雪人。

它们伫立在雪地中，几乎跟人一般高，雪堆成的身体上插着密密麻麻的枯树枝，脸上有两个被抠出来的巨大窟窿，作为鼻子的胡萝卜是干瘪的，半点水分也无。

一股凉气从脚底板蹿了上来，越映澜颤抖道："这……这是你们堆的吗？"

米露："别开玩笑了！谁闲着没事要堆这几个雪人啊！"

"什么时候出现的？"

有人后退了几步："刚才回头的时候还没有呢，这些东西到底是……"

"别看了！"夹谷梁爆了一句粗口，指着万俟子琅的鼻子破口大骂，"眼瞎了看不到这边的情况不对？赶紧开门！你这墙可不高，异变体过不去，我们的人搭梯子就能过去！"

万俟子琅本来还在思索，听见他这话，顿时给他鼓了个掌："很好，这个威胁很有力度。"

夹谷梁："那你还不赶紧开门！"

万俟子琅："所以我不同意你们进来，外边冻着吧。"

她毫不迟疑，哗啦一声关上了铁门上的小窗口。

夹谷梁愤怒地踹了一脚铁门，又骂了一句脏话。

米露："你先别叫了！这四个雪人看着好诡异，还有这个！中间的这个雪人，好像……"

"不叫？我们在这里饿死吗！"夹谷梁骂骂咧咧，"让开！我现在就翻墙过去，非把里面的人弄死不可！"

他抬手就想要往上爬，但他的手刚攀附在墙壁上，就立刻发出了一声惨叫，然后一屁股坐在了地上，两只手鲜血淋漓。

米露骇然道："墙壁上有刀片？！"

夹谷梁被刀片划伤得猝不及防，疼得手脚都在抽搐，嘴里更是骂骂咧咧的。

"臭女人，没良心，占着这么好的地方，一点同情心都没有！"

越映澜急得直跺脚："你这个样子说话，人家肯定不让你进啊！"

他又隔着墙喊了几句，但里面始终没有人再出来。无奈之下，一群人只能聚集在墙根下，靠在一起瑟瑟发抖。

而那四个歪歪扭扭的雪人，就在不远处。

米露搓着胳膊，一直在盯着那边，看着看着……她忽然站了起来："你们来这里看看，这个雪人身上是不是有字啊？"

越映澜凑过去看了一眼。

"真的有字，写的好像是……'主人，请尽情吩咐雪人'？"

夹谷梁："什么意思？"

一群人把雪人团团围住了，有人试探着说："去找一些吃的来？"

雪人纹丝不动。但这也在意料之中，他们本来也没指望这些诡异的雪人真的能帮上忙，只是在又冷又饿的状态下，米露有点绷不住了："我好饿……"

而这时候，铁门里忽然传出来了一阵脚步声，随后有道温婉的声音响了起来。

"你们还在吗？"

米露顿时一个激灵爬了起来："小姐姐，我替刚才那个人道歉！你就让我们进去吧！我是个异能者，我很有用的！"

桑肖柠："不好意思，我朋友没有答应的话，我是不会让你们进来的。"

米露听出来铁门内的人声变了，但这时候她也顾不上别的，只哀声恳求："求求你了啊，你该不会想让我们冻死在这里吧？我们都是活生生的人啊！你看看我的手，已经冻僵了，再这么下去……就让我们进去吧！"

但从铁门内传来的声音依然坚决："不好意思。"

米露抽泣了一声，但没过多久，一个硕大的包裹忽然扔了出来，啪的一声落在了雪地上。

一群人立刻眼冒绿光，蜂拥而上。

"这里面是什么？"

"我闻到味道了！"

包裹里都是野外生存非常需要的东西：压缩饼干、干净的水、牛肉干、能量棒和一些酱菜，还有一顶帐篷和能抵挡风雪、点燃火堆的材料和工具。

"有吃的了！"

"别抢！别抢，给我留一口！"

食物很快被分得七七八八，一群人狼吞虎咽，几乎要把自己噎死。

夹谷梁坐在了地上，流着血的手往雪人身上一压，目光阴沉沉的："可恶，他们吃的东西果然不少！要是能进去……"

他话音未落，米露就发出了一阵尖叫。

"夹谷梁你身后！雪人动了！动了啊！"

夹谷梁猛地转过了头。

万俟子琅把东西丢下去之后，一转头，就看见燕归乖乖地抱着大衣，站在她身后，见她回头，笑着问了一句——

"姐姐，要我帮你穿衣服吗？"

万俟子琅没多说什么，抬手接过了衣服："我自己来。"

桑肖柠已经回去了。

燕归看着她提着衣服，歪头道："姐姐心软了吗？"

万俟子琅不置可否。

"这群人不会感恩的，他们只会想里面是不是有更多他们需要的东西。所以丢东西给他们干什么呢？"

"没有心软。"万俟子琅一伸手，手臂从袖子里伸了进去，"救助想要我命的人，不是善良，而是找死——只是随手而已。"

燕归："……"

他忽然一伸手，拉住了万俟子琅的袖子。

万俟子琅对上他因为兴奋而亮起的眼，头顶上方缓缓冒出了一个问号。

"没什么。"他舔了舔小虎牙，又重复了一句，"没什么。"

——只是觉得很开心。

她对谁都能做到铁石心肠。

门外的惊慌还在蔓延，一群人挤在一起，惊恐不安地盯着那个忽然动起来的雪人。

米露："你别过来！我要点火了！"

"不对！"越映澜迟疑道，"这些雪人……好像没有想要伤害我们的意思？"

非但没有，动起来的雪人甚至有些莫名的……卑躬屈膝？

夹谷梁眼珠子转了转，有点反应过来，试探道："尽情吩咐雪人……你去给我们找点吃的？"

那雪人又动了一下。

随后它就转过身，在众人惊喜的目光下，带领着另外三个雪人走入了茫茫风雪中。

而半个小时后，它们竟然真的带回来了几只死掉的兔子。

一群人面面相觑，随后爆发出欢呼。

夹谷梁："这些雪人真的在听我们的话！可惜拿回来的兔子都是快要腐烂的……"

旁边一个叫余子倩的女人吞了一口口水："不干不净，吃了没病！"

——他们已经很久没有吃过肉了。

只有米露还有些迟疑："雪人动了，你们就不觉得诡异吗……"

只可惜她这话没有几个人会听。

噩梦时代降临，生存才是最重要的。火堆很快被点了起来，那几只兔子被剥了皮，虽然临近腐烂，但大火一烤，那味道竟然有些隐约的香。

一群人大快朵颐，咀嚼间不知道是谁嘟囔了一句："你们说里面的人有肉吃吗？"

"我觉得没有。"有人"嘿嘿"笑了两声，"谁让他们不开门的……"

一个叫鹿小闹的女孩子戳了一下米露："你说是不是？"

米露也已经吃上了，闻言顿了顿。

她知道里面的人不开门也正常，毕竟是噩梦时代，谁也顾不上谁，但是一想到里面的人能待在暖暖的房子里……她咬了一下嘴唇，轻轻"嗯"了一声。

吃完兔了，众人终于可以休息了。别墅里扔出来的帐篷虽然只有一个，但也够大，十几个人躺在里面，倒也暖和。

只是半夜的时候，余子倩忽然发起了高烧。

她今年快四十岁了，身体比不上年轻人，在雪地里发烧的感觉实在不好受，烧到三十八九摄氏度的时候，她呻吟了两声："我好难受啊……你们去问里面的人要一点退烧药吧……"

"我才不去受气。"夹谷梁左右看了几眼，眼睛忽然一亮，"不过这倒是个好机会，不如让雪人去找找看？"

越映澜："这雪人又不动了，它们好像需要血？"

人群里立刻有人提议道："那就放余子倩的血！是为了她才用到雪人的！"

余子倩："等一下！我身体本来就在……"

她的反抗根本没有用，很快就有人把她架了出去，刀在她手腕上一割，流出来的血直接被涂抹在了雪人上。

雪人再一次进入了风雪之中。

而这一次，它们过了四五个小时才回来。

夹谷梁："这退烧药怎么破破烂烂的？"

越映澜："别管那么多了，赶紧喂她吃下去。"

退烧药确实吃了，但可惜的是，余子倩还是在半夜三点多的时候死了。

她的尸体没有被丢弃，而是被放在了火堆边。

黑暗里有隐约的交谈声。

"怪可怕的。"

"有什么好怕的？下次出动雪人，就不用再放别人的血了，直接用她的血就可以，我们都试过了，凝固的血也行……"

食物和水源都够了。

身边还有雪人这种东西，一群人都安心了不少，躺在帐篷里也不觉得冷了，还有闲心聊两句。

聊着聊着，夹谷梁忽然冒出来了一句："你们说，雪人能不能把里面的人拖出来？"

这一句话一说，顿时犹如一石激起了千层浪。

鹿小闹："我觉得可以……现在去试试？"

"对啊！把他们拖出来，我们就能住进去了！"

一群人越商量越兴奋，纷纷爬了起来，准备去放余子倩的血，趁夜进攻。

但最前面的米露刚刚爬出去，就毛骨悚然地停在了原地。

后面的鹿小闹一个没注意，差点撞在她后背上："你挡什么路啊？起开……"

"雪人……你看雪人！"米露颤抖着指向前面，声音中都是悚然，"雪人变了！"

凄凉荒芜的雪地里，那几个雪人歪歪扭扭地立在原地，样貌跟之前并无区别，但它们……从四个变成了五个。

"数量变多了？"鹿小闹很快注意到了另外一件事，"余子倩的尸体不见了！怎么会这样……"

寒风里，五个雪人静静地站在火堆旁。它们脸上的窟窿似乎也变大了不少，黑洞洞的，像是一直延伸到身体里面。虽然它们一动不动，却让人莫名觉得恐怖。

夹谷梁翻了个白眼："看、看、看、看什么看！谁知道这些东西是怎么回事！既然想不通，那就别想了！"

米露："怎么可能不想啊！这些雪人也太奇怪了吧！"

万俟子琅："我倒是有个办法。"

她一开口，底下的人都被吓了一跳，仰起头才发现她又出现在墙头上，而在看到她身上裹着厚厚的棉袄时，惊吓就变成了不满。

万俟子琅倒是毫不在意，说："既然雪人说了可以尽情吩咐它，为什么不让它把余子倩的尸体找出来？"

"用得着你来管吗！"夹谷梁恶狠狠道，"臭女人，想找麻烦是吧？信不信我现在就让雪人上去弄死你！"

他指着墙头，越骂越难听，万俟子琅丢下了一句"你尽管来试试"，就下了墙。

下去之后，她才发现宋分题在下面等着。

他似乎没准备在外面待很久，身上只套了一件柔软宽松的厚毛衣，略微有些长的头发被他随手扎了起来。

"外面这群人动杀心了，如果他们真的让雪人来攻击我们，你准备怎么办？"

万俟子琅："……"

宋分题："看你刚才胸有成竹的样子，应该想到解决办法了吧？"

万俟子琅："没想到，我就是嘴上逞强一下而已。你觉得震慑到他们了吗？"

宋分题瞬间感到无语："我觉得没有。"

有时候他会有点分不清楚万俟子琅到底是不是在开玩笑。但是他也心知肚明，就算那群人真的想要让雪人进攻，他们也未必不是对手。

"不过保险起见，今晚还是轮流守夜吧，反正本来也是要防着外面那群人的。"

他绕过万俟子琅，想要上墙，但两个人擦肩而过的瞬间，万俟子琅忽然一伸手。

宋分题猝不及防，只感觉小腹一冰。

他停下了脚步，安静地跟万俟子琅对视。而万俟子琅顶着他的目光，收回了手，就好像什么也没有干，平静地说："既然……"

宋分题："闭嘴。"

万俟子琅："已经怀了。"

宋分题："……"

万俟子琅："那还是注意一下保暖。"

她把外套脱了下来，微微抬了一下手，披在了宋分题肩膀上。

宋分题："……"

他捂了一下脸，挺着大肚子，上了城墙。

万俟子琅想了想，抬手把乌龟扔了上去。

宋分题伸手接住："给我乌龟干什么？让我用来防身？"

万俟子琅："你看样子快生了，龟龟可以帮你接生。"

宋分题："一个乌龟能帮我接什么生？"

他"吐槽"了一句，但也没有把乌龟扔出去的意思，只随手揣在了口袋里，然后往下看了几眼。

他在两堵墙壁中间的小屋子里，外面的人是看不到他的，还在吵。

夹谷梁暴躁道："你们眼瞎了吗？看不到刚才那个女人嚣张的样子吗！让雪人进去弄死他们啊！"

越映澜："可是……雪人的数量忽然变多了，无论如何它们都是来历不明的。我们最好还是别动了吧？"

米露忽然开口说："我觉得刚才那个女孩子说得对。我们可以让雪人去把余子倩的尸体找回来——可能只是被什么野兽叼走了。"

话虽然是这么说，但早就已经有不少人的目光落在了第五个雪人身上。但大多数人的目光一触即离，就算怀疑的人，也没有捅破这一层窗户纸。

所以最后还是投票做了决定——让雪人去找尸体。

越映澜咽了一口唾沫："雪人、雪人，你去把余子倩的尸体带回来。"

雪人没有动。

有聪明的人已经猜到了什么，还有的人不明所以，又催了一句。

米露："怎么不动啊？雪人、雪人，去把余子倩的尸体带回来……"

最前面的雪人的脑袋忽然一歪，然后一个侧身，直接用干枯的树枝抓住了旁边一个雪人的头，用力一拔——

米露整个人僵在了原地，也看清楚了雪人手里的雪人头。

只有外面是雪，里面早就已经被挖空了，余子倩的眼睛，就在里面睁着。

一群人瞬间尖叫出声。

"怎么会这样？！"

"果然在里面！多出来的第五个雪人……但是，是谁把她埋进去的？"

夹谷梁也有些哆嗦，但还是骂了一句："啊啊啊、啊什么，唱《黑猫警长》呢，你们！"

他捂了一下胸口，强行镇定了下来，然后忽然开口道："喂，雪人，这个尸体是不是对你来讲很重要？"

雪人的反应很迟缓，但还是无声地点了点头。

夹谷梁紧接着道："那要是我让你把尸体扔掉呢？"

雪人停顿了足足有十几秒。

但最后它还是弯下了腰，把余子倩的尸体倒了出来。

夹谷梁满意地笑了笑。

其他人不明所以，鹿小闹骂道："你疯了吧！本来就够诡异了，你还让它们干这种事情？"

"你懂什么？"夹谷梁不屑道，"这个叫试探，尸体对它这么重要，我让它扔，它们不也还是扔掉了？"

"说得好像……"鹿小闹看了一眼低眉顺眼的雪人，"有点道理。"

越映澜："那我们到底还要不要留着这几个雪人啊……"

没有人回答他。

但所有人的答案，都是一样的。

是诡异，是恐怖，余子倩的尸体确实被莫名其妙埋进了雪人里，但夹谷梁让它把尸体扔掉，它不是也扔了吗？

接下来的几天，大雪依然没有停。地上的雪越来越厚，四个雪人为这群人四处奔波，寻找食物、燃料和有用的材料。

也正因为它们表现得乖巧，所以包括夹谷梁在内的所有人，都默许了余子倩的尸体再一次变成雪人。

为他们服务的雪人数量也变成了五个。

偶尔会有人觉得不安，试图在五个雪人里找到埋了余子倩的那一个，但没过多久，就彻底分不清了。

几天过去，雪人回来的速度越来越慢，找回来的食物也越来越少。

米露："好像是因为附近被搜刮遍了。"

夹谷梁骂骂咧咧，泄愤地踹了雪人几脚，但这也没有用，没过多久，雪人带回来的食物就不够分了。

越映澜："有人快要饿死了。"

鹿小闹躺在地上，低声呻吟道："我好饿。"

其他人没怎么管她，聚在一起等雪人回来。

"已经出去三天了。"米露肚子叫了一声，"实在不行我们就低低头，求求饶，去问里面的人要点吃的吧……"

她看了一眼地上的鹿小闹："她快不行了。"

夹谷梁嘴里叼着一个烟屁股，翻了个白眼："饿死活该，谁让她抢吃的抢不过别人！谁都不准去问里面的人要吃的！"

鹿小闹已经饿得说不了话，她求救地看向了米露，米露却若无其事地移开了目光。

快饿死的人是鹿小闹，不是她，她不想在这种事情上得罪夹谷梁。

又是一天过去，雪人依然没有回来。

鹿小闹被抬出了帐篷。

米露："也不能怪我们无情，反正她都要死了，抬出去就抬出去吧……"

当天晚上，雪下得又大了几分，鹿小闹的身体也渐渐僵了。

第二天早上，第一个起来的人掀开帐篷之后，惊喜地喊了一声："雪人昨天晚上回来了！"

他们立刻围了上去，分食了那少得可怜的食物，全然没有人在意鹿小闹的尸体不见了、雪人的数量从五个变成了六个这件事。

"多了是好事。"夹谷梁叼着点不起来的烟屁股，阴沉的目光落在了墙壁上，"我们攻不进去，不就是因为雪人数量不够多吗？"

越映澜："可是我总有一种不太好的预感。"

夹谷梁："不太好的预感？我觉得你说得很有道理。"

夹谷梁难得附和他，越映澜立刻惊喜道："是吧……"

他话还没有说完，就看见夹谷梁忽然抓起了地上的一块石头，然后一下砸在了他的脑袋上。

夹谷梁"呸"的一声吐掉了嘴里的烟头："多准啊，你不好的预感说实现就实现了。"

米露反应过来的时候，越映澜已经断气了，米露怒道："你疯了吗！"

"我这是为了大家！"夹谷梁张开双臂，一副理直气壮的模样，"死的人越多，雪人就越多！用不了多久我们就能翻越墙壁了！你们难道不想过好日子吗！"

米露："……"

冰天雪地中，僵硬诡异的雪人一动不动。

没有人敢说话。

第二天早上，雪人的数量变成了七个。

这些雪人，还是无法翻过墙壁。

在意识到这件事之后，十二个幸存者之间的气氛就彻底变了，除了夹谷梁以外，其他人都沉默了下来。

而当天深夜，宋分题挺着十月怀胎似的肚子，去墙壁那里取了一下摄像机。

宋命题什么也看不见，所以决定讨好一下他哥："妈，我觉得我……"

宋分题："滚！！"

他猛捶了自己肚子几下——宋命题心疼他，终于不说话了。

安静下来之后，宋分题深吸了一口气，催眠了一下自己，然后打开了这几天录下来的视频。

他加快了视频的播放速度，随意地翻了翻，而在看到某个地方的时候，他瞳孔忽然一缩。

视频里，记录了一个雪人被"造"出来的全过程。

在看完全过程之后，宋分题神情难得地变得凝重了起来。

"我跟子琅之前都猜过雪人的制造过程，思路基本一致。"

——雪人在无人关注的深夜，把尸体堆成了新的雪人。

宋命题："妈……"

宋分题没搭理他，而是又把视频倒回了："但是……"

但是他们猜的，竟然是错的。

宋命题："妈……"

视频里传出录下来的呜呜的风雪声。紧接着，只见一片惨白的雪地上，有几个雪人和一具尸体。随着视频的播放，忽然有东西动了。

宋分题："……"

动的不是雪人——而是尸体。

被冻成了鲜红色的尸体，关节、肌肉，全部是硬邦邦的，但在大雪中，它坐了起来。

然后它慢慢地扒拉着周围的雪，把自己堆成了一个雪人。

宋分题："是尸体自己把自己堆起来的。"

宋命题："哥，道理我都懂，但是你能不能先准备一下……"

"闭嘴！"宋分题骂了他一句，还没听清楚他后面要说什么，就忽然感觉自己肚子一胀，而紧接着他脑袋上的乌龟就一伸头，试探着伸出了爪爪，刺溜一下滑了下来。

宋分题下意识地想要接住——万俟子琅跟这只乌龟形影不离，他是知道的，摔坏的话，她可能会心疼。

但是他修长的手指伸到一半，就停了下来。

因为他面前多了一个人，是个二十岁左右的青年。

不知道青年是怎么出现的，他先是半蹲在地上，停顿了一会儿之后，才缓慢站了起来。在对视的瞬间，宋分题莫名屏住了呼吸。

他见过不少长得好看的，却从来没有见过长得这么靓丽又平静的人。

他黑色泛着蓝的长发像绸缎一样垂落到了大腿上，双眸是静谧的藏蓝色，睫毛浓密，鼻梁高挺，皮肤白得像玉石一样。

除了没穿衣服显得有点像变态以外，他完美得不像是人类。

宋分题："你是……"他话说到一半，就看见那个人平静地看了他一眼，然后缓缓地又蹲了下去。

宋分题不明所以。

宋分题看着他缓缓蹲下，又缓缓伸出手，然后缓缓做了一个接的动作。

下一秒，宋命题掉了出来，直接擦过了他的手，啪唧一声落在了地上。

那青年沉默了一瞬间，然后缓缓地把手缩了回去。

宋分题："……"这个动作和速度，让他想到了什么。但是人不能，不应该，乌龟更不能，更不应该……

而就在这时候，门被一推："肖柠说宋命题差不多快要被生出来了，让我来给你们送衣服。"

万俟子琅动作一顿，默默地看着房间里的三个人。

宋分题："等一下，不是你想的那个样子！"

万俟子琅："不愧是你，双胞胎都能生出来。"

宋分题："也不是这个样子！"

乌龟："……"

万俟子琅："我开玩笑的。"

她随手拍了拍青年的头，而他沉默了一下，默默变成了乌龟。

万俟子琅："帮忙接生，真的是辛苦你了。"

乌龟："……"

万俟子琅："我什么时候说过'不愿意帮忙的话就煮你'这种话？"

她熟练地把乌龟放在了头上，从人变成乌龟再到回到窝里前后不过几十秒，一直在旁边看着的宋分题默默地擦了一把脸。

他很想问问乌龟是怎么变成人的，但是看着万俟子琅那个自然的态度，他竟然莫名有种问不问都无所谓的感觉……

宋分题本来想跟万俟子琅说一下雪人的事情，而就在这时候，却忽然听到外面传来了一阵骚动的声音。

外面起冲突了。

夹谷梁刚才在撒尿，裤腰带还没系上，这会儿正满头是血地跟人对峙；而他对面的人更惨，脑袋都被砸瘪了一块，正在地上尖叫求饶。

"去你的！"夹谷梁神情狰狞，"居然敢偷袭我？！"

那人大声哀号，想逃跑，闻言直接抬起了头，毫不犹豫地指向了一个人："是米露！米露让我这么干的！她说你太危险，所以要联手……"

夹谷梁一把攥住了他的头发，举起了沙包大的拳头，一下又一下地击打着他的脸，看上去十分恐怖。

那人没动静之后，夹谷梁直接一甩手，把他扔了出去，然后一巴掌扇在了站在原地、动也不敢动的米露脸上。

帐篷里面的其他人缩成了一团。

夹谷梁的声音阴森森的："本来看在你是异能者的分儿上，想要留你一命的。"

"松手……松手！"米露的膝盖早就软了，这会儿被他拎了起来，才终于有了力气挣扎，她拼命地拍打夹谷梁，对方却纹丝不动，她蹬着腿，只能撕心裂肺地冲其他人喊，"你们别只看着！

来帮忙……"

她的话还没有说完，夹谷梁就嘎嘣一声直接扭断了她的脖子，然后把她甩到了一边。

他看都没看她的尸体，而是大剌剌地直接坐了下来，开始肆无忌惮地享用不多的食物。

剩下的人一言不发。

夹谷梁本来就是个武术教练，再加上这几天他几乎霸占了所有食物……别说是他们，就连身为异能者的米露，也已经被饿得使不出异能了。

怎么反抗？

只能祈祷夹谷梁不会再动手。

但很可惜，当天晚上，又有一个人死掉了。

幸存者只剩下了十个。

夹谷梁还骂骂咧咧："汤怎么不吹凉了再给我？"

给他端汤的人怯懦地道："天这么冷，放一放就凉了啊……"

夹谷梁一脚把他踹倒在了地上。

那个人也已经好几天没吃饭了，被踹倒之后躺在雪地里大口大口地喘息着。

没有人去拉他。很快，他就被活活冻死了。

第四天早上，雪人的数量变成了十个。

剩下的幸存者呆呆地坐在雪地里，盯着雪人。

第五天晚上，夹谷梁躺在帐篷里睡觉，听见了外面窸窸窣窣的交谈声。

他竖起了耳朵，发现是剩下的人在商量着要离开这里。

他冷笑了一声："一群废物，离开了我跟雪人，那就什么都不是！"

他一开始觉得他们最多就是嘴上说说，结果没过多久，他就发现这群人竟然是真的想走。他心里起了一点怒火，想去把他们都收拾了，但是不知道为什么，他困得厉害。

所以他只是嘟囔着吩咐了一句。

夹谷梁："雪人啊雪人，帮我看住他们，谁敢带物资走，你们就杀了谁。"

说完这几句话，他就合上了眼，沉沉地睡了过去。

深夜的时候，他被冻醒了。

一睁眼，他被吓了一跳。

帐篷里一片漆黑，也空荡荡的，但是他头顶，有两个黑漆漆的窟窿。

——他的枕头边，出现了一个歪歪扭扭的雪人。

"吓死我了！"他左右看了一眼，才骂骂咧咧地站了起来，"哪个浑蛋把雪人移进来了，帐篷也敞开着，怪不得我被冻醒了……"

他正想把帐篷拉上，动作却忽然一顿。

帐篷的外面，是密密麻麻的一片雪人。

夹谷梁："……"

他的身体瞬间冷了下来。

狂风呼啸，每一个雪人都歪扭着身体，脸上的黑色窟窿都在盯着他。

一个、两个、三个……十八个。

十八个雪人。

"那几个想逃跑的，该不会全都被雪人弄死了吧？"

他被外面的冷风吹得哆嗦了一下，抬手就把帐篷拉上了。然后他一转头，却忽然看见，刚才那个在他枕头边的雪人，不知道什么时候，竟然已经出现在了他身后。

夹谷梁被吓了一跳，一脚踹在了雪人身上："你吓老子干什么！

"在这里别动！有人来了就把我喊醒！你听到没有？！"

雪人缓缓地点了点头。

夹谷梁心里憋着火，闭上眼却没有睡着。活人只剩下他一个了，他就算心再大，也很难立刻睡着，而没过多久，他的耳边忽然传来了一道极轻的声音。

像是有人在扒拉雪。

夹谷梁："……"

他心里咯噔一声，眼睛慢慢睁开了一道缝隙，却看见黑暗之中，那雪人的两只手放在身后，正在缓缓地朝着他这边移动……

下一秒，它就到了他面前。

它弯下了腰，黑漆漆的窟窿眼直勾勾地盯着他脸上。

不……不仅仅是黑窟窿……里面还有……

夹谷梁发出了一声凄厉的叫声，四肢着地，爬起来就想跑，而雪人只是在后面静静地、静静地看着他。

天亮的时候，雪人变成了十九个。

它们聚集在城墙下面，跟城墙上的人对视了很久，却没有试图爬上去，而是一个接着一个，在雪中蹦跳着离开了。

第四章

砂中
紫林

几天后，雪停了。

万俟子琅找出来了几把大扫帚，把院子里的雪清扫了一下，并储存了部分雪水，准备将来当作浇灌用水。

晚上，她盘腿坐在沙发上，仔细地研究着狸熊市的地图。

"肖柠让我给你煮的姜汤。"宋分题把杯子放在了她手侧，"你在看什么？"

"你来看一下这个位置。"万俟子琅点了点狸熊市市中心的点，"这里有棵柿子树，树上有一个鸟巢，如果可以的话，我想把鸟蛋拿过来。"

宋分题："你要鸟蛋做什么？"

万俟子琅："鸟蛋中蕴含着大量能量，能够让异能者进阶。虽然和异能的发展方向不一样，但无一例外，异能化的等级越高，威力也就越大……"

宋分题："这几天就要去？"

万俟子琅点了点头。

损坏的车子已经修好了，栏杆也重新加固了一下。这次再度前往狸熊市，是所有人一起出发。

"鸟蛋不好携带，如果能拿到的话，最好是当场分食。"

一行人没有耽误，很快就准备齐全，出发了。如今的卡车上又新添置了一些物品。

后面的车厢内，铺了一层厚厚的褥子，点了个小炭炉，角落囤积着衣物和被子；旁边是桑肖柠做的小隔间，小隔间内，下面是放在铁箱里的冰块，上面是一些不容易腐烂的食材——腊肉、海鲜干货和压缩饼干，干净的瓶装水，一些冻得硬邦邦的肉，以及大量的调味料和白面馒头。

燕归盘腿坐在一边，笑意盈盈地陪着桑薛糕和宋命题玩积木。他神态温和，就像是普通的邻家小哥哥，对小孩子也很有耐心。

而前车厢里，气氛就没有这么轻松了。

开车的是万俟子琅，宋分题则在看地图上的标注："通往市区最近的那条路已经被堵死了，我们只能绕路走。"

万俟子琅："绕多远？"

宋分题："得绕过半个狸熊市。"

万俟子琅"嗯"了一声。

傍晚的时候，她跟宋分题交接了一下。

这时候他们已经完全绕到了那条陌生的路上。

这边的情况比狸熊市里好很多，植物变异并不严重，公路旁边高耸的树木和比人还高的农作物里，虽然会偶尔传出奇怪的声响，却一直没有出现什么可怕的东西。

天渐渐黑了下来。

他们经过了一片奇怪的树林，已经辨认不出来树种了，所有的树干都焦黑干瘪，像是被火烧过一样，树枝也干枯，上面压着一层厚厚的雪。

宋分题看了几眼，动作却忽然一顿："看那边——是不是有个牵着小女孩的男人？"

阴暗的树林中，隐约出现了一大一小两个连在一起的身影。

万俟子琅："我也看到了——他们过来了！"

她一脚踩下了刹车。

卡车太沉重，就算踩下了刹车也很难立刻停下来。而那个男人跟小女孩却躲都没有躲，而是在车还没有完全停下来的时候，直接扑到了车头前面，"扑通"一声跪了下来。

那男人皮肤糙黑，看上去年纪在三十岁上下："求求你们！

让我们上车吧！只要带我们离开这里就好！"

万俟子琅跟宋分题对视了一眼，都没有说话。

就这么一会儿的工夫，天已经彻底黑了，寒风呼呼地吹，交错的树枝发出了让人悚然的声音。

那男人见他们一言不发，神色又焦急了几分："求求你们！哪怕让我们待在车顶上也好！"

他不停焦急地回头看着那片阴森的树林。

"它、它快要追过来了！它跑得很快！只靠双腿的话，我根本就跑不过它！更何况我还带着一个孩子！"

"子琅……"宋分题嘴唇微动，万俟子琅倒是果断，"上车。"

林杨咚咚磕了两个响头，拉着小女孩就焦急地上了车。

桑肖柠给他们每人盛了一碗热汤。

父女两人紧紧抓着对方的手，说什么也不肯松开，父亲哽咽着做自我介绍："我叫林杨，这是我的女儿，叫白墨。我原来是在村子里开小卖部的，后来世界忽然变了，村子里其他人都死光了，只有我和我女儿两个活了下来……"

宋分题在开车，万俟子琅开了前后车厢之间的玻璃，听他说完之后问道："村子很偏僻？"

林杨："是、是的……"

"其他人都死了？"她不等林杨回答，直接追问，"怎么死的？你们为什么要离开村子？一个村落的物资应该够你们两个生活很久吧？"

林杨像是有些震惊于她语气的冷硬，身体不自觉地哆嗦了一下。他牵着的小女孩也低下了头，眼泪吧嗒吧嗒地落了下来。

"不是我们想离开的……"林杨颤抖着说，"村子旁边有一个土坡……前段时间好像有什么东西从里面爬了出来。我们本、本来没多想，但是这几天半夜，我们家的窗户外面频繁出现奇怪的声音，还有一条很长的影子，它速度很快，而且一直想要撬开窗户进来……"

"我跟爸爸就、就收拾了东西，想趁着它不在时离开，但是……"小女孩抽泣了一声，她的声音稚嫩，带着恐惧，"可还是被它发现了，它追了上来……"

车上几个人又往那片森林看了一眼。

黑漆漆的，什么奇怪的东西也没有。

桑肖柠摸了摸白墨的头："乖孩子，不要哭了，已经没事了。"

不知道她柔声的安慰让那小姑娘想到了什么，她抽抽搭搭的，眼泪落得更凶了，抓着她爸爸手的力道也大了几分。

喝完热汤之后，林杨状态好了很多："谢谢你们愿意让我们上来，把我们送到前面那个路口就好。那里有一座苹果园，也是我们家里的，距离我们村子不远。生物开始变异后，我曾经冒险来这边看了看，没有什么奇怪的东西，而且……我跟墨墨也不好多麻烦你们……"

万俟子琅没有推托，也没有询问需不需要帮忙，直接点头同意了。

车子很快停在了苹果园那边，林杨下车的时候犹豫了一下，问了一句："房间还够，你们要不要在这里睡一晚？你们要往前走很远，才能离开紫砂林的范围……"

万俟子琅："紫砂林？"

"对。"林杨点头道，"就是刚才途经的那片树林，进入噩梦时代后，那片树林也发生了变化，每到深夜，里面就会传来奇怪的声音……紫砂林的范围很广，我们的苹果园也在其中。你们要继续开下去的话……可能刚好会在天黑的时候进入它的第二片区域。"

万俟子琅往远处看了一眼。

公路两侧黑漆漆的，过了这座苹果园，确实还是一片看不到尽头的焦黑树木。

天太黑了，而且他们没有走过这条路，再强行开下去实在是有些危险，所以她想了想，就同意了。

一行人跟在林杨父女的身后进了苹果园。

燕归帮桑肖柠抱着桑薛糕，懒洋洋地打了个哈欠。

这片地虽然被紫砂林包围着，但进入噩梦时代前似乎是被附近的农民承包的，高墙外面是农作物，那些农作物或多或少地变异了一点，高度在两三米左右，上面也压着厚厚一层雪，看不清楚是什么植株，也看不清里面有没有什么东西。

但整体来说，这园子给人的感觉确实要比紫砂林安全不少。

苹果园的深处有几座平房。

"因为有时候我们需要在这里守夜什么的，所以生活设施都是齐全的。"林杨手里拿着手电筒，有些不好意思，"不过我们也好久没来了，所以有些灰尘。"

桑肖柠："没关系，我简单打扫一下就好，先让白墨去跟薛糕一起玩吧？"

林杨愣了一下，有些尴尬："不好意思，我家孩子比较怕生……"

桑肖柠这才注意到，白墨好像一直都没有松开过林杨的手。直到现在，她多数时候还是躲在林杨身后的。

桑肖柠没有多说什么，去熬了一锅热乎乎的胡辣汤，又泡了点硬火烧，一群人将就着吃了晚饭。

这里睡觉的房间一共有两个，林杨父女一间，万俟子琅等人则在另外一个房间。

他们打了个地铺，并且决定轮流守夜。

第一个轮班的是宋分题。他靠在窗边，一边擦眼镜一边扫视着窗外。

其他人基本上已经睡了。

苹果园里的苹果树都没有变异，还是正常的高度，只是莫名有些扭曲，有些树枝甚至探到了窗前，不知道是不是风吹的，靠近窗户的树枝一直在上下晃动着。

树枝晃动的时候，宋分题擦眼镜的动作停了下来，他立刻意识到了树枝上方可能有什么东西。

他无声无息地往上看了过去。

而这一看，他的心跳漏了一拍。

苹果树的上面，出现了一个干瘪的伪人。

它被挂在树枝上，脚尖垂落。

而最恐怖的是——

它睁着眼。

宋分题默默后退了一步，目光又往旁边一扫。

然后就发现，出现这种情况的苹果树，不止这一棵。

——他目之所及的树木上，都缀满了密密麻麻的伪人。它们隐藏在茂密的苹果树树叶里，也全都睁着眼，像是秋天丰收时候的累累硕果。

在阴暗的夜色中，显得十分恐怖。

宋分题无声地踹了万俟子琅一脚。

万俟子琅一头雾水。

宋分题微微抬了一下下巴，语气很轻："忽然出现的，前后不到三秒，不知道是……"

他话音未落，就跟万俟子琅同时屏住了呼吸，听着外面的动静。

外面传来了一道诡异的歌谣声。

一个扭曲的男人，走了一段扭曲的路。

手拿扭曲的六便士，踏上扭曲的台阶。

买一只歪歪扭扭的猫儿，猫儿抓着歪歪扭扭的老鼠。

他们一起住在歪歪扭扭的小屋。

（歌谣来源：《鹅妈妈的童谣》）

那歌声由远及近，像是一个喉咙里有痰的老人唱出来的，而最惊人的是，两个人刚听清楚，那声音竟然已穿过苹果林，近在咫尺了！

在万俟子琅"不好"两个字脱口而出的时候，传来了重重的砸门声。

一个扭曲的身影站在门外，身高远超房子，正用力地砸着门。

"开门！开门！"

那声音诡异而沙哑，完全不是人类能发出来的。

宋分题脸色一变，喊道："起来！别睡了！"

宋命题一个激灵坐了起来，衣服还勉强挂在身上："怎么了？"

宋分题："有人在砸门！"

宋命题："好！我知道了！"

他一拳砸在了玻璃上，大声朝着门的方向嚷嚷："大半夜砸门扰民，小心倒霉！"

宋分题一脚踹在了他的腰上："你给我闭嘴！"

而外面那个声音越来越大："我来收割我的宝贝，屋子里却有一群坏人，他们贪婪又自私，欺负一个手无缚鸡之力的老人！"

紧接着门板上就传来了咔嚓一声。

那东西的手里甚至有一把斧头。

隔壁的林杨父女也惊醒了，慌乱地冲了过来："怎么了？外面那是什么？！"

宋分题："这个问题该我们问你！你不是说苹果园里没有危险吗？"

林杨的脸一下子变得惨白："我……我确实听说过，说磁场变异之后林子里长出了奇怪的生物，然后也会有东西来收割这些生物，但我不知道苹果园里有！而且还这么多！"

万俟子琅："外面那个东西知道我们在屋子里——那些树上的伪人会动吗？"

林杨："一般不会。"

"有后门吗？"

"有！"

万俟子琅立刻道："那就先去苹果园里躲一下，看能不能绕开那个东西离开这里。如果分开的话，我们就尽量到外面的卡车那里集合。"

没有人敢耽搁，一群人飞快地收拾了东西，从后门离开了这间屋子。

万俟子琅跟在最后面，刚要出去，手腕就忽然一冰，燕归眼睛亮亮地看着她："姐姐，需要我帮忙吗？"

万俟子琅："不用了。"

她垂下眼睛，干脆地掰开了燕归的手指，道："比起求人，我更习惯奔波逃命。"

然后她就头也不回地进入了苹果园。

燕归看着她的背影，神色晦暗不定，然后轻轻地撇了一下嘴，也安静地潜入了黑暗之中。

走在最前面的林杨对这里比较熟，道："苹果园还有一个出口……"

宋命题："我懂的，就好像……"

"宋命题。"宋分题平静地提醒了他一句，"再让我听见一句不该说的，我就杀了你。"

宋命题默默地抱紧了桑肖柠："肖柠姐，我哥太凶了，以后我交朋友坚决不找这种……肖柠姐，你怎么不说话？"

他旁边的宋分题无声地抓住了他的胳膊。

兄弟两个停了下来，看向对方的眼睛。

宋分题嘴唇微动："别回头。"

宋命题："我抓错了是吗？"

宋分题："总之别回头。"

宋命题："我抓的伪人烂了没？"

宋分题："别回……"

宋命题转过了头："我……"

宋分题抬手就是一巴掌。

宋命题："我日落西山红霞飞。"

宋分题："闭嘴！"

宋分题把宋命题的手拽了下来——看见了还不撒手！然后宋分题牢牢握住了他的手腕。

前面的人没注意到后面的情况，但宋分题左右一看，发现了一件更糟的事情。苹果树的枝叶很低，园子里的可见度也很低，走在后面的万俟子琅和燕归不见了，走在前面的也只剩下了两个人——

林杨和他女儿。

宋分题蹙眉道："走散了。"

现在只能硬着头皮走下去了。

"好的，哥。没问题，哥。"宋命题靠在了他身上，兴致勃勃，

"哥，你放心，无论遇到什么，我都不会丢下你的！"

宋分题的表情也平静："你也放心，只要有点风吹草动，我就立刻丢下你跑路。"

浓浓的兄弟情在空气中流淌。

园子的另一边，桑肖柠一只手抓着小团子，一只手抓着燕归，整个人都绷紧了："都、都别害怕，我会保护你们的。"

桑薛糕迟疑地抬起了头，看着身体不停颤抖的桑肖柠，一下抱紧了她的手臂。

桑薛糕："妈妈不要怕。"

被她另外一只手牵着的燕归，也懒洋洋地应了一声。

与此同时，苹果树的树干从很低的地方就开始冒分枝。万俟子琅蹲在下面，极力弯着腰，她头顶上的乌龟也努力地扒住她的头皮。

两个人的不远处，是诡异的拖拽声。

那道极高的恐怖身影就在不远处，声音尖锐得让人不舒服。

"都是吊在树上的东西，怎么能满足我挑剔的嘴？如果有新鲜的人就好了。

"简单小炒，配点黄酒……"

万俟子琅有些遗憾。

"为什么只要人呢？要是龟龟它也想要……"

乌龟："……"

万俟子琅："我们就可以死在同一个锅里了。"

乌龟："……"

它伸头努力想跟万俟子琅对视，被一根手指按了回去。万俟子琅道："少胡说八道，没有想把你扔出去、自己跑路的想法。"

他们交流的声音很轻，而不远处，那个歪扭的人在采摘树上的伪人。它好像就是来干这个的，但是当时屋子里的生人太多，吸引了它的注意。

"现在分开了，它好像就察觉不到我们了。"她揉捏了一下脚腕，"龟龟，这里太黑了，我看不清路，给我指个方向，等那东西转一下身，我们马上就跑。"

乌龟："……"

万俟子琅："好。"

那东西似乎是个特殊的异变体，竹竿一样，体长接近三米，它背上背着一个箩筐，箩筐里面全是伪人。

终于，它转过了身。

万俟子琅慢慢地从树底下钻了出来。

她藏身的这棵苹果树上的伪人没有被采摘光，她小心翼翼地拨开了它们，想要往反方向走，但还没等她走几步，手腕忽然被抓住。

一个吊在树上的伪人，狞笑着低下了头。

"一直都是歪扭人吃我们，什么时候，也让我们吃一下……"

它嘴张到一半，忽然一顿，然后倒吸了一口凉气。

"我的天哪，这个女人头上长了个乌龟！"

万俟子琅反应飞快，一下收回了自己的手，然后大喊了一声，扭头就跑。

听到声音的歪扭人，头颅瞬间扭转了一百八十度。

"找到了，看上去很好吃的人……"

它迈开长腿，朝着这边追了过来。

万俟子琅头都不回，拔腿就是一阵狂奔。

拽住她手腕的伪人尖叫一声，拼命脱离了树枝，逃跑方向刚好跟万俟子琅一样。

"歪扭人追过来了！救命！救命啊啊啊！"

它跑得竟然比她还要快。

万俟子琅知道，伪人要比她更习惯苹果园，所以没怎么迟疑，直接跟在了它后面。

伪人很快跑到了苹果园院墙附近，然后一翻墙就跳了出去。万俟子琅紧随其后，也翻了出去。

两个人后背贴着墙壁，肩并肩，紧张地听着墙里面的声音。

歪扭人在里面搜寻了一会儿，迟迟找不到之后也就离开了。

伪人松了一口气："吓死老子了。"

随即，它的目光就落在了万俟子琅身上："兄弟，咱俩也算是共患难了吧？你把脸靠过来，我跟你说个小秘密。"

万俟子琅："……"

她看着这东西爬了过来。

它舔了一圈干瘪的嘴唇，轻声说："我们是共患难的兄弟，是兄弟，就能在对方饿的时候，勇敢地献出自己的心脏……"

它声音阴森，口水流淌了一胸口。

换成普通人可能已经被吓得腿软了，但万俟子琅只是沉默三秒，然后抓住乌龟的一条腿，对准伪人的脑门就是一顿砸。

"见到歪扭人跑得比我还快！谁给你的勇气来挑衅！"

伪人捂着脑袋，试图反抗，然后又被砸了回去，发现确实打不过，只能抱着头在地上求饶："别打了！我错了，别打了！"

万俟子琅充耳不闻，按住它脑袋就是一顿胖揍。

伪人很快被她打得七零八碎，躺在地上哀号。

万俟子琅擦了擦乌龟，一个纵身翻到了墙上，让乌龟闻空气中其他人的味道。

而那个伪人还在哼哼唧唧。

"星星好亮，你的乌龟好闪……

"前几天，我在把脖子挂在树上荡秋千时，看见了一只好大的虫子……"

万俟子琅转过了头："好大的虫子？在苹果园里？"

伪人："你让我咬一口，我就告诉你。"

万俟子琅："我生平最讨厌别人威胁我，所以不用了，我对这个消息也不感兴趣。"

伪人："那我能舔一口你手里的乌龟吗？"

万俟子琅："可以啊，要我帮你把它的头戳出来吗？"

乌龟："……"

伪人很快就吸溜上了乌龟，一边吸溜一边跟万俟子琅说话："那只虫子脚很多，而且是连在一起的两只，形影不离。"

"脚多，连在一起……身体是不是很长？"

伪人点头道："对、对！而且是黑色的。"

万俟子琅思索道："听起来像是马陆。"

"好像是吧，反正歪扭人很讨厌它，哦，讨厌它们，因为歪扭人把我们当成它种植的果子，而那对虫子也喜欢吃我们。"

万俟子琅心里多少有了点不好的预感，她停顿了一下，忽然问了一句："这里是苹果园吗？"

"说起这个，我刚才就想说了。"伪人咬了一下乌龟壳，"你们怎么会以为这里是苹果园？这里是紫砂林啊。"

万俟子琅呼吸一滞，一把拿回了乌龟。

"龟龟，快闻！"

乌龟："……"

万俟子琅："能感觉到宋分题和宋命题，但是感觉不到肖柠、燕归他们？"

乌龟："……"

万俟子琅："燕归给你发信号了？他在吃东西，不想让我们过去打扰？"

乌龟："……"

万俟子琅："那我们去找宋分题他们！"

另一边，燕归单手遮挡着嘴，有些不好意思地看着桑肖柠。

燕归："桑姐姐，我吃相不好看，是不是吓到你了？"

桑肖柠其实没怎么看清楚他是怎么把那几个活动的伪人吞下去的，但桑薛糕却莫名炸毛了，他挡在桑肖柠前面，嘴里发出了威胁的低吼。

这个会玩积木的大哥哥比挂在树上的伪人更可怕，他身上的气息，像是随时会把他们一起吞下去。

他要保护好妈妈。

宋命题："爸，我们还要手牵手多久？"

宋分题面无表情："牵到我即使松开手，你也不会撒丫子跑掉为止。"

宋命题倒吸了一口凉气："那我们岂不是要连在一起一辈子？"

宋分题强行把喉咙里那个"滚"字压了下去，蹙眉道："你有没有感觉不太对？"

宋命题："我感觉到了！我裤裆有点湿。"

宋分题："不是这个！"

宋命题："美人头在我裤子口袋里，算不算跟我裤裆……"

有时候宋分题是真的不想搭理他，继续道："这座苹果园里的伪人数量太多了，刚才我们问林杨，林杨说可能是有东西趁着他不在的时候潜入了苹果园里，可这个数量……"

他看了一眼身侧的苹果树，每根树枝上都挂满了伪人，像是结满了果子。

"这个数量，不像是潜入，更像是来抢劫的。"

宋命题点头道："是啊，全部是伪人，一个苹果都没有。"

宋分题握着宋命题的手紧了一点："有种不好的预感……得

想办法跟这对父女分开走。"

他嘴唇微动，说话声音也一直很轻，但不知道是不是巧合，他说出这句话后，那个叫白墨的小女孩忽然回过了头，喊了他们一声："哥哥，跟上来、跟上来。"

宋分题正想找个借口，宋命题就先开了口："我尿裤子了，我哥哥要给我擦擦。"

宋分题："……"

就算找借口，这个借口也过于恶心了好吗！

而听见宋命题的声音，牵着白墨的林杨也停下了脚步，回过了头，憨厚的脸上带着担忧的神情。

"怎么说尿就尿呢？"

宋命题："我尿频尿急尿不尽好久了。"

话都说到这个份儿上了……宋分题叹气道："从小就有的毛病。"

林杨："我看现在也没有什么危险，不如我们先停下来，等你哥给你擦干净，再继续走？"

宋分题："不、不、不，还是继续走吧！"

林杨："湿着裤子没法走啊。"

宋命题："对啊，没法走。"

林杨："给他擦干净。"

宋命题："来啊，'妈'。"

宋分题："……"

他很想反手把宋命题的脑壳拽下来，但是顶着林杨的目光，他如果不动，那就相当于是在告诉林杨，自己刚才已经起了疑心。

所以宋分题冷静地摘下了宋命题裤腰带上的美人头，将其塞进了宋命题的手里。

宋分题："你来。"

宋分题："帮他擦擦。"

贝采薇："……"

在他往宋命题手里塞美人头的时候，林杨已经牵着白墨凑了过来，父女两个全都盯着宋分题。

林杨："我是真的不知道，苹果园里为什么会有这么多鬼东西，我太久没有来这里了……你是不是在怀疑我撒谎啊？"

宋分题："没有……"

林杨："我没有撒谎，如果我知道的话，我为什么要带着我女儿一起来？这会害死她啊！"

他刚说完，白墨忽然接话道："我女儿从小就自闭，如果不是万不得已，我不会让她冒险。唉，还有那些可怕的东西，可把我女儿吓坏了……"

宋分题："……"

林杨肩膀上的白墨低下头去搜口袋，道："有烟吗？我抽一根……"

它一低头，看到了自己细嫩的小孩手，顿了一下，一拍脑袋："哎呀，我是不是露馅了？"

它的脸一扭，抬头看向宋分题："我也没有办法，一个人操控两个身体，实在是太累了啊……"

两个人的身体忽然一扭曲，连接在一起的两只手像面条一样拉长变窄，很快就变成了无数黑色涌动的足肢。两个"人"的皮肤下，像是有无数活的小虫子，顶着皮肤，在肌肉下翻滚起伏。

然后它们的身躯交缠，眨眼的工夫就变成了两条纠缠在一起的硕大的黑色虫子。

——马陆。

这是两条身体连在一起的马陆！

而更恐怖的是，只有一条马陆的脑袋是在动的，另一条的头部干瘪，应该已经死去多时了。

活着的那条马陆硕大的头上，密布着无数单眼，嘴里竟然也有蠕动的黑色丝状物。

"来啊，不要害怕，过来，我们手拉手，就是一家人啦。"

宋命题沉思道："头跟大部分身体都有了，再加入就只能组成屁股了……"

宋分题恨不得给他一巴掌："跑！！"

他拽着宋命题掉头就跑，黑暗中传来了蠕动的声音，一开始宋分题还没想到是什么，后来才反应过来，那是它爬行的声音——那东西移动的速度快得惊人！

它甚至还在口吐人言："跑什么……我是吃素的。"

宋命题："哥，它说它吃素！"

宋分题："你听它胡说八道！你看它那个样子像是吃素的吗！"

宋命题："哥。"

宋分题："小心别被它的前肢钩到！我刚才看到了上面有倒刺！"他咬紧了牙，"绝对——不要死掉！你死了，我也不想活了！！"

宋命题："哥……可是我已经被钩到了。"

宋分题骇然回头，这时候他身体还在往前冲，结果几步之后就感受到了巨大的拉扯力——后面被拽住了。

宋命题一只手被他拽着，身体是悬空的——那虫子咬住了宋命题的腿，硬生生把他拽了起来。

马陆："你弟弟在我手里了。"

宋分题拼尽全力攥着宋命题，紧得好像是在攥着自己的命："求你，有话好好说，干什么都行，就是别杀他！"

再孵化一次……再孵化一次的话，还不如让他去死！

马陆咯咯地笑了起来："你跟你弟弟的感情真的是太好了呢，有他在手里，我就不用担心你会跑掉了。"

它脸上露出了充满恶意的笑容。

"你自己过来，否则，我就咬掉他的手。"

宋分题遗憾道："只咬掉手吗？"

马陆："怕了？心疼了？这么细皮嫩肉的小可怜，动他一下你就难受得不得了吧？"

它一口含住了宋命题的脑袋。

宋分题顿时急了。

"别杀他！你懂不懂怎么威胁人！虐待他啊！"

马陆："……"

而还没等它反应过来，宋命题就忽然扒住了它的嘴，头又往里拱了拱。

宋命题："别听我'妈'乱说，是男蟑螂就别害怕，冲着我脑袋咬！"

马陆："你有病？我是马陆！"

宋分题快崩溃了："你能不能行？有你这么废物的绑匪吗？把人扔下来！我给你做个示范！"

马陆沉默了一下，忽然往前一冲，长长的前肢一把钩住了他。

"狡猾的人类，你们是真的不知道天高地厚……"

它狞笑着，一根前肢伸进了他的嘴里。

"我看你很适合怀孕啊，我要在你身体里排卵，让你的肚子鼓起来，无数小虫将会撑破你的肚皮……"

宋分题："……"

宋分题一边干呕一边挣扎。

马陆看着他痛苦的模样，露出了满意的笑容。

旁边的宋命题很是心疼，还拍了拍他哥的后背："'爸'，你忍忍，一直生男人也怪没意思的，说不定这次可以生点女虫虫出来……"

宋分题："我——"

宋命题："我爸就是你爸，哥，你这样，咱爸在天上不会瞑目的。"

宋分题："我！！！"

宋分题一时间不知道究竟是哪边更恶心，而那条马陆嘎嘎怪笑着，前肢已经伸入了他的嘴里。宋分题挣扎不能，终于狠了心猛地一合牙齿，一口咬断了它的前肢。

他咕咚一声把嘴里的东西吞咽了下去，满头都是因为恶心冒出来的汗水，然后他没有停顿，又往前一伸头，直接咬在了它的眼睛上。

这时候马陆已经察觉到了不对，惨叫了起来，身躯也在拼命地扭动。但宋分题吃东西的速度实在是太快了，接连几口，它的头就被啃掉了一半。

宋命题已经被放开了，他蹲在地上，乖巧地托着腮看，一边看一边感叹："所以还是英雄难过美人关啊，如果不是它鬼迷心窍想让哥你产卵，也不会死得这么惨……"

就这一会儿的工夫，那条虫子差不多没了。宋分题背对着他，头发凌乱，有些气喘地转过身："宋命题。"

宋命题："啊？"

宋分题一把扣住了他的脑袋，膝盖直接一顶，说的每一个字都是从牙缝里挤出来的："早晚有一天，我会杀了你的！"

比宋分题还高一点的宋命题闻言，心疼极了："要不然再等几天吧，哥你半个月都孵化三次了……"

宋分题："……"

是亲兄弟——

幸好是亲兄弟。

苹果园里面的伪人被风吹得微微晃动，万俟子琅没花费多少工夫，就找到了宋分题和宋命题。

她看了一眼地上："看样子我来晚了一步——歪扭人还在苹果园中，我们最好尽快离开。"

宋分题："肖柠呢？"

万俟子琅："她跟燕归在一起。"

三个人一边低声交谈，一边飞快在苹果林中行走。

宋分题："就是因为跟燕归在一起我才会担心，他看肖柠的眼光，像是在看一块已经煮好的肉……"

万俟子琅不置可否。交谈间他们已经靠近了苹果园的墙，翻出去之后很快到了苹果园的门口。

卡车还停在那边，时间紧迫，几个人直接上了车。

宋分题低头看了一眼手机："我给肖柠发短信告诉她在门口这里集合，就是不知道她什么时候能看到。"

他们的手机都是静音、无振动、防窥膜，就连手机屏幕都是最低亮度的，除非桑肖柠现在跟歪扭人脸贴脸，不然不会有什么意外。

几个人在苹果园门口等了一会儿，没多久就看见桑肖柠一手牵着一个，探头探脑地从苹果园被砍烂的门后面走了出来。

坐在副驾驶上的宋分题松了一口气。

万俟子琅直接发动了车子，后车厢的门是开着的，宋命题半跪在后面，先把桑薛糕抱了上来。

这时，宋分题看了一眼后视镜，忽然疑惑地"咦"了一声。

万俟子琅跟着看了过去，两个人的动作同时一顿。

下一刻，万俟子琅的脚踩在油门上，宋分题拉开窗户，把头伸出去拼命嘶吼："上车——快！"

——昏暗的苹果园中，刚才在后视镜中出现的场景，让两个人的身体瞬间变冷。

那扇被砍坏的"木门"，忽然动了。

从它顶端冒出来了一颗狰狞的脑袋。

黑暗中谁也没有注意到，歪扭人竟然把自己的头缩进了脖子里。它一直都在那儿等着所有人出来，等着他们放松警惕的一刻。

桑肖柠瞬间汗流浃背，她头都没有回，第一次竟然没有抢着上车，而是反手去拉她旁边的燕归。

"你先上！"

"桑姐姐小心！"

她的手还没有碰到燕归，燕归就用力地撞了她一下。

桑肖柠踉跄着往车子那边走了几步，宋命题抓住机会，一把拉住她，用力把她拽上了车。

上车后桑肖柠飞快转头，想把燕归也拉上来，然而这时候歪扭人已经冲了过来，它举起了手中的斧头，擦着燕归的身体就砍了下去。

这一切发生在同一时刻。

燕归好像躲闪不及，被斧头活生生削掉了胳膊上的一块肉。

桑肖柠："燕归，拉住我！"

她用力一拽，终于把燕归拉了上来，鲜血瞬间洒满了两个人的胳膊。

与此同时，车子猛然发动，后车厢里的人直接滚成了一团。

桑肖柠："快——快拿绷带和消毒药水！要赶紧把胳膊包扎一下！"

桑薛糕怀里抱着一堆绷带和消毒药水："妈妈！"

桑肖柠："小燕你忍……忍一下，伤得这么严重必须尽快消毒，不然会感染的！"

燕归脸色苍白，汗湿的头发有几缕贴在脸上。他咬着嘴唇看了一眼正在开车的万俟子琅，无声地点了点头。

副驾驶座上，宋分题从窗户翻了出去，踩着铁栏杆，咬紧了牙："子琅，车速还能加快一点吗？"

万俟子琅："已经是最快了！"

这个车速过于危险了，深夜的公路上，鬼知道会不会有什么障碍物。

宋分题看着车子后面，额头上全都是汗。

黑暗的公路上，那东西手里抓着斧头，身体像是一大块会奔跑的肉块，背上的笋筐里还背着几具尸体。正常来说，三米高的身体加负重，它行动起来应该非常困难，但是它奔跑的速度竟然奇快。

眼看就要追上来了。

斧头刮擦在柏油路上，发出了刺耳的响声。

万俟子琅也听到了这个声音："油门已经踩到底了，公路不安全，要是按照这个速度开下去，不用歪扭人追上来，车祸就能让我们烧成火球！"

宋分题："我先去后车厢！你专心开车，不要分神！"

他顺着铁栏杆爬到了后车厢。

"车上还有吃的吗？丢下去！"

车上的食物被接二连三地丢了下去，但是歪扭人看都没有看一眼，它嘿嘿笑着，口水顺着嘴角流了下来。

"新鲜的人肉，像是活蹦乱跳的小羔羊，我的孜然已经饥渴难耐。"

桑肖柠："吃的都已经扔完了！"

而歪扭人跟他们之间的距离依然在渐渐缩短。

宋分题下意识看了一眼蜷缩在角落的燕归。

宋分题知道这是什么东西。

如果燕归愿意帮忙的话，说不定可以牵制……

桑肖柠隐约察觉到了什么："你想干什么？"

宋分题不好直接说燕归的异常，只能随便在脑海中编造一个借口，可他还没有来得及张嘴，燕归就"挣扎"着站了起来，"虚弱"得不得了，"苍白"的脸上神情悲哀："哥哥是想把我扔下去。"

宋分题："……"

燕归："要是临死前，能抱一抱姐姐就好啦……"

"你坐下！"桑肖柠一把护住了燕归，"绝对不能把一个手无缚鸡之力的孩子扔下去！一定要往下扔人的话还不如扔我！"

宋分题："……"

宋命题："肖柠姐你冷静！你一个女孩子怎么能下……"

宋分题叹气道："扔宋命题吧，我牺牲一下。"

宋命题："等等，剧本上好像不是这么写的。而且，哥，我不是很理解为什么扔我算是牺牲你？"

桑肖柠："等一下……"

她话还没有说完，宋分题直接就是一脚。

宋命题："……"

宋命题咕噜噜滚了下去，宋分题拍了一下桑肖柠："我来踹，你不要愧疚。"

但让所有人都没想到的是，歪扭人竟然没有停下来杀掉宋命题——它竟然抓住宋命题反手扔进了箩筐里，然后继续狂奔着往他们这边追来。

宋命题站在箩筐里，一脸发蒙地被颠来颠去："我……我征服了一匹野马？"

贝采薇："并不想跟傻子说话，我只想独自美丽或者跟孙依星一起在公园长椅上坐着。"

宋分题："还在追……"

他立刻偏过头看了一眼燕归。

后者懒洋洋地抬起了眼皮，小虎牙缓缓地磨着一块小饼干。

燕归："我下去也可以哦……"

他话还没有说完，前面的万俟子琅忽然用力地打了一下方向盘。

歪扭人的后面，竟然开过来了一辆血迹斑斑的卡车——车厢的窗户开着，里面不知道是什么人，下一秒竟然从车头处伸出来了无数枝条，直接缠绕住了歪扭人的脚腕。

歪扭人猝不及防，砰的一声，巨人一样的身躯轰然倒地，激起了无数尘土。宋命题被摔了出来，在地上接连滚了十几圈，美人头还留在箩筐里。

宋分题喊了一声："赶紧朝着这边跑！"

哪想宋命题竟然一回头，再次冲回了箩筐里，然后一把抱住了美人头："小美还在箩筐里！"

贝采薇："求求你放过我吧……"

宋命题："我永远也不会抛弃你的！我宁愿放弃逃生的……"

他话音未落，万俟子琅就开始倒车，沉重的卡车直接从歪扭人身上辗了过去。她尤嫌不够，来来回回辗了几十次。

歪扭人终于不动了。

宋命题沉默半晌，才在贝采薇耳边轻柔地说："看，这就是爱情。"

贝采薇："……"

别说跟爱情八竿子打不着了，就连跟上一个话题都扯不到一起去好吗！

宋命题跟美人头终于成功上了车，一群人松了一口气的同时，也忍不住看了几眼另外那辆卡车——那辆卡车内的人在歪扭人被拽倒之后，没有停，而是径直离开了。

第五章

铁线
虫灾

"刚才天太黑了，子琅，你看出从里面伸出来的是什么植物的枝条了吗？"宋命题问了一句。

万俟子琅摇了摇头："我也没有看清楚，只是大概判断出来，车上那个人的异能要比一级强很多。"

这地方到底不能久留，几个人没说几句，就再次出发了。

他们也终于靠近了狸熊市市区。因为绕了路，所以他们这次进市区的路是在北端，虽然手上有地图，可他们对这一片都不熟悉。而且这片区域的异变程度跟南方那边的好像也不太一样。

建筑物上密集地缠绕着攀爬类植物，街上空荡荡的，原本高耸入云的楼房，如今已经变得歪歪扭扭。

这里距离狸熊市唯一的救援点B大很远，在不远处的一栋楼房周围，堆放着大量工地上才有的砖块和沙包，那是一个安置点。

而这些障碍物，也堵住了唯一的路。

万俟子琅把车开了过去。

一个三十岁左右、满嘴都是胡楂的男人靠在旁边，见到他们，也只是懒洋洋地抬了一下眼皮。

"过路费，过路费给了可以让你们过去，或者让你们在这里休整一下。"

万俟子琅丢了几包压缩饼干过去。那男人吞了一口口水，只掰了一点往嘴里一扔，剩下的就全都收了起来。

万俟子琅跟宋分题对视了一眼，立刻就猜出来了——里面应该也已经形成了小规模组织。

那男人吃完了那一点压缩饼干，帮着他们搬了一下障碍物，让卡车开了进来——因为天太黑了，所以他们决定今晚在这里休整一下。

那男人自称汤暄。

"这里原来是狸熊市的一个观光点，后来被改造了一下，里面有干净的水源和发电机，还汇聚了不少幸存者。"

楼房旁边有条深深的壕沟，里面扔了一些垃圾，散发着一股难闻的味道。楼里一二层都有人活动，大都衣衫褴褛，面黄肌瘦。

汤暄一边带着他们往里走，一边介绍道："这里的幸存者加起来有三十多个人，里面有异能的只有三个，我们一般都在一、二楼活动。"

万俟子琅："上面几层呢？"

汤暄："上面几层你们最好不要去，这栋大楼里其实是有异变体的，我们牺牲了好多人才把它们封死在上面。"

他带着他们去了一楼尽头，那里有一间水房。

水房墙壁都贴了瓷砖，扑面而来的是一股潮湿的气息，水龙头都生了锈，正在滴滴答答地滴水，地面上放着不少水盆，里面都是装满水的，看样子是用来收集备用水的。

"这水房里，有根水管连接着安全的水源，具体通往哪里我们不清楚，但是水喝了肯定没问题。"

汤暄："你们随便找个没东西的空房间睡就行了，不过最好小心一点……"

万俟子琅："小心什么？"

汤暄耸了一下肩："前段时间莫名其妙死了不少人。"

宋分题："怎么死的？"

"这话问的。"汤暄笑了一声，不怎么在乎的样子，"不知道，我们这一批幸存者过来的时候，上一批的最后一个人刚死没多久。

他临死前，就说了一句话——'不要睡'。

"而且死相还蛮凄惨的。"

具体有多么凄惨他也没说清楚，因为他好像也不知道。临走前汤暄又厚着脸皮要了一点吃的。

万俟子琅一行人挑选了一间还算干净的房间，里面空空如也。

桑肖柠简单地收拾了一下，让万俟子琅拿了几条陈旧的被子出来，准备几个人凑合着住一下。

晚饭就是最简单的馒头配榨菜，大家随便填了填肚子。

"我刚才去外面观察了一下。"万俟子琅坐了下来，"这里环境还算安全，我们可能要多住几天，搜集一下深处的情报。白天我们抽人出去调查，留在这里的人要注意安全……食物好说，饮用水的话，我会留一部分。"

宋分题："你怀疑这里的水有问题？"

万俟子琅点了一下头："对，上一批幸存者留下来的话，可能并不是'不要睡'。"

"而是'不要水'？"宋分题沉思后问道。

"嗯。"万俟子琅拿了个碗出来，里面装了不少水，"我刚才去水房打的，也研究了一下。"

"里面有什么问题吗？"

万俟子琅："没问题。"

宋分题："确定吗？"

万俟子琅低头看了一眼乌龟。

乌龟："……"

"爱你。"她把它拿了起来，摸了摸它的背，"我家龟龟特别勇敢，它说它愿意以身试毒。"

宋分题："你的乌龟挣扎得好厉害。"

万俟子琅："有吗？我没感觉到。"她一边说，一边把乌龟的头按进了碗里。

乌龟："……"

几分钟后，她把它拎起来晃了晃。

"没死，那说明水的问题就不大。"

"别为难它了。"宋分题有点于心不忍，"还是过会儿让宋命题来试试吧。"

两个人一拍即合。

天黑了之后，万俟子琅戴了顶黑帽子，出去转了一圈。她速度很快，十几分钟后就回来了。

"周围的异变体很少。"

宋分题知道她不会无缘无故说这么一句，直接道："不太正常是吗？你是不是怀疑……"

万俟子琅摇了摇头，没有多说。

这时候，桑肖柠刚好从外面进来："我在楼里转了几圈，发现这里的幸存者大多很瘦弱，好像是因为这边物资短缺，充足的只有水源。"

现在能知道的情报也只有这些了，天太黑了也不好再出去，几个人决定先睡觉。

房间狭小肮脏，其他人躺在地上，万俟子琅则后背靠门坐着睡。白天她在走廊上时，能感觉到那些试探且异样的目光。

不过他们这几个人看起来不一般，引人注目也很正常。

坐着跟躺下的差别也没有很大……她忽然一睁眼，没有动，而是静静地看向凑过来的人。

万俟子琅："有事？"

"姐姐，手疼。"燕归举了一下手。

虽然天气很冷，但他的伤口还是有些恶化，有血隐隐约约地透过绷带渗了出来。

万俟子琅："手疼就吃止痛药，绷带渗血那就换绷带。"

"绷带都换过了，不想吃止痛药，苦。"他又往万俟子琅身边蹭了蹭，绷带落在了万俟子琅的膝盖上，整个人像是只无害的小动物，可怜巴巴地盯着她，"姐姐吹一下的话，就不疼啦。"

万俟子琅："别听人瞎扯，吹一吹只会疼得更厉害。"

燕归："……"

他委屈地低下头，用小虎牙磨了一下绷带："那我回去睡觉好了……"

万俟子琅抬手搓了一把脸，把半指手套摘了下来，随意地招了招手："回来。"

燕归的眼睛瞬间就亮了，他乖乖巧巧地凑了过来，把手伸了出来。两个人的膝盖碰到了一起。

而万俟子琅连头都没有抬，一副不怎么在意的样子："你的复原能力应该没有这么弱吧？"

燕归不答反问："我一直在盯着姐姐，姐姐不会觉得害羞吗？"

万俟子琅看了他一眼，燕归倒是笑嘻嘻的。这个问题不用回答也知道答案，对万俟子琅来说，被人盯着看的感觉还不如被蚊子咬一口。

她包扎伤口的动作娴熟干练，燕归有些依依不舍地看着她换完绷带，问："姐姐，下次你还会给我包扎吗？"

"看情况。"万俟子琅说，"你这次受伤是为了肖柠，所以我才会帮你。"

燕归："……"

燕归脸上的笑容消失了。

万俟子琅盘腿坐着，凌乱的头发散落在两颊边。

两个人谁都没说话。

半晌之后，燕归才轻声笑了出来。

"算了。"

他轻哼了一声，躺了回去。

万俟子琅依然保持着后背抵在门上的姿势，静静闭上了眼。

第二天清早，走廊上忽然传来了一声尖锐的叫喊。

"水——水龙头里面流不出水来了！"

外边的声音又大了几分，像是已经乱起来了。万俟子琅跟宋分题对视了一眼，选择了暂时留在房间里。外面的喧闹声一直没停，持续了好几个小时。

中午的时候，他们的房门被哐哐砸响了。

汤暄："出来！赶紧出来！"

万俟子琅："有事吗？"

她刚刚开了一道门缝，门就被踹了一下。她皱了一下眉，后退了一步。

一群人乌泱泱地冲了进来。

为首的是个中年女人，叫郭若羽，留着凌乱的长发，声音尖厉："你们还想继续装傻是吧？水龙头忽然流不出水了，跟你们没关系？！"

宋分题双臂环抱，冷哼道："你怀疑是我们弄的？证据呢？"

旁边的汤暄哼了一声："要什么证据！昨天你们过来，今天就出事！那不是你们还能是谁！"

"就是！还一直关着门，不知道在吃什么好的！"旁边一个叫柳诗雅的女孩子也说道。

万俟子琅抬手挡在了宋分题前面："直说吧，你们想怎么

121

解决？"

汤暄眼珠子一转："把你们所有的食物都交出来，这事就算过去了！"

万俟子琅："哦。"

果然是冲这个来的。

"你干什么？赶紧的！"

万俟子琅笑了一声："我就是问问你们想怎么解决，我说我要答应了吗？"

周围瞬间一静，紧接着汤暄把袖子一撸："臭女人，你找揍是吧……"

万俟子琅二话不说，单手扣住他的肩膀，膝盖直接狠厉一顶。汤暄立刻发出了一声凄厉的惨叫，捂着肚子，神情痛苦地躺在地上。万俟子琅却连眼睛都没眨，抬手对着后面的人又是一击。

她毕竟是出生入死过的人，几招下去这群人接连后退。她也不恋战，抬手一关门。外面安静了一会儿之后就传来了隐约的叫骂声，但已经没有人敢敲门了。

外面的吵嚷声似乎还在，但好像已经不再是冲着他们来的了。

——因为水龙头里面，是真的流不出水来了。

当天晚上，有人来敲了门。因为万俟子琅白天的强势，来人的语气虽然还夹杂着恶意，但表面功夫至少是做到了。

"今晚开会，每支队伍派一个人过来。"

虽然可以不去，但以防万一，万俟子琅还是带着乌龟去了一楼大厅。那里已经聚集了不少人，吵嚷得厉害。

汤暄："水源已经彻底没了，水房里面还有一些备用水，但是坚持不了多久。"

郭若羽："先把水分一下！不然肯定会有人偷喝！"

开会最忌讳的就是这种一人一句的，一旦开始了，至少要大半个小时才能讨论出结果。

万俟子琅肩膀上趴着乌龟，站在人群边缘，身后就是一楼大厅的门。她的后背靠在墙上，漫不经心地往外看了一眼。

门是透明的玻璃，外面虽然伸手不见五指，却能透过沙袋缝隙看到空荡到可怕的大街。她看着看着，忽然眯了一下眼睛，然后抬起手，用力拍了一下门。

巨大的声响很快让吵嚷的大厅安静了下来，众人也注意到了外面的情况。

汤暄："门外是不是有个挑着水桶的人？"

郭若羽："我也看到了！"

不远处的街上，出现了一个略显诡异的身影。他低着头，看不清楚面孔，身高一米四五左右，头发乱糟糟的，穿着一身黑色长袍，肩膀上挑着两桶水，正在摇摇晃晃地沿着大街走。

"卖水咯……卖水咯……"

这声音听得人打了个寒战。有人嘀咕："这大半夜的，外面还全是异变体和怪物，来卖水……神经病才会买吧！"

汤暄挥了一下手："都别看了！肯定不能从这么诡异的人手里买水！"

一群人嘟嘟囔囔，把头转了回来。但还有几个人的目光，恋恋不舍地落在黑衣人的水桶上。

汤暄："现在赶紧商量一下怎么办！没有了食物还好说，但要是水没了，用不了多久大家都会被渴死！"

柳诗雅："那我建议先观察两天！水房里的水都先别动了！每天固定时间，每人发半碗水——怎么样？"

再这么吵下去也不是个事儿，这已经是最好的解决方式了，所以没有人提出反对意见，商量完毕之后就纷纷回了房间。

万俟子琅是等人群散得差不多后才往回走的。她没走两步，就转过了头。

不知道什么时候，万俟子琅身后跟了一个年纪不大的女孩子，齐肩发，圆脸蛋，穿着一身有些陈旧的运动服，看上去胆子很小的样子。她被万俟子琅的忽然回头吓了一跳，却很快反应过来，往前迈了一步，焦急道："你先不要紧张，我不是坏人。我叫陈清酒，我没有恶意的，我就是想问一下，我们能不能搭个伙……"

万俟子琅不明所以。

陈清酒紧张地说道："我刚来这里没多久，就是感觉这里的人很奇怪，好像只有你正常一点……求求你了，小姐姐，让我跟着你吧，我保证很安静，不会扰到你们……"

万俟子琅顿了顿，说："不行。"

万俟子琅掉头就走，那个女孩子一直可怜巴巴地跟在她后面，半个身体都挤进了门缝里。

"小姐姐，求求你了，而且在公路上的时候，我也算帮了你们一点忙……"

万俟子琅身体猛然一停，然后转过头，仔细打量了她几眼。虽然当时天很黑，万俟子琅没有看清楚那个植物异能者具体长什么样子，但是这么一打量的话……

确实有几分相似。

她稍一思索，侧了侧身体，把陈清酒放了进来。

屋子里其他几个人都听到了这段对话，陈清酒进来之后，宋分题跟她打了个招呼，然后看了万俟子琅一眼。后者微微点了一下头。

桑肖柠笑着握了一下陈清酒的手："快坐下，手怎么冰成这个样子？"

这女孩子也就十几岁的样子，虽然桑肖柠没有完全对她放下戒心，但多少也会心生怜悯。

如果不是身处噩梦时代，陈清酒正是对着爸爸妈妈撒娇的年纪。

倒是旁边的小团子有些吃醋，抿着嘴贴在了桑肖柠的手臂上。

陈清酒愣了一下，豆大的眼泪滚了下来，声音都有些哽咽，像是难以置信这里的人会对她这么温和。

"谢谢你……谢谢你们……我可以，可以要一点吃的吗？就一点点，求求你们了……"

万俟子琅没有多说什么，递给了她一个馒头。陈清酒如获至宝，可奇怪的是，她没有吃，而是收了口袋里。

陈清酒一直低着头，不管谁做什么，她都要上去搭把手，像是很怕被赶走的样子。

半夜睡觉，万俟子琅照旧没有躺下，而是后背靠着墙浅眠。她刚闭上眼没多久，耳边就忽然传来了一阵窸窣声。

万俟子琅："……"

她睁开了眼，刚好看到陈清酒怀里揣着什么，鬼鬼祟祟地溜了出去。

万俟子琅的耳边传来了另外一道随意的声音："你去还是我去？"

宋分题也已经坐了起来，瞳孔颜色是漂亮的浅棕色，像是一直都没有睡："人多容易被发现——"

去的人是万俟子琅。她跟在陈清酒后面，看着陈清酒进了三楼的某个房间里。

里面传来了断断续续说话的声音。

"姐姐，小点声，我给你带吃的回来了……没事，我吃过了，你吃就好。"

门上有个小孔，万俟子琅无声无息地贴了过去，很快就看清楚了里面的情况。

——还有一个女孩子，长得跟陈清酒有八分相似，只是年岁似乎要大一些，虽然坐在轮椅上，但看上去比陈清酒体面很多，面色也红润。

她狼吞虎咽地吃着那个馒头，全然不顾陈清酒在旁边咽口水，吃完之后甚至一抹嘴，又支使道："我还是好饿……你再去帮我找一点吃的吧。"

陈清酒咬了一下嘴唇："好，姐姐，我再想想办法……"

"再想想？"那轮椅上的女孩子直接打断了她，"你想要我饿到什么时候呢？！"

陈清酒："……"

陈清酒不自觉地瑟缩了一下，然后飞快地站了起来，低声道："那我现在就去……"

她一出门就撞见了万俟子琅，下意识地想要惊呼，却被一把捂住了嘴。在被万俟子琅拉着去角落后，她的眼泪掉了下来，拼命道歉："对、对不起，但是我没有偷东西！我给我姐姐的是你们之前送我的食物……"

万俟子琅一伸手，她缩了一下，过了一会儿后才看清楚。

她半指手套上的，是一个干净的馒头。

陈清酒："太好了，我现在就拿去给我……"

万俟子琅皱了一下眉，把馒头塞到了她手里，然后攥着她的手一握，让她抓紧了这块馒头。

万俟子琅天生体热，即使在冬天，也依然能让人感受到她肌肤下的热量。

"这块是给你的，吃完之后我会再给你一个新的馒头。"

陈清酒抓着馒头，捂着脸哭了出来："谢谢你……真的太谢谢你了……"

她坐在角落，大口大口地吞咽着馒头——万俟子琅基本上已经确认，她是那个植物异能者没错。但她面黄肌瘦，看上去过得比普通人都不如，如今捧着一个馒头，几乎要把自己噎得翻白眼。

"那是你姐姐吗？"

"嗯，她叫陈卿卿。"陈清酒顿了顿，小声解释了一句，"养着她是我自愿的，也是我欠她的。"

"我小时候差点被车撞死，是她推开了我，但是她的腿……是我害了她，我要对她负责一辈子。"

她泪水涟涟。

万俟子琅没说话。

人类聚集地，异能者大多趾高气扬，可这个小姑娘自卑又可怜，大概是一直生活在对姐姐的愧疚中的缘故。

甚至她在吃东西的时候都忍不住频频回头："我得快点吃完，快点回去，不然姐姐会……"

她的话还没有说完，就忽然惊恐地瞪大了眼睛。

万俟子琅不动声色地抓住了匕首，回头一看，却发现是陈卿卿。

她披头散发，神情阴沉地坐在轮椅上，目光在馒头上一扫，然后尖叫一声，滑动轮椅，直接冲了过来，一把抓住了陈清酒的头发，破口大骂。

她歇斯底里地尖叫着，拽着陈清酒，一巴掌扇在了陈清酒脸上。

"我为了你变成了残废，你竟然这么没良心，背着我吃独食！你这个贱人……你对不起我，也对不起我们爸妈！"

陈清酒发出了一声惨叫："姐姐，对不起，我错了！"

走廊上的动静闹大了，周围几个房间里都传出来了声响，却没有人出来帮忙。

万俟子琅想要伸手，陈清酒却拼命地摇了两下头，然后很快就被扇得缩在了角落。

万俟子琅看了一会儿，扭头就走了。

她回去的时候，宋分题已经坐起来了。两个人换了个地方，简单交流了一下。

听完之后，宋分题把眼镜摘了下来。他这次出来准备了许多备用衣服，只要条件允许，他就坚持一天一换，眼下身上穿的是一件白衬衫，上面透着一股清爽的洗衣粉味道，袖子也挽了起来，露出来的小臂干净结实。

对比一下，原来穿着还勉强算干净的万俟子琅现在看着像是刚从泥地里爬出来似的。不过万俟子琅也不在意，只随意道："她不想让我管，所以我就回来。"

"确实该回来。"宋分题说，"一个愿打，一个愿挨，外人确实不能插手……随她们去吧，身上没有什么异常就好。去睡吧。"

两个人又聊了一会儿，就返回了房间。

房间里其他人都还在睡，宋分题率先进去，万俟子琅紧随其后，她反手关上了门，却忽然发现宋分题站定了。

青年背对着她，盯着窗外，微微抬了一下下巴，有些警惕地示意她朝外看。

外面寒风凛冽，而不知道什么时候，窗子上面趴了一个人。

它面色铁青，阴森可怖，穿着一身破烂的黑衣，紧贴在玻璃上，肩上挑着两桶水，声音丝丝缕缕，像是生锈的铁片。

"姑娘……要买水吗？"

它这句话是盯着宋分题说的，宋分题刚要说什么，就看见他跟卖水人中间忽然多出来了个脑袋。

宋命题的脸也贴在了窗户上，问："怎么卖啊？"

宋分题："……"

这傻瓜是什么时候醒的？

卖水人也没想到中间会被人横插一脚，但很快调整好了状态，声音沙哑道："以血换水……你给我一滴血，我就给你一碗水。"

"真的假的？"宋命题思索了一下，"一滴血换一碗水，好实惠啊，你等我一下。"

他把美人头掏了出来，一刀下去——

卖水人的口水瞬间流了出来，贪婪地看着窗台。

宋命题："看见这些血了吗？"

卖水人："看见了……看见了！"

宋命题："就给你看看，我家小美这么可爱，我怎么忍心用小美的血来换水？"

贝采薇恨不得给他两下子："所以你就忍心给我放血是吗！"

卖水人："……"

卖水人知道在这里不会有人跟他交易了，所以只阴冷地看了宋命题一眼，然后沿着外窗台，一扇窗户一扇窗户地敲了过去。

"卖水咯……卖水咯，一点点血换一大碗水咯……"

旁边一个房间里，汤暄跟柳诗雅都吞咽着口水，看着外面的卖水人。

柳诗雅喃喃道："一滴血就能换一大碗水？"

汤暄推了她一把："你疯了啊！忘了开会的时候我们是怎么说的？更何况这个人看上去这么诡异……"

柳诗雅咬了一下牙："先买两碗再说，反正其他人也不知道，

129

我们买了也不喝，留着备用也是好的。"

话糙理不糙，汤暄想了想，觉得不喝的话确实问题不大，于是勉强点头同意了。

他们隔着窗户完成了交易，在递水的时候，卖水人铁青色的脸上露出了一个笑："记住了，一碗喝下去没事，两碗也没事，但是三碗、四碗……"

他们买了两碗水后，就把两碗水放在角落，并没有喝。

但接下来的几天，水龙头里依然没有水流出来，之前储备的水也越来越少。三天后他们又开了一次会，决定每天都在水盆上画线，防止有人偷喝。

每人每天分到的水量从一碗降低到了半碗，可即使如此，每日水的消耗量依然很大。很多人不得不开始缩减每天的饮水量，不少人做梦的时候都能梦见自己在喝水。

这些人里，自然也包括了汤暄跟柳诗雅。

几天后的一个深夜，汤暄忽然被摇醒了。他迷迷糊糊听见了柳诗雅的声音。

"张嘴，给你水喝……"

干涩起皮的嘴唇接触到了清凉的水，汤暄脑子还没反应过来，身体就已经先动了，干得冒烟的喉咙顿时舒服了起来。他喝完了一碗水之后才想起来问："咱今天的那份不是都喝完了吗？你从哪里弄的水？"

柳诗雅神情有些不自在："哎呀，你别管这么多，喝就是了……"

"你给我喂的该不会是……是从那个人手里买的水吧？"汤暄瞬间坐了起来，震惊道，"你疯了？那个人来历不明，他给的水怎么能喝！"

柳诗雅："你小点声！我又不是傻子……不是那个人卖的水！

总之你放心好了，我不会害你的。"

无论他怎么逼问，柳诗雅都不肯说出到底是怎么回事，只再三保证水是干净安全的。

喝都已经喝了，再吵也没有用，而且汤暄确认过了，他们换下来的、存在角落的水确实没有少。即便如此，他仍然有些心神不宁。

又过了几天，水房里的储备水也所剩无几了，最多只够这栋楼里的人再喝一周。极大的压力下，大楼里的幸存者们不得不再次聚集起来。

柳诗雅给汤暄整理了一下领子，虽然他们两个是噩梦时代到来后才在一起的，但感情也算深厚："你去的时候小心一点……"

"我知道。"汤暄有些不耐烦。

"知道有什么用？你看到那些人的眼睛了吗？都跟异变体一样，通红通红的，只怕是渴疯了，我是真的害怕他们对你做出什么事情来……"

柳诗雅又絮叨了几句，才放他离开。

这次开会的地方是在一楼尽头的那个房间里。

白天很多人都会出去寻找物资、探寻水源，等人聚齐的时候，已经是晚上九点了。天黑漆漆的，屋子里面点着蜡烛，幸存者们都坐在椅子上。

汤暄站在讲台上，还没有说话，就先顿了一下。从他这个角度看过去，下面所有人的脸竟然都莫名地惨白——是因为最近大家太缺水了吗？

他晃了晃头，强行把心里发毛的感觉赶了出去，先讲了一下最近的情况："你们应该都见过那个卖水的人了吧？"

下面的人纷纷点头。

"见过了，半夜来敲窗户，脸色跟死人一样。"

"太恐怖了，谁知道那些水里都有什么……"

看这个样子，众人似乎都还没有在那个人手里买过水。汤暄点了点头："那就好，大家都清楚，噩梦时代来到后的变异类型非常多，那个人绝对不正常，水也是绝对不能买的。但是我们的水也的确不够了。"

他敲了敲桌子。

"我提议，从明天开始我们先暂停对物资的收集，两两组队，把探寻的重点放在水资源上……"

寻找水资源确实是当务之急，这个提议没有多少人反对。汤暄松了一口气，临走之前又在屋子里扫了几眼。

阴暗陈旧的破房间里，微微晃动的烛火，十几把旧椅子上都坐着人，熟悉的面孔上似乎没有什么异常，但脸色却都惨白如纸，毫无血色，就连四肢都莫名有些发软，唯有嘴唇猩红，恍惚中竟然像是……

他这一停，就有几个人看了过来，鲜红的两瓣嘴唇一张一合："你怎么了？"

"你在看什么？"

他们的神态并无异常。

汤暄："……"

他一个激灵，匆忙摇了摇头，含糊地说了一句什么后，就跑掉了。

可他回到房间里之后，还是莫名感觉有些焦躁，想了很久，他说道："诗雅，要不然我们……"

他嘴刚张开，柳诗雅就端着一碗水走了过来。

"老汤，喝水。"

汤暄沉默了一下，种种焦虑挤压在一起，他终于忍不住爆发了，他一巴掌掀翻了柳诗雅手里的碗："还有你！别给我喝了！你的水到底是从哪里来的？你不会又背着我去跟那个人买水了吧？"

他越想越觉得不对劲儿。

柳诗雅这几天给他喝了太多的水，可不管是他们买的水还是水房里的水都没有变少，那么他喝的水究竟是从哪里来的？

柳诗雅跌坐在了地上，手里的碗摔成了碎片，清澈却诡异的水流了一地。她的手掌按在了碗的碎片上，鲜血淋漓，但是她浑然未觉，只嘟囔着："你放心，绝对是干净的水，喝吧……快点喝吧……"

汤暄刚要继续怒吼，就忽然一停："诗雅，你先别动！"

房间里黑漆漆的，他借着微弱的烛光，看到了柳诗雅的鼻孔。

"里面好像有什么东西……"

他心惊胆战，一阵反胃——

从柳诗雅的鼻孔里，竟然钻出了两条扭动的、细长的黑色虫子！

汤暄下意识地一伸手，抓住了那两条虫子，然后用力一拽。

细长的虫子顿时被他抽了出来，柳诗雅惨叫一声，捂着鼻子满地打滚。

汤暄手里还抓着那两条扭动的虫子，一时间僵在了原地，只顾得上喊了一声："诗雅？！"

柳诗雅却忽然一抬头，胸口上下起伏着，发出了骇人的惨叫。

"老汤……老汤！我们要离开这里！一定要离开这里！"

柳诗雅脑袋一歪，晕了过去。

外面传来了急促的敲门声。

郭若羽："老汤？你们这边出事了吗？快开门！"

"我在！我马上就来！"汤暄终于反应过来，把虫子往地下一丢，然后狠狠踩了上去。踩死了虫子之后，他这才松了一口气，匆匆去开了门。

"你们这边是什么情况？这又是什么东西？"一群人挤在门口，惊疑不定地看着地上残留的虫尸。

"我也不知道怎么了，从诗雅鼻子里拽出来了两条这么长的虫子！"

"这……这看起来怎么像是那部电影里的东西？那部电影叫什么来着……"

旁边有人一拍手："《铁线虫入侵》，这是铁线虫！"

郭若羽平时跟汤暄走得比较近，这会儿也跟着紧张了起来："诗雅是不是喝了那个人卖的水？"

"好像是……"被他提醒了一句，汤暄想到这段时间那些来历不明的水，终于肯定了——

柳诗雅绝对又背着他去买水了。

而出事的是柳诗雅不是他，十有八九是因为她不忍心让自己喝那个人卖的水，所以她喝了……

郭若羽咬牙道："我就知道！那个人卖的水有问题！"

汤暄："那现在……现在该怎么办？！"

郭若羽："我们帮你一起照顾诗雅！等她醒了再说！"

有人帮忙总是好的，汤暄终于松了一口气，把外面的人都放了进来。他们这个房间里东西不算少，大家伙一块清理出了一片空地，准备轮流照顾柳诗雅。

郭若羽蹲在汤暄身边，一边收拾被褥，一边安慰他一句："老汤，你也别太伤心了，要怨只能怨那个害人的人，诗雅会没事的。"

汤暄叹气道："也怪诗雅没有忍住，我问她那么多次，她还不肯说。现在想想，我喝的水，应该都是她自己省下来的……"

他眼角流出一点泪，紧紧握着柳诗雅的手。

其他人很快都陷入了平稳的睡眠中。

汤暄也睡了过去。

而迷迷糊糊中，汤暄突然被人轻轻拽了一下："谁……"

"别说话！"

汤暄吃了一惊，这才发现，捂住他嘴的人竟然是柳诗雅。

柳诗雅脸色灰败，牙齿上下碰撞，整个人抖得像是筛糠一样："你别说话！先听我说……先听我说！"

"这几天跟你在一起的人不是……不是我！我前几天就已经失去意识了……"

汤暄瞳孔瞬间收缩，话是从牙缝里挤出来的："你说什么疯话？你失去意识，那是谁在给我喂水？"

"铁线虫！是铁线虫在给你喂水！"柳诗雅竭力压低了声音，"那个人给我们的水里面有铁线虫，只要大量饮用那个人卖的水，铁线虫就会寄生在饮用者的身体里面。我就是这样被它操控了身体，直到你无意中把它拽出来……"

汤暄立刻抓住了她话中不对劲的地方，浑身都在发抖，道："这太荒谬了！你明知道那个人的水有问题，为什么还要喝！"

"我没有想喝！我确实背着你买了那个人的很多水，但是我没有蠢到直接喝的地步！"柳诗雅哆哆嗦嗦地说出了真相，"水房里有很多储存水的盆，我把脏水倒进了其中的一个储了水的水盆，然后再从别的盆里舀出来干净的水。这样水房里储存的水就不会忽然变少，其他人也不会察觉。只要我记住每次换水的盆，然后下一次避开，我们就会一直喝干净的水……"

汤暄："那你怎么会被铁线虫寄生？"

柳诗雅咬牙道："因为这么干的人肯定不只我一个！其他房间里的人也买了水，也在偷偷换水！我以为是干净的储水盆，但其实早就不知道被多少人倒进去脏水了！"

汤暄："那被寄生的……"

"我怀疑……"柳诗雅浑身都在颤抖，她躺在汤暄身侧，嘴唇微动，"我怀疑，整个基地的人全都被铁线虫寄生了……"

这次害怕的就不是柳诗雅一个人了，汤暄的额头上也冒出了汗，他刚要说什么，却忽然发现柳诗雅的眼睛直了。

她直勾勾地盯向了他身后。

汤暄立刻起了一身鸡皮疙瘩，然后他顺着柳诗雅的目光，转头看向了自己身后。

黑暗的房间中，地上躺着密密麻麻的人。

原本已经睡着的幸存者们，不知道什么时候，又睁开了眼。他们脸色惨白如纸，侧卧着，就这么盯着他们。

柳诗雅尖叫一声，爬起来就跑。汤暄紧随其后。两个人径直冲了出去。柳诗雅"病急乱投医"，随便找了一间屋子冲了进去，她下意识地想关门，却被汤暄一挡："还有我！"

她连忙把他放了进来，两个人背抵着门，都大口喘息着。

汤暄："怎么会这样……有没有办法？！有没有办法把铁线虫从他们身体里弄出来？！"

"我不知道！你不要问我！"话音刚落，门外就传来了隐隐约约的脚步声，随后就是不轻不重的敲门声。

一扇扇门接连被敲响。

伴随着的，是诡异的呼唤声。

"开门，我们来给你送水啦……

"诗雅？诗雅开门啊……"

柳诗雅："汤暄……呜呜呜，汤暄我好害怕！"

汤暄："别怕！我抱紧你了！"

柳诗雅蜷缩在汤暄怀里，小声抽泣着。屋子里有一股腐烂的味道，但有汤暄在，她感觉到了一点温暖。她抓住了他的手，轻声说："我们一定可以活着……"

柳诗雅的动作戛然而止。

她被汤暄抱在怀里，看不到他的脸，但能看到地上的影子。所以她清楚地看到，在她啜泣的时候，从汤暄的耳朵里钻出来一条长长的虫子，它在空中扭动了一下，然后唰的一声缩了回去。

"……"

柳诗雅的手剧烈地颤抖了起来。

此前，她给汤暄喂了多少水……

敲门声响起来的一瞬间，万俟子琅就睁开了眼。

"谁？"

外面响起一道略微尖锐的声音。

"是我，柳诗雅，我来问一下你们，还需不需要新鲜的水……"

宋分题跟万俟子琅对视了一眼。两个人同时站了起来，分别贴在了门的两侧，然后宋分题提高了声音："我们这边不需要水——"

门锁处传来了哗啦一声，外面的人似乎有备用钥匙，呼吸间已然将钥匙捅了进去。万俟子琅眼明手快地一把握住了门把手，却依然被推开了一条门缝。

一张惨白的脸贴了上来，确实是柳诗雅的脸，但是她的嘴唇猩红，微微一张，里面竟然有上百条细小的黑色虫子在蠕动。

而眨眼的工夫，它们已经钻了出来，像蟑螂一样沿着墙壁和门框飞速爬行，就近钻进了宋分题的嘴里。

宋分题踉跄着后退几步，下意识地摔上了门。

宋命题飞扑了过来，用力捂住了他的嘴。

"哥，不行！你怎么可以看这种又黑又脏的虫子！吐了的话，你的胃又要难受了！"

宋分题："我……"

宋命题单手提住他的下巴，然后用力往上一抬："我全帮你塞进嘴里去了！咽下去，咽下去你就看不到了！"

他这种方法确实奏效。

宋分题还没怎么反应过来的时候，就已经被逼着吞下了嘴里全部的虫子……

万俟子琅没有管宋命题挨了几巴掌，贴在门上听了一会儿，然后迅速给出了判断："是铁线虫……变异之后寄生能力变强了。收拾东西，我们马上离开，寄生类的……能避就避。"

她拉着宋命题的后衣领往后一拽，随后把他按在了门上，嘱咐了一声让他顶着门，然后自己原地活动了一下，随后朝着窗户一个快冲，飞起一脚，直接踹碎了玻璃。

然后她又三下五除二地简单清理了一下碎玻璃。

她率先跳了出去，然后转身伸出了手，准备接应里面的人。先是桑薛糕，然后是桑肖柠，最后是宋分题——他把手递给她的时候有些无奈，但没多说什么。

万俟子琅拉着他的手确认他平稳落地之后，反身一抬手，用公主抱的姿势稳稳当当地接住了横着跳出来的宋命题——没人知道他为什么要这么干，反正他就是这么干了。

万俟子琅习以为常，于是也没把他放下来，抱着他就要往卡车那边跑。但就在这时候，旁边草丛里传来了窸窣一声。

陈清酒刚好推着陈卿卿冲了出来，她们似乎也察觉到了什么，看到这个场景后很快反应过来，立刻焦急道："求求你们带上我们吧！我……我不会拖后腿的！"

宋命题两只手环抱着万俟子琅的脖子，也娇羞地说道："人家也不会拖后腿……"

万俟子琅面无表情地给了他两个嘴巴。

事态紧急，她没有拒绝陈家姐妹，让她们上了车。

卡车很快驶离了这栋楼。

大半个小时后，卡车在某家大型超市的地下车库停了下来。他们仔细检查了车库，封锁了入口，等众人忙完的时候，天都快要亮了。

桑肖柠收拾了一下，准备开始做早饭，陈清酒一直在帮着打下手。早饭并不丰盛，就是普通的馒头和咸鸭蛋，咸鸭蛋的蛋清带着咸味，蛋黄流油，又香又下饭。

饭后，桑肖柠烧了一点热水，用热毛巾给陈卿卿擦了擦腿。

陈卿卿像是已经很久没露出过笑脸了，看上去想说谢谢，但整张脸竟然连做个感谢的表情都显得僵硬。

桑肖柠倒是没怎么在意："没事的，你不用往后缩。"

她温柔地笑了笑，动作很轻柔。

"变异类型这么多，说不定将来有一天，你还可以站起来走路……"

陈卿卿："……"

她看着桑肖柠的发旋，脸轻微地抽搐了一下。

以防万一，白天他们没有出去活动，只在这里休整了一天。下午直到晚上这里都非常安静，八点多，几个人吃完了晚饭就陆陆续续地去睡了。

在收拾被褥的时候，陈卿卿提了一句，说她不习惯跟陌生人一起睡，想要跟陈清酒到卡车的另一侧去。

陈清酒性情温软，面对陈卿卿的要求，她再三跟万俟子琅等人道了歉后，才推着陈卿卿去了那边。

"姐。"她声音小小的，"人家帮了我们好多次，已经不能算陌生人了……"

陈卿卿忽然道："那个叫桑肖柠的。"

陈清酒："肖柠姐？怎么了……"

"她一点异能都没有。"

陈卿卿抬起了眼。虽然陈清酒跟她长相相似，但两个人的眼尾方向却恰好相反，一个朝下显得无害，另一个则高高扬起显得刻薄。

"那是个废物。"

陈清酒脸色陡然变得苍白，像是隐约猜到了什么，但又觉得难以置信："姐……"

陈卿卿打断了她，继续道："我们以后肯定要加入这群人。"

陈清酒："……"

陈卿卿："我不想让队伍里有拖后腿的。"

陈清酒颤抖道："你想干什么？"

陈卿卿舔了舔干涩的嘴唇："他们不知道你的异能，我还不清楚吗？不要忘了你是什么类型的植物变异。"

陈清酒："……"

陈卿卿压低了声音，在她耳边一字一顿道："你去堵住桑肖柠的呼吸道，让她毫无异常地窒息死掉……"

陈清酒瞳孔震了一下，抓着轮椅的手猛然松开，她甚至差点没控制住声量："我不去！"

陈卿卿："……"

"我们不能干那种事！"陈清酒浑身都在抖，"姐，桑姐对我们那么好，我们怎么可以做那种……"

陈卿卿一把撕扯住了她的头发，抬手就是一巴掌。陈清酒的脸迅速红肿了起来，却被陈卿卿直接拉到了面前，她的声音尖锐、暴戾："你'圣母'可别拖着我！"

"团队里只要有个废物，大家就都会被拖累！

"留着她有什么用！"

陈清酒吃痛地喊了一声，被逼问了一句"你到底干不干"后，又抽泣了一声。

但这时候，陈卿卿却忽然松了手："不，你现在先别做……"她若有所思地说道，"那个兽化变异的小孩子，好像是她亲儿子。过几天再动手的话，说不定……我可以给他当新妈妈。"

她说完话就松开了手，陈清酒后退了一步，却依旧不死心，想上去劝两句。但还没等她开口，一道带着笑意的声音就响了起来。

"你们在说什么？"

两个人瞬间汗流浃背。

——不知道什么时候，卡车车顶坐上来了一个人。小少年穿着干净的衣服，施施然地垂下了腿，脸上带着笑，像是真的在热情而友好地询问。

陈卿卿仰着头，大脑飞速转动，结果还是结巴了一下："小燕，我们是在说……"

"嘘。"他笑眯眯地弯下了腰，两只手撑在身侧，"不用跟我解释，我就是想去吃个夜宵。你们说了什么，我不在意。"

他温顺柔和，看上去一点杀伤力都没有，轻飘飘地就落在了地上，半点声音都没有发出。姐妹两个更加惊恐。

燕归拍了拍身上并不存在的尘土后往外走，没走几步又忽然停了下来。

他没有转身，语气也依然带着笑，漫不经心地提醒了一句。

"想杀就杀，千万不要因为我而不敢动手。"

车库里十分空旷，他拉开铁门走了出去，又反手关上了铁门。

他一整夜都没有回来。

第二天，天刚蒙蒙亮的时候，他才摸着肚子，心满意足地返回车库中。

陈卿卿跟陈清酒都是一晚上没睡，一直等到第二天凌晨，才等到了心满意足地回来的燕归。

而在反复确定了他确实对她们的事情丝毫不感兴趣之后，陈卿卿才稍微放了一点心。

其他人并没有察觉到异样，万俟子琅照旧在研究她的地图。

桑肖柠半蹲了下来："你要一个人去柿子树那边？"

万俟子琅："嗯，不用担心，我有空间，遇到危险的话，随时可以进去。"

桑肖柠有些担心，却没有多说什么。她也心知肚明，带上别人的话，反而是种拖累。

但桑肖柠还是忍不住跟在她的身后，左贴贴右贴贴，偶尔还要伸手帮她整理一下头发。

桑薛糕就在旁边眼巴巴地看，看着看着，桑薛糕带着一点毛尖尖的耳朵忽然一动。

不远处，陈卿卿坐在轮椅上，弯下腰，冲着他招了招手。

陈卿卿："宝宝，来姐姐这边。"

桑薛糕没有过去，而是朝着桑肖柠的方向，软乎乎又委屈地喊："妈妈……"

"你妈妈在忙呢，别给她添麻烦。"陈卿卿晃了晃手里桑肖柠扎头发的皮筋，"过来，看看这是什么？"

桑薛糕吸了吸鼻子，闻了闻空气中的味道，眼睛瞬间就亮了，张开小爪爪跑了过去，然后踮着脚，想要抓住那根皮筋。

陈卿卿举起了手臂，轻声诱哄道："想要皮筋吗？你喊声妈妈，喊声妈妈我就给你……"

桑薛糕龇了一下牙，然后后退一步，一跃而起，张嘴就咬住了那根皮筋。猝不及防之下，陈卿卿没来得及松手，手背被打了一下。

她的脸色瞬间沉了下去，用另外一只手捂着红肿的手背，无声地盯着桑薛糕跑远，然后脸上忽然露出笑容，遥遥地喊了一句："桑姐，我有点冷，你可以借给我一件衣服吗？"

"冷吗？你等一下。"

桑肖柠拿着衣服走了过来，把衣服披在了陈卿卿身上，又蹲下来揉了揉她的腿。

"腿果然也好冰，应该是天气冷和血液循环不良的原因。不过没关系，从今天开始，我每天都尽量抽时间帮你按摩一下。"

陈卿卿单手撑着腮，似笑非笑地摸了一下身上的衣服："谢谢桑姐，你对我真好。"

她们交谈的时候，陈清酒就站在旁边。

她张口结舌，似乎一直想说什么，可只要她一张嘴，就会被陈卿卿狠狠剜一眼，最后只能不知所措地咬住嘴唇，看着桑肖柠离开。

"别多嘴。"陈卿卿缓缓地摸了摸自己腿上的衣服，"兽化异能者对气味很敏感，只要多穿几次……"

"姐姐！"陈清酒焦急地说道，"我会尽力保护你的，你能不能不要……"

她话音未落，脸上就忽然感到一阵剧痛。

陈卿卿猛然掐住了她的脸，大拇指几乎按进她眼窝里，像是要把她眼珠子挖出来似的，声音像恶鬼一样："你忘记我的腿是怎么残废的吗？是你害的！你毁了我的一辈子，保护我本来就是你的责任，是你应该做的事情，现在我想要变得更好，你哪里来的脸用保护我当成互换的条件？！"

陈清酒："……"

她哆嗦了一下，眼泪立刻掉了下来，张嘴就是"对不起"，不停地说着"对不起"。

桑肖柠察觉到了这边有些异常的气氛，想要过去劝一下，却被宋分题拦住了。

他将手臂挡在她前面，摇了摇头："家务事，别管。"

桑肖柠："……"

她叹了口气，心里也清楚，陈清酒是能绊倒歪扭人的异能者……要是她不愿意，陈卿卿根本就逼迫不了她。不然别说自己或者宋分题，万俟子琅就会第一个把陈卿卿的轮椅踹翻。

更何况现在的情况下，也不允许他们把精力放在陈家姐妹的事情上。

因为万俟子琅要出发了。

她除了空间以外就只带了一个小包，算是轻装上阵。宋分题帮她开了车库的门，外面阳光正好，透过变异植物的枝叶缝隙丝丝缕缕地照射下来，与幽静的高楼大厦交融在一起，让人只觉恍惚，不知今夕何年。

万俟子琅随意地往外看了一会儿，然后说："这辆车子给你们留下了，如果三天之后我没回来的话，你们就开车离开这里。"

桑肖柠："不要说晦气的话……"

万俟子琅回过头，用额头抵着她的额头，轻蹭之后很快松开："不是晦气的话，而是实话。不过乐观一点，那边柿子树的情况很奇怪，上面有群居变异的鸟。"

桑肖柠抽了抽鼻子："你会利用鸟来逃生？"

"不，但是我会变成鸟粪落下来，还可能会落在你身边。"

桑肖柠本来就担心她，顺着她的话一想，眼圈顿时又红了。

万俟子琅原来只是想开个玩笑，没想到桑肖柠不仅没笑还哭了……她想了想，临时决定带上宋命题。

"这样一死就是两个了，高兴点了吗？"

桑肖柠的眼泪瞬间掉了下来。

宋分题满脸无奈地抚了抚额头。

所幸万俟子琅只是在说冷笑话——宋命题在其中充当的角色是通信设备损坏后的传递员，毕竟他要是死了，随时可以回到宋分题身上。

万俟子琅没有耽误时间，收拾好东西交代完事情之后，就离开了车库，驾驶着另外一辆卡车行驶向了柿子树所在的方向。

每片区域的变异范围都不一样，有的地方植株密集高大到不见天日，常见的一棵草都能盖在头上当成伞；但有的地方植物变异程度就一般，只是小规模扩大；甚至还有的地方植物压根没有变异——而柿子树附近的植物变异类型属于第一种。

自从上次的异变体潮过去之后，狸熊市里游荡的异变体就少了很多，一路开过去也没见几个。在市区边缘还可以看见楼房之类的建筑物，但是接近柿子树之后，很多东西都不一样了。

楼房里种植的各色花草跟花坛里的绿植都已经飞速生长，植株繁茂到密密麻麻，汽车大小的蝴蝶兰堆叠在一起，好似人一般粗壮的多肉植物更是占据了整个阳台……

原本坚固的楼房都出现了裂痕，植物的根部扎在其中，支撑着摇摇欲坠的高楼，也几乎完全把它吞噬。

一路上仰头能看到的，只有覆盖在楼房上的植物。

这已然成了一片绿色的世界。

而更可怕的是不远处的柿子树。

在远处探测的时候，他们只能隐约感觉到它的庞然。可当他们慢慢接近之后，才切身体会到这棵树究竟有多大。

它高耸入云，上面结的柿子早已经干瘪了，隐约还有被鸟啄食过的痕迹。而距离它还有上千米时，地面就已经变得凹凸不平，柏油马路被它的根挤压、碎裂，粗壮的树根拱了出来，像是一群在地上爬行的巨大虫子。

宋命题拿着望远镜看了一会儿，然后坐了回来："兄弟，你确定我们要爬上去？"

万俟子琅："嗯。"

宋命题沉思了一下："那我们商量个事情吧。"

万俟子琅："你说。"

"如果咱俩真的被吃了，那你觉得干巴巴的鸟粪可以吗？"宋命题诚恳地说道，"我想当湿漉漉的那个。"

万俟子琅镇定地"嗯"了一声，轻而易举地把这个话题糊弄了过去，然后抬起了眼，看向了那棵柿子树。

因为在她上辈子的记忆中，这么大的树只在狸熊市才有。

植物一般不会长这么大……而且，她前段时间还无意中收集到了噩梦时代降临那晚的一些音频。

是从柿子树附近发出来的，里面有断断续续的声音："撑……在动……看我……"但因为声音实在太过模糊，所以万俟子琅没有办法完全解密，最后只能将其搁置。

车子很快就停了下来。因为路面崎岖不平，树根又过于高大，卡车已经没有办法继续行进了。他们下了车，收起了卡车，准备步行过去。

天色暗下来的时候，万俟子琅找了两根交错的树根，中间有一道空出来的缝隙，容纳两个人刚刚好。

她找了块军用雨布，撑在了树根上面后，下面就形成了一个小小的秘密基地。

万俟子琅："不能点明火，会引来奇怪的东西，今晚就凑合着吃吧。"

她从空间里拿出来了两份凉皮，丢给了宋命题。

空间能保鲜，凉皮入手微凉，半透明的米皮被整整齐齐地切好，上面有一层鲜嫩可口的黄瓜丝，再浇上辣椒油和麻酱，把略微发酸的醋包倒进去，搅拌一下，真是令人食欲大开。

　　天已经黑了，她一边低头看地图一边吃饭，却忽然感觉到宋命题凑了过来。要是换成宋分题，估计此时已经一耳光扇在宋命题的脸上了，但是万俟子琅没有这样做，她立刻抽出了匕首，然后警惕地转过了头，转头的瞬间，恰好看见雨布被掀起来了一小块。

第六章

奇骨
离肋

掀开雨布的是个七八岁的小孩。他在发觉里面有人后愣了一下，没有逃，而是直勾勾地盯着他们手里的凉皮，口水哗哗地流。

"大哥哥大姐姐，你们在吃什么？"

宋命题："凉皮啊。"

那小孩吞了一下口水："这个凉皮，凉吗？"

这会儿宋命题的警惕性倒是没了，他端着碗，一边吃一边回答："挺凉的。"

"那辣椒辣不辣？我妈说辣椒吃多了……"

宋命题："那你放心，辣椒不辣。"

那小孩又往前凑了凑："那好吃吗？"

宋命题："既然你的问题这么多……"

那小孩的眼睛瞬间就亮了，然而宋命题下一句却是："既然你的问题这么多，那我就多吃几口再告诉你吧。"

小孩："……"

小孩忽然一伸手，就近抢过了万俟子琅手里的凉皮，然后掉头就跑。

宋命题毫不犹豫，把自己手里的凉皮往她手里一塞，两手一撑就翻了出去。

万俟子琅："别追！为了一份凉皮不至于——"

他信心满满："放心好了！我不会死的！"

五分钟后，万俟子琅把自己的袖子撸了上去，冷静地跟她胳膊上的宋命题对视。

后者满脸无辜。

"我也不知道发生了什么，两眼一黑，人说死就死了……"

万俟子琅："我观察过，柿子树上的鸟类晚上应该不会活动，你遇到了其他东西？"

"也是鸟，但确实不是柿子树上的鸟。"宋命题嚼着凉皮，"那个小孩跑进了一栋居民楼里，旁边一栋楼里有很多笼子……我没看几眼，就死了。"

万俟子琅按照宋命题的说法观察了一下，发现那栋居民楼就在柿子树附近。她稍加思索，然后做了决定。

"明天去看看。"

"一起去死一下吗？"宋命题兴致勃勃，"你先死还是我先死？"

"谁也不死。"万俟子琅点了一下地图上居民楼的位置，"听你这个说法，那鸟似乎是被人养着的。生物有趋利避害的本性，柿子树附近这么危险，还能在这里生存，他们一定有能避开危险的能力，我们或许可以去问一问。"

虽然说是一起去，但一晚上的时间还不够宋命题恢复过来。所以第二天一早，万俟子琅就一个人站在了那栋居民楼前。

这栋居民楼已经非常老旧了，墙体上面是密集的爬山虎，叶片又大又厚，几乎完全遮盖住了楼体，看起来阴森又恐怖。

她正准备进去，耳朵却微微一动，紧接着她往旁边一滚，迅速地躲进了茂密的植物中。

十几秒后，一阵嘈杂的声音响起。

游走在万俟子琅胳膊上的宋命题："大白鹅——飞过来了好多大白鹅！"

万俟子琅："不是白鹅，而是信鸽。"

从天上飞下来了数十只白色鸽子，每一只都有三四个人头大小。虽然个头比起其他的异变动物来说不算大，但似乎都很有力气——每一只的下面都挂着一个人。

一个活的人。

鸽子下挂着的人很快落在了地面，他们收起了鸽子身上的护具，一边交谈一边进了居民楼对面的楼房里。而那些鸽子则展开了翅膀，呼啦啦地飞到了楼顶上。

"我上学的时候老师教过，说鸽子的骨骼是中空的，即使个头变大了一点，正常来说也是没有办法带人飞的。"宋命题还在嚼凉皮。

"嗯。"万俟子琅应了一声，"这方面应该也有变异加强……"

她话说了一半，就微微侧了一下身，露出了身后正在蹑手蹑脚地靠近他们的小孩。后者没想到已经被发现，神情有些尴尬，短暂的沉默之后，他灵机一动，主动帮他们介绍了一下情况："那是信鸽协会的，他们的鸽子变异了，变异后的鸽子保持着忠诚……"

万俟子琅一把抓住了他的手腕。

"把偷走的凉皮还回来。"

那小孩显然愣了一下，没想到她还在想昨晚的凉皮，反应过来之后大声道："我当着你们的面拿的！我没有偷走你们的凉皮！我这是明抢！"他一边狡辩一边抽手，在他发现根本抽不动后，神情柔和了不少，语气里带上了显而易见的讨好，"抢东西是我的不对，但是……但是作为交换，姐姐，我还可以给你别的情报！"

万俟子琅："什么情报？"

那小孩又吞了口口水："还有吃的吗？姐姐。"

万俟子琅："……"

她从口袋里拿了包干脆面，看着这个小孩狼吞虎咽地吃。小孩吃完之后才一抹嘴，做了个自我介绍，说自己叫苗橙，然后开始讲跟信鸽协会有关的事情。

"他们那边的人靠着那群鸽子活得很滋润，但是，你相信我，无论如何都不要去跟他们套近乎。"

他压低了声音。

"那个信鸽协会里活下来的全都是身强力壮的男人，原来跟他们在一个团队的女人则全都被当成了物资。前段时间那栋楼里还会有惨叫声传出来，但这几天已经没了……"

万俟子琅抬起头，往那栋楼看了一眼。她手上的半指手套磨损很严重，修长的手上布满了老茧。她把手放在了腰间的匕首上，微微摩挲了一下，像是在思考什么。

但最后她还是收了手。

没有拿到鸟蛋前，最好不要节外生枝，那群人在那里，一时半会儿也不会离开——等处理完了那边的事情再来搞这里。

苗橙不知道她在想什么，伸手拉住了她的衣角，想把她往另外一栋楼里拉。

"姐姐，这边是我家，你进来休息一下吧，我们离信鸽协会的人远一点。"

虽然说了"远一点"，但实际上他家就在距离信鸽协会大楼的不远处，两栋楼相隔不到三百米，只不过比起信鸽协会大楼的光鲜亮丽，这栋就是那种老旧破烂的居民楼。

水泥地面，肮脏的深绿色栏杆，楼道上贴满了被撕了一半的小广告。

里面是普通的步梯，唯一不同的是每家每户的防盗门上都贴着一张大红纸，上面用黑色字写了称呼，比如"张大爷一家""老王一家"。

小孩解释了一句："他们都已经死掉了，我为了纪念他们，才在这儿贴了这些纸。也幸好前段时间异变体少了很多，不然我们根本活不到现在……"

他家在顶楼，敲敲门后，一个白发苍苍的老太太开了门。她看上去至少有八十岁，脸上的皱纹能夹死苍蝇，身体缩水一样地佝偻着，眼神倒是慈爱。

苗老太上上下下打量了万侯子琅一阵子，才咧开了嘴："好孩子，能活到现在，真是不容易，快进来好好休息吧……十三、十三……"

她好像中过风，嘴是歪斜的，一直在嘟囔一个数字——十三。

在抽搐着念叨了两下之后，她才接上了下一句客套的话。

"苗橙是不是给你添麻烦了？"

她一边说，一边颤抖着给万侯子琅倒了一杯水。不知道是不是由于常年不出门的原因，这屋子里有股浓郁的"老人味"。窗帘拉着，密不见光，沙发布上也起了球，整个房间都透着一股潮湿，里屋的门口还躲着一个黝黑干瘦的老头，正在惊恐地往外看。

万侯子琅："……"

见她看了过去，苗老太颤抖着解释了一句："对不起啊，让你见笑了。那是我老头，他精神有点问题。现在的日子不好过，没有水也没有吃的，我们三口人只能靠苗橙这孩子去信鸽协会那边捡点吃的……"

话说到这里，苗橙的肚子忽然咕噜叫了一声。虽然刚才他吃了一包干脆面，但他正处于长身体的年龄，对食物的需求量极大。

苗老太下意识地看了一眼冰箱，又看了看万侯子琅。

万侯子琅："我不饿。"

苗老太有些尴尬，但还是站了起来摸了摸苗橙的头："好孩子，不用逞强了……十三……奶奶现在就去给你做饭……我们这里还有肉，我去给你煮煮。"

她弯着腰，去厨房煮肉了。

很快厨房里就传来了水烧开的声音，没过多久，苗老太就端着两碗汤走了出来。那汤喷香扑鼻，颜色有些发红，里面似乎是一些被剁碎的肉末。

她吞咽了一口口水，看向肉汤的目光有些依依不舍，但还是把其中的一碗汤放在了万俟子琅面前。

"你是客人，你先吃吧……"

然后苗老太用空出来的那只手拉住了苗橙。

"我带这孩子去屋里，让他跟他爷爷喝一碗……"

不等万俟子琅拒绝，苗老太就带着苗橙去了里屋。

客厅里只剩下了万俟子琅和一碗肉汤。

万俟子琅往里屋看了一眼，然后拿起勺子，搅拌了一下那碗肉汤。这一搅，就感觉勺子碰到了什么东西，她捞出来一看，发现是一小截肋骨。

那肋骨非常小，只有人的小拇指大，看上去似乎是没有被清理干净的猪肋骨。

但万俟子琅盯了一会儿，忽然一拍乌龟："龟龟伸头。"

乌龟："……"

万俟子琅："这是你们乌龟的肋骨吗？"

乌龟："……"

"哦，不是你们乌龟的。"她语气波澜不惊，"——那就是人的。"

这股味道，熟悉、残忍到可怕。她把勺子放了回去，却看见宋命题忽然冒了个头出来，眼睛亮晶晶地盯着那碗汤。

"我可以尝一口吗？我只啃过小孩，还没喝过这种汤，不知是什么味道……"

万俟子琅："想喝？求我。"

宋命题："求你了，兄弟！"

万俟子琅："求我我也不答应。"

宋命题也不在意，晃悠了一下："他们像是故意的，把你拉过来，又热情好客地给你送一碗汤，后面拉着她孙子进去，也只是觉得你在没人的情况下拒绝不了肉的诱惑……"宋命题晃悠了一下，"那接下来呢？对面有三个人，我们这边只有你和乌龟……我还只是条无辜的小胳膊。"

"算人数干什么？"

万俟子琅把勺子一放，打开了门。

"那三个人现在在卧室里，我们直接走就行了。"

里屋。

里面的陈设比外面还要老旧，雕花木床上铺着20世纪80年代的床单，苗老爷子蜷缩在床边，脸上的惊恐和不安骇然消失不见，取而代之的是宛若痴呆的兴奋表情。

"嘿嘿嘿，十三……十三……"

老太太则兴奋地在门口徘徊，她身边是趴在门上听外面动静的苗橙。

"好像在搅动肉汤了！"小孩满脸激动，"应该快要吃了！"

"我就知道她不可能忍住，现在外面正常的肉已经很少了！"苗老太擦了一下嘴角的口水，"嘿嘿"笑了两声，"更何况我在汤里加了肋骨……她一定会用力、仔细地吮吸那根肋骨，然后把它吃下去！"

"十三……十三个了！外面没有动静了，可以出去了！"

苗老太按捺不住兴奋的心情，快速地打开了门，下一刻却尖锐地叫了出来："人呢？人呢！"

她大步冲到了桌子旁边，在发现碗里还是满满当当的汤后，脸扭曲了一下。

"肋骨！肋骨怎么还在汤里？她走了……她居然敢走！"

苗橙的脸也变得狰狞："该死的，奶奶你等着，我再出去……"

苗老太瞬间转过了头，目光落在了他的脸上。

苗橙愣了一下，却被一把掐住了脸。他尖叫了一声，两条腿拼命踢踏，嘴里却硬生生地被塞进去了什么东西。

"橙橙，奶奶等了太久……"

苗老太捂着他的嘴，用力提着他的脖子，眼珠像是两颗凸起的乒乓球，随时会炸裂似的。

"第十三个人，只要第十三个人把肋骨吞下去……伟大的神，就会赐给我们新世界的希望！"

她又是一提——

苗橙咕咚一声，把那根肋骨吞了下去。

下一刻。

苗橙的肚子开始发胀，衣服很快被撑破，露出了肉色的肚皮——乍一看竟然好像是个诡异的孕妇。

他发出了一声凄厉的惨叫，叫到一半，人就忽然萎靡了下来，像是泄了气的气球一样，变成了一层皮，里面的一切好像都被人抽空了。

而苗老太虔诚地低声哭泣，发出野兽一样兴奋的喘息。

"我的十三……神的肋骨……老头子！老头子你来看！"她贪婪地捧起那根吸收了苗橙的肋骨，疯了一样地亲吻着它，"神，这是神的肋骨，它要给我们……"

万俟子琅刚刚走到楼道那边，就忽然警惕地一抬头。

上面传来了玻璃碎裂的声音，紧接着一个巨大的肉团就从楼上摔了下来，在接触到地面的一瞬间，发出了响亮的啪唧声。

可它竟然还在喊。

"嗬……神……血……倒……

"救、救我，我不想……"

两张嘴，两具身体，像是被扭在一起的麻花，足足缠绕了几十圈，只有头颅还是完好无损的。

肉团竟然是苗老太和苗老爷子。

万俟子琅："……"

宋命题也沉默了一下，然后感叹道："你知道吗，其实我一直希望我跟我哥也是这么个死法。"

万俟子琅觉得他哥应该是不知道的，只是她这会儿没有闲心"吐槽"，而是转头就走，但在经过信鸽协会大楼的时候，忽然撞到了两个人。

这两个人恰好从楼里出来，年纪都在二十岁上下，染着黄毛，吊儿郎当，看到万俟子琅，顿时眼睛一亮，立刻一左一右地将她围了起来。

"幸存者？"

另外一个人也嘻嘻哈哈道："来求救的？刚好，叫声老公听听。"

"叫了老公就让你进去，我们这里有物资哦。"

万俟子琅："……"

她举了一下手，示意自己很无害："我只是路过。"

宋命题搭腔道："没错！我'妈妈'只是路过！"

他一出声，那两个混混顿时被吓了一跳："什么东西在叫？"

宋命题："我是'妈妈'的孩子，现在在她肚子里。"

万俟子琅垂下眼，面无表情地吐槽道："胎儿不会说话。"

宋命题倒吸了一口凉气："我演砸了吗？"

万俟子琅："问题不大，我可以假装你是在胎动。"

那两个人已经反应过来："这女的身上有对讲机！过会儿给她砸烂了！"虽然他们有点不着调，但毕竟在噩梦时代生活了这么久，该有的警惕性还是有的。

万俟子琅依然举着手，平静地往后退了一步："我真的只是路过，我们有话好好说……"

那两人嘿笑道："嘿嘿嘿，你放心就好，其他兄弟都出去了，现在就我们兄弟两个……"

万俟子琅一脚朝他们踹了上去。

"就两个人你还敢嚣张？"

前面那个人被她踹翻在地上，捂着肚子，反应过来之后还有些兴奋。

男人从地上爬了起来，舔了舔嘴唇："上！"

五分钟后，这两个人被叠放在地上，万俟子琅蹲在他们身上，用冰凉的匕首拍了拍其中一个人的脸，平静道："喊姐姐。"

宋命题："姐姐！"

万俟子琅："没让你喊。"

乌龟："……"

万俟子琅安慰它："吃什么醋？我骗他们的，他们喊完我就会说我没有这么丑的弟弟，然后就有理由揍他们了。"

然后她低下头对两人道："怎么还不喊？"

被她踩着的两个人鼻青脸肿，都没说话——毕竟她刚才说的话，他们也听到了。

宋命题在旁边："算了、算了，兄弟，也没出什么大事，咱也别太过分。"

虽然不知道是什么东西在说话，但两个人多少有点感激："谢谢……"

"我谢谢你个头！"

从楼上掉下来的那个东西就在不远处，她也没弄清是磁场变异导致的还是什么异变体，但这里确实不适合久留。万俟子琅收了匕首，给了其中一个人一脚，淡淡道："下次还敢逼人喊老公，我就真的阉了你们。"

她踹完人就走，走出去几十米后又爬上了一根树根，然后左右看了几眼。

"怎么了？"宋命题问了一句。

"没什么。"她皱了一下眉，"就是从刚才开始，我总感觉好像一直有人在盯着我们。"

她顿了顿，说："算了，应该只是错觉。"

然后她作势就要从树根上往下跳，但下一秒她忽然一抬头，直接看向了某个方向。

"视线就是从这个方向……"

她的声音戛然而止。

蛇一样冰冷的视线攀爬上了她的身体，这一瞬间她大脑飞速转动，转过了无数种逃生方法——不远处的居民楼上，站着一个人。那人头发洁白似雪，身形流畅，一双眼睛半分眼白都没有，下半张脸上覆盖着一张冰冷狰狞的黑铁面具，身上缠绕着无数沉重的铁链。

不知道那人已经朝这边看了有多久。

见她看过来，那人才微微动了一下，像是在笑，声音沙哑，喊她："母体。"

万俟子琅："……"

她毫不迟疑地想要进入空间，却在那一瞬间感受到了微妙的阻力——宋命题还在她身上！而就是这么短短的半秒，一只手已经骇然伸了过来。

沉狱从楼上一跃而下，以极其恐怖的速度冲过来掐住了她的后颈，然后重重往下一砸。她整个人面朝下被狠狠地压在了地上，紧接着左手一热——刚刚愈合的手掌，就又被木质碎片穿透了。

万俟子琅："……"

换个手穿行不行。

她的脸被其摩挲了一下，白发少年舔了舔嘴唇，问她："他们是你的……弟弟？"

它问的是刚才信鸽协会的那两个人。

"恭喜你，猜对了。"万俟子琅即使被压在地上，情绪倒还是稳定，她面无表情道，"除了他们，我还有八个弟弟。"

沉狱点头道："生物种群中，这很正常。"

万俟子琅："……"

这东西听不出来她是在瞎扯吗？

紧接着她的脸一冰——冰凉的呼吸扫在她的耳垂上，沉狱低声补上了下一句话："但是，从现在开始，敢碰你的，都会被撕碎。"

万俟子琅："……"

更神经了，它最近是看了什么奇怪的小说吗？

宋命题："你放开我'妈'！你怎么忍心对一个怀着孩子的孕妇下手！"

"……"

沉狱微侧了一下头，很快就找到了万俟子琅手臂上的宋命题。它伸出尖锐的指甲，轻轻地碰了宋命题一下。

"人类怀孕的方式，真奇怪，居然是在手臂上。不过，我不喜欢你怀其他人的幼崽。"

万俟子琅心头闪过了一丝不好的预感。

果不其然，沉狱掐着她脖子的手逐渐用力，另外一只手轻松得像是陷入一块软年糕一样，把她手臂上的宋命题的脸……给活生生挖了出来，然后毫不在意地扔了出去。

沉狱摸了摸她的脸："我上次，把你吓哭了吗？"

它并没有等万俟子琅回答，而是拽了一下她的头发。

"你放心就好了。"

"敢逃跑的话，我就让你再哭一次。"

万俟子琅："……"

果然是看了什么奇怪的东西了吧。

它轻飘飘地看了一眼不远处的那两个人，抬起手把它的母体抱了起来，眨眼工夫就消失了。

它离开后很久，信鸽协会的那两个人才缓过神来。两个人骂骂咧咧地爬了起来。方昀和姜余是同一时间进入信鸽协会的，所以关系还算可以。

方昀："那是什么东西？"

姜余："我怎么知道！别管了！赶紧回去！现在楼里面没有鸽子，万一再出来什么东西，我们肯定吃不了兜着走！"

听见姜余的话，方昀撇嘴道："有鸽子的话，咱俩不会受这气！"他踢了一脚地上的垃圾，"咱俩的鸽子死了之后，那群人就狗眼看人低，处处欺负咱俩……哎哟！"

方昀踢完才发现，地上的不是什么垃圾，而是两个变异的东西。

"这不是那边楼上那个神神道道的苗老太吗？"方昀觉得有点恶心，匆忙甩了甩鞋尖上沾上的脏东西，"这老太婆好好的怎么成这样了？还有她手里……她手里抓着的是什么东西？"

姜余呕了一声："赶紧走吧，谁知道是异变体还是磁场变异……"

但姜余说晚了，方昀已经凑了上去，还在苗老太的手里抓拉了一下，然后取出来一个东西："肋骨？上面还全都是血。"

姜余翻了个白眼："你自己看吧！我回去了！"

他转身就走，方昀本来想把那东西扔了追上去，可鬼使神差地，他把那根小肋骨放在了口袋里。

"万一有用呢……姜余，你等等我！"

两个人一前一后地进了信鸽协会的大楼里。

而他们身后，原本纠缠着躺在地上的苗老太跟苗老爷子，鲜红的眼睛忽然动了动，随后死死地盯向了他们离开的方向……

信鸽协会占据的这栋楼原来是市电视台，里面物资不少，可这么长时间住下来，早就已经变得杂乱无比。一楼大厅里更是堆满了破旧箱子，上了二楼则是一股男人的汗臭味。

姜余跟方昀这种地位最低的，一般就住在二楼。两个人住的房间相邻，里面非常简陋，冰冷的铁架床，上面堆了一层臭烘烘的烂棉花，瓷砖上也全都是陈年老垢。

姜余嫌弃地看了一眼方昀："你还把这东西带回来了，你不嫌恶心啊？"

方昀："苗老太临死都要攥着的东西，肯定是什么宝贝吧？"

姜余骂了一句"神经病"，然后翻了个白眼，揉着伤口走了。

虽然嘴上说可能有用，可方昀左看右看，也没研究出这是个什么东西后，就随手将肋骨扔在桌子角落，自己躺在床上蒙头大睡。傍晚的时候才醒来，他一看手机，发现姜余给自己发了条短信。

姜余："其他人发现了一座小型的幸存者基地，今晚不回来了。"

方昀心知肚明这座被发现的幸存者基地会遭遇什么，可他压根不在意，只回复道："那我们今天晚上吃什么？"

"我怎么知道。"没一会儿，姜余又发过来了一条，"不然我们去苗老太家？她家里说不定还有吃的。"

虽然那对老夫妇死得蹊跷，可是噩梦时代蹊跷的事情太常见了。

两个人一拍即合，姜余就表示自己去拿手电筒后就马上过来找他。

方昀从床上爬了起来，站在了窗边——他们这栋楼刚好在老居民楼的对面，从这里恰好能看见苗老太家的窗户。

那里没有开灯，黑漆漆的一片。

他记得苗家是一家三口，可既然两个老人都没了，那估计小孩也活不了。

方昀正打算收回目光时，眼角余光却忽然看到了什么东西，他暗自"咦"了一声，又抬眼仔细看去，看着看着，呼吸却忽然一滞。

苗老太家窗户后面，贴着一张阴冷的脸。那张脸在飘动的窗帘后若隐若现，他要仔细看的时候，忽然往后一退，扭头跑走了。

方昀："……"

他被那张恐怖的脸惊起了一身冷汗时，肩膀突然被人一拍。

"方昀，走了！你站在窗户边看大姑娘啊？"

方昀被吓得发出了一声尖叫，发现是姜余之后他骂了一句脏话，随后又往那边看了几眼。

但那边已经空无一人了。

他心内惊疑不定，跟姜余也提了一句。

"我刚才……好像看见苗橙了，他站在窗户边，脸色有些不太好。"

"那就是说，他爷爷奶奶死了，他还活着呗。"姜余想把手电筒给他，"就剩一个小屁孩了，有什么好害怕的。"

方昀没有接，额头上还有被吓出来的冷汗，脑海里反复出现的都是那张惨白恐怖的脸："不然我们……我们不去了吧？"

"你有病吧！"姜余骂了一声，扭头就走，"一惊一乍的，你不去拉倒！"

漆黑的房间里只剩下了方昀一个人，周围一片死寂，几分钟后，他透过窗户，在楼下看到了姜余的身影。姜余没有开手电筒，径直进了那边的居民楼。

那边楼道窗户里亮了一点微弱的光，应该是姜余把手电筒打开了。

手电筒的光晃来晃去的，在夜色中显得格外瘆人。

方昀看了一会儿，忽然扭了一下头。

不知道是不是他的错觉，他身后似乎有些奇怪的声音……有人回来了？是姜余吗？但是不可能啊……他出去看了几眼，发现走廊上空无一人。

应该是听错了吧。

方昀回到了房间里，给姜余发了条短信。

"你到哪里了？"

姜余回复得很快。

"我刚刚爬到三楼，马上到苗老太他们家。"

方昀有些犹豫："我刚才听到了很奇怪的声音……"

姜余随口回了一句。

"是不是有人回来了……这楼道里啥味啊？熏死人了。"

方昀接连回头："不然你早点回来吧？"

姜余："少废话，我到苗老太他们家了……门居然没锁，屋子里的电灯也是坏的。"

姜余："我的天！"

方昀心一紧，也顾不上回头看了："怎么了？"

"他们家的冰箱里有肉！就是那种切割好的，一点骨头都没有的那种肉！这臭老头臭老太居然藏了这么多好东西！"

肉……冰箱里？

苗家的冰箱好像没有靠窗放吧？

方昀一愣，拿着手机又看向了苗家。姜余进去之后似乎又调低了手电筒的亮度，从方昀这个角度看几乎是一片漆黑。可自己同样看得清楚——窗边有张人脸。

方昀的手指有些哆嗦："姜余……你确定你现在站在冰箱前面？"

姜余："不然呢？我在你肚子里啊？"

方昀："你往窗户边看看！那边有张人脸！是不是苗橙？"

这条消息发出去之后，姜余没有回，紧接着方昀就看见窗边那张脸一闪而过，紧接着又出现了一张脸——是姜余。

姜余左右看了几眼，然后做了一个很明显是低头回复消息的动作，紧接着方昀的手机就响了。

"我没看见东西啊？"

方昀的手指有点抖："你赶紧回来吧！那边有点不太对劲！"

姜余："我马上回！"

姜余发完这条消息后，就没有动静了。方昀一直在焦灼等待，过了一会儿之后终于意识到了不对劲——成年男人下楼的速度根本不可能这么慢，按理来说这会儿他应该已经看到姜余从居民楼里出来了。

于是他又匆忙编辑了一条短信发过去。

"姜余，你回来了吗？"

这次姜余回复得很快。

"我还在居民楼里，我本来想直接走的，但201房的门是开着的，苗家的食物我没拿到，去这家搜搜总是可以的吧……"

方昀急得直跳脚，刚想发短信继续劝，目光落在了楼下。

那边漆黑一片，可不知道是不是他的错觉，两栋楼中间……位置好像变了……

他越看越觉得心惊胆战，手机却在此刻不合时宜地响了起来。

姜余："天哪！天哪！"

方昀顾不上关注楼下的变化，追问道："你怎么了？"

姜余："201 里面有尸体！"

方昀："尸体你不是见多了吗，快点回来吧，我有种很不好的感觉……"

"不是！"姜余回复得很快，短信上的内容却让人遍体生寒，"不是普通的尸体，而是三具骨架！上面的人肉好像都被什么东西刮走了！"

方昀："……"

那边姜余显然也想到了什么："不能吧？苗老太冰箱里的那些……"

祖孙三个，能在噩梦时代生存这么久，他们吃的究竟是什么？

那边姜余似乎也怕了，动作也快了不少。

"我在 201 找到了两罐蛋黄酱，我现在就回去。"

终于要回来了，这次应该不会有什么意外了……这个念头刚刚闪过，方昀身体就忽然一僵，然后转过了头。

——那种啃咬东西的声音又响起来了。

嘎嘣、嘎嘣。

而且这次他可以确定……声音不是从房间外传来的。

此时方昀的手都有些哆嗦，他吞下一口唾沫，开始在房间中寻找。

是没有变异的老鼠吗？还是其他动物？噩梦时代动物变异的概率不算小，可他找了一会儿，都没有找到任何活物。

这时候他又看向了旧居民楼那边，姜余已经出来了，站在楼下也看向了他，还冲着他挥了挥手。

姜余："看到我了吗？"

方昀："……"

方昀没有动。

那边姜余又低头发了一条短信："你咋不说话？"

方昀的身体抖得像是筛糠。他的眼睛有些发涩，是额头上的汗流进去了，手也黏糊糊的，甚至有些抓不住手机，可他此时手指打字的速度非常快。

"你身后……"

从方昀这个角度，可以清晰地看到，姜余站在居民楼前，而他的身后跟着一个低着头的"人"，那个"人"几乎贴在他的脖子上……

"有东西……"是苗橙！

小孩表情阴森森地贴在姜余的身后。

"快跑！"

方昀的短信终于发出，然后他看着姜余回过了头，像是在演哑剧般发出了一声惨叫，扭头就手舞足蹈地想跑，可因为受惊过度，他跑路的时候扑哧一声——踩到了苗老夫妇。

姜余似乎骂骂咧咧地甩了几下，却也顾不上太多，很快就跑了回来，然后一把关上了门。

姜余："苗橙呢，有没有跟上来？"

方昀说话有些结巴："应该还在楼下……"

两个人一起看了过去，恰好跟楼下的"苗橙"对视上了。它盯着他们看了一会儿，转身返回了老居民楼里。

"这小屁孩……"姜余惊魂未定，"今天也不知道怎么了，他爷爷奶奶死了把他给刺激疯了？"

方昀："管他的，把蛋黄酱吃了，明天再说，刚才吓死我了！"

两个人分食了蛋黄酱，然后就各自去睡了。

虽然刚才着实吓人，但方昀也没把这件事放在心上——苗橙之所以那个样子，很可能是受刺激了……

方昀很快就睡着了。

半夜的时候，他被尿憋醒，爬起来去上厕所，出来的时候目光无意中往桌上一扫，紧接着他就愣了一下。

那根肋骨，竟然出现在桌子上。

是姜余放过去的吗？什么时候的事情？还有……

他往前凑了一下，揉了一下眼。

这根肋骨好像变大了。它原来只有小拇指长，现在已经有手掌长。

他在旁边盯了一会儿，忍不住给姜余发了条短信。姜余还没睡觉，很快就回复了。

姜余："你把它直接丢了不就行了。"

方昀犹豫了一下，没有按照他说的办。

苗老太那么宝贝的东西，难道一点用也没有吗？虽然苗家人的确都死了，可现在这个时代，任何好东西都会伴随着一定的风险吧……

方昀将肋骨锁在了柜子里，准备等第二天早上起来再说。可他躺在床上，翻来覆去睡不着，鬼使神差地将手覆盖在了自己的肋骨上。

总感觉，这不像是人类的骨头……

第二天一早，他被姜余推醒了。

"快醒醒！你昨天晚上临睡之前，是不是说你把肋骨锁在柜子里了？"

方昀还没怎么清醒："我确定啊……"

"那你也能确定你没把它拿出来，对吧？"姜余满脸震惊，"可今天早上，我是在你床头发现它的！而且这东西……好像又变大了！"

方昀一个翻身坐了起来。

那根肋骨的确又变大了。

——它现在已经不算是肋骨了，它上下同时生长，竟然长出了完整的胸腔和骨盆。

姜余："你觉得它像不像……富江？"

"你别瞎说！"方昀喝止了他。但姜余却忽然"嗯"了一声，然后左右看了几眼，"好奇怪……"

"怎么了？"

"这根骨头好像有点不太对，你仔细看一下，这个胸腔是向后弯的，骨盆也是反着长的。"姜余跟方昀对视了一眼，他有些不安地说出了下一句话，"这很明显……不是人类的吧？"

方昀："……"

不是人类的，那是什么的？

方昀这会儿终于不敢再赌了，两个人商量了一下，最后决定把这根奇怪的"肋骨"丢掉。

正常来说应该是方昀去扔，可他实在是不敢，跟姜余纠缠了半天，终于用自己私藏的食物作为交换，让姜余答应去丢掉。

方昀看着姜余带着肋骨下楼走远，刚要给他发消息，就忽然搓了搓眼睛。

雪前段时间就已经全部化掉了，可外面的天气还是有些冷，苗老夫妇变异后的东西，他们没有动，昨天晚上就任由它们待在了原地。但不知道是不是他的错觉，那团黑漆漆的、扭在一起的东西，位置好像又变了……

叮咚——

姜余的短信发了过来。

"可以了，我挖了一个深坑，把骨头埋进去了。"

他还附带了一张新鲜土堆的照片。

埋完之后没多久，他就返回了信鸽协会的大楼。方昀没想到事情这么轻易就解决了，多少有点后悔，但木已成舟，他也没有办法，只能随意问了一句："基地里的其他人呢？怎么还没回来？"

姜余："玩过头了吧，别管了。"

两个人凑合着解决了午饭，下午又结伴去探寻了一会儿，晚上照常回来睡觉。

他们这边的信鸽都被带走了，出去的人迟迟没有回来，也没有任何消息，楼道里安静得可怕。但方昀睡得很不安稳，睡梦中，他总感觉好像有什么东西正盯着他……

第二天一早，他睁眼的瞬间，就发出了一声凄厉的惨叫。

姜余冲了进来："怎么了……"

方昀不用回答了，因为此时两个人都看清楚了。

肮脏的地上，有一串长长的痕迹，而方昀的床头上，出现了一个扭曲而怪异的东西。

是那根肋骨，但似乎又不是。

——它长出了四肢。

最恐怖的是，它虽然是正常人的大小，但四肢和胸腔、骨盆一样，也是反的，胸口朝上，四肢却向下撑在地上，乍一看就像是一个被掰折了四肢的"人"。

姜余已经快要被吓疯了，咬着牙，骂了一句："都怪你！我跟你说了别捡、别捡，你为什么不听！"

方昀此时也满头大汗："你现在冲着我叫也没用！先想办法解决掉这个东西啊！"

姜余："这次扔远一点！"

这一次再多私藏的食物也没有用了，两个人百般拉扯，谁都不肯单独去，最后只能一起把它埋在了更远的地方。

第三天早上，它出现在方昀的桌子上。

这一次，它四肢依然倒翻，身上虽然已经长满了血红色的肌肉，却没有皮肤。

姜余和方昀彼此都看到了对方眼中的惊恐。

他们不得不再一次进行丢弃它的尝试，第四次、第五次，无论肋骨在前一天被丢得有多远，次日依旧会出现在他们面前。终于到了第六次，姜余和方昀选择了销毁这根肋骨，可无论他们怎么做，次日，它还是会出现。

一周后，它的胸腔、腹腔、四肢甚至是下半截身体都已经全部发育好了。

除了没有头以外，它已经骇然变成了一个完整的"人"。

姜余和方昀接近崩溃。

它到底是什么东西？最后又会长成什么样子？

不清楚，不知道，也不会有人能预测，只有恐惧在黑暗里滋生蔓延，随着它的体形慢慢增长。

两个人采用了最后一种方法——守在它旁边。

他们瞪着满是红血丝的眼睛，目不转睛地看着这个东西。

第十三天晚上。

"倒翻人体"的脖子，忽然动了动。像是有东西要从里面钻出来——

它的头，长出来了。

那确实是一个头。看不清楚五官，只感觉像是刚出生的婴儿一样，五官皱巴巴的，而最诡异的是，它的头只有拳头大小。

姜余的精神快要崩溃了："这到底是什么东西？"

方昀："别问我了！我要是知道，我不早就说了！我受够了，别管它了！它愿意长就长，毕竟这么多天了它都没有动……"

他话音未落，那东西的头忽然一转，一张极其诡异的脸扭了一下，看了他们一眼，随后它撑着上半身的反着的四肢忽然一扭，竟然嗖的一下子跑掉了！

"我的天！"姜余一屁股坐在了地上，"这东西钻到哪里去了？跑得居然这么快，它上楼还是下楼了？！"

"算了。"姜余一咬牙，"不管了，它爱去哪里去哪里。我们得先想办法联系上信鸽协会的其他人——该死的，你不觉得很奇怪吗？这东西奇怪也就算了，怎么到现在协会里的人都还没有回来？"

他说完后才发现方昀一直没答话，于是又喊了一句："方昀？"

一直紧盯着那东西离开方向的方昀一个激灵，然后张了一下嘴，道："姜余，我们走吧……"

姜余："什么？"

方昀攥住了他的手腕："赶紧离开这里！马上离开！越快越好！"

姜余："好好的，你发什么神经？"

"那东西刚才看的是我！"方昀的手指有些哆嗦，"所以我能确定……"

他一字一顿，道："那是看食物的眼神。"

姜余："……"

姜余也有些害怕，但思虑过后，他依然坚持不肯离开："信鸽都被带走了，等不到其他人回来，我们直接跑了确实没关系，可出去之后呢？外面的危险更多！我们两个人手无缚鸡之力，根本活不了几天！"

方昀虽然非常想走，但实在犟不过姜余。两个人大吵了一架，各自回了房间。

而方昀实在害怕，就用桌子把门顶上了。

但紧接着，他看了一眼窗外，瞬间被吓得浑身僵硬，一句话都说不出来。

——苗老太跟苗老爷子竟然站了起来……停在了路中间，做出了一个要朝着老居民楼走的姿势。

方昀的精神几近崩溃，他哗啦一声拉上了窗帘，抱着破旧的棉花被蜷缩在床上，嘴里不停地念叨着什么，时间久了，竟然也就睡过去了。

但如果他再仔细查看一下的话，或许就会发现——

苗老夫妇不是自己站起来的，而更像是被什么东西摆成了这个样子。

深夜，方昀被敲门声吵醒了。

他抓起手机看了一眼，发现自己竟然才睡了不到半个小时。

而门外响起的是姜余有些别扭的声音："我不是不相信你，但我也是为了保险起见啊，实在不行，我们明天白天再走行不行？"

一个人总比两个人安全，方昀迫不及待地给他开了门。

外面一片漆黑，方昀看不太清楚姜余的脸，却看见他后退了一步。

"怎么不进来？"

姜余又往旁边走了一步："我饿了，我想吃东西，我记得老张房间里还有一个罐头，咱俩去吃了吧……"

方昀也有些饿了，虽然他不知道老张还藏着什么罐头，但是在熟悉声音的催促下，他迷迷糊糊地跟在了姜余身后。

走廊里有一股很难闻的味道，食物的腐烂味和过期油脂味混在一起，让人作呕。

没有开灯，整条走廊只有嗒嗒的脚步声，姜余走在前面，没有回头。他走得越来越快，越来越快……

方昀跟在后面想喊他慢一点，手机却忽然响了一声。

他打开一看，发现是一条短信。

"厕所没纸了，你给我送点纸过来。"

厕所？没纸？

什么情况……

他手指在屏幕上滑动，随后就停在了原地。

太阳穴在突突跳动，肾上腺素在同一时刻飙升，他的膝盖控制不住地发软，眼珠子也在轻微地颤抖……

即便如此，他也清晰地看到了发件人的名字——

姜余。

这条短信，是姜余发来的。

他脑袋嗡嗡响，下意识地抬起了头，看向了走廊上已经以不可思议速度狂奔起来的身影，这时候他才发现，面前"姜余"的个子，似乎已经到了两米以上……

"姜余"的四肢在扭曲，它在疯狂奔跑，方昀看过去的瞬间，它似乎感觉到了他的视线，然后猛地转过了头。

而它的头，过分地小。

它新长出来的嘴一张一合，发出的是姜余的声音。

"方昀，你怎么不跟上来？

"方昀，你怎么不跟上来？

"方昀，你怎么不跟上来？

"方昀，你怎么不跟上来？！"

姜余半夜起来，去敲了一会儿方昀的房门，却发现里面迟迟没有动静。

"睡死了吗？算了，我先去趟厕所……"

每一层的厕所都在走廊的尽头，姜余睡得也有点迷糊，要不是他觉得一个人休息不安全，也不会忽然过来找方昀求和。

姜余摇摇晃晃地推开了厕所的门，隐约感觉自己脚下有些湿漉漉的——这感觉似乎从他踏上走廊就开始有了。

但他并不在意，因为信鸽协会的人经常会随地小便，可等他又走了一步后，脚下一黏，似乎是踩到了什么东西。

"什么鬼，怎么还扑哧一声呢……"他抬起了一只脚，低头看了过去，看着看着，他忽然发出了一声惨叫，然后扑通一声坐在了地上。

他踩到的是方昀。

长条状的，满地都是的方昀……

一个体重接近二百斤的成年人，竟然就这么悄无声息地被杀了。

"呕……"姜余干呕了一声，瞬间想到了那根肋骨，掉头就跑了出去。

"得赶紧……赶紧找到信鸽协会的其他人！"

鸽子是直肠动物，不能在身体中储存粪便，所以一路沿着地上的鸽子粪，就能找到鸽群。

天是黑的，楼房上的植物也异常安静，只偶尔有寒风吹过，那些或茂盛或干枯的叶片才会被风吹动，发出沙沙的声音……巨大的植物覆盖了这片区域，人行走在里面，就像是蚂蚁行走在热带雨林中。

姜余一个人走得心惊胆战，想要停下来休息一下，但一想到方昀的样子，就忍不住打寒战，然后咬牙继续往前走。

地上的鸽子粪一直没有消失，指向柿子树所在的方向。

跟信鸽协会那些人离开前说的一样，他们前段时间找到了一段音频，然后借助电视台的设备复原了一下。姜余是信鸽协会中的外围人物，没有办法接触到他们的核心机密，但他隐隐约约听了一耳朵。

音频里似乎隐藏着什么重要的信息，说柿子树好像不是自己长这么大的……音频复原后没多久，信鸽协会那些人就选择了出行。

姜余的脚步越来越快，走了大半个小时后，忽然停了下来。

惨白的月光下，他浑身发凉。

他已经非常接近柿子树了，树下面出现了一个黑漆漆的洞口，那洞口只有一人大小，却极深极黑，鸽子粪就在这里消失了。

而旁边，散落着大量信鸽协会成员的工具，还有一片片鸽子羽毛，以及一些中空的鸟骨——

洞里正散发着一股潮湿的腥臭……

再往深处看，似乎能听到一道幽暗的哭声……

十三天前。

乌龟是在中途被万俟子琅扔下去的，落地之后它还伸了一下头，看着她给它比口型。

"去找宋分题。"

——而扛着她的白发少年，只是懒洋洋地往这边瞅了一眼，似乎觉得一只乌龟丢了也就丢了，然后单手扛着人，很快消失在了丛林中。

乌龟静静地看着他们消失。

几个小时后，它变成人，站了起来。

少年长长的头发垂落在前胸和后背，浓密的睫毛眨都没有眨。他在原地安静地站了一会儿。

半晌之后，他缓缓地揪下一片叶子，围住了赤裸的身体。

又是半晌之后，他转了一下头，看了一眼宋分题所在的方向。

一片安静。

再半个小时之后，他把头转了回来，毫不犹豫地朝着万俟子琅离开的方向……走了过去。

沉狱并不怜香惜玉，它抓着万俟子琅，就像是在抓着一块肥肥的肉。

——这种情况下，被颠簸到提前醒来是很正常的事情。

万俟子琅粗略地分析了一下沉狱的体质。

——这东西身高接近一米九，体脂率在百分之八到百分之九之间，跳跃能力和身体素质都极强，智力也不低。虽然没有盯着她的手看，但她能感觉到，它在随时注意着那片木质碎片。

不太好办。

她盯着飞速后退的地面看了一会儿，选择了闭目养神。

五分钟后，他们停了下来。万俟子琅被随手扔在了一边。沉狱双臂环抱，目光往下一扫，而万俟子琅自己滚了几圈，然后爬了起来。

竟然还有几分相处和谐的味道。

他们所在的地方是市体育场。

这座场馆是半露天的，观众席上方有高大的顶棚，中间则直接暴露在天空下；顶棚周围是一圈粗壮且巨大的树木，树根庞杂，交错拥挤，将整个市体育场完全遮挡了起来。

在站稳之后，万俟子琅似乎不经意地看了一眼手掌上的碎片。

抬起眼的瞬间，她就对上了沉狱的眼。

后者下半张脸隐藏在沉重的黑铁面具后，那双非人的眼睛里显然写着一句话——"你可以试试看。"

万俟子琅："……"

她若无其事地将手垂了下去，随意在裤子上擦了两下。她现在的情况其实有点糟糕，这东西捏她后颈的时候没有收劲儿，她现在总感觉右手有点使不上劲。

但重点不是这个。

这一次进入市区后，他们就发现，狸熊市内的异变体少了很多，即使有，也是那种变异前就被困住的。

而现在，她终于知道，为什么狸熊市的异变体会忽然变少了。

她站在体育场的顶棚上，往下看了一眼。

她的脚下，是堪称地狱的场景。

一股浓郁的腐烂味道扑鼻而来，密集的头颅和身体在挣扎中咆哮与啃食。那片露天的空地上，无数个挤在一起的异变体在涌动，它们堆积在一起——是的，堆积。

像是蚁穴，上下涌动，彼此啃食，最高一层的异变体几乎伸手就能碰到顶棚，下面的肢体被践踏、蹂躏，也被啃食。

它们被挤压得无法动弹，也在吞噬着自己身边的同类，大量的血肉密密麻麻地搅在了一起。

她沉默地看着脚下的场景，却忽然感觉自己的头发被轻轻地碰了一下。

沉狱歪了一下头，语气平静。

"你想吃吗？"

万俟子琅："吃什么……"

白发少年舔了舔嘴唇："我。"

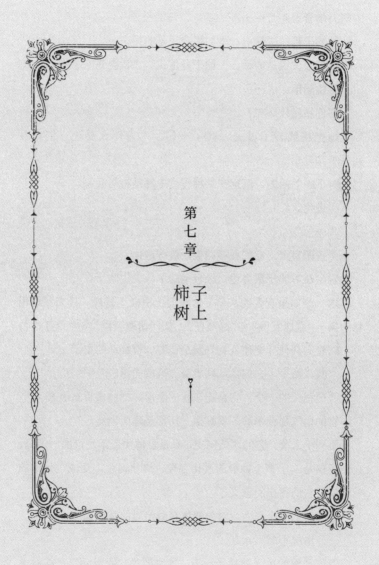

第七章

柿子树上

万俟子琅："……"

她顿了顿，试探道："如果我说是的话……"

"如果你说是的话，"他平静地说，"我会先吃了你。"

万俟子琅："……"

那你还问什么呢？

她把视线转了过去，问了一句："为什么要让它们自相残杀？"

对于她的问题，沉狱在某种程度上算是有问必答。

"进化。"

"……"

"资源有限，它们吞噬同类，进行进化。"

它坐在万俟子琅旁边，轻轻地舔了舔尖锐的牙。

这一刻如果有人能从乌云密布的上空向下俯视，目光穿透粗壮的树干，就能发现"它"高高在上，如同俯瞰着世界的"养育者"。

它看向其他异变体，就好像是在看一群蠕动的虫子。

"我，命令了它们，从同类身上汲取能量。

"最强大的一个，将会跪在我的面前，把晶核贡献出来。"

它的语气那么平静，就好像一切都是理所当然。

不同于人类，它的这些同类，只是群体中微不足道的一部分，它们仅仅是为了整个种群的进化吞噬、进化诞生，变成进化中的一环就是它们存在的意义。

她身边的这个东西，对异变体有着绝对的掌控权。

——情况不怎么乐观。

万俟子琅的手又被抓了一下。她刚要说"我没动"，就看见它垂下眼帘，把她掌心的刺往深处推了推。

万俟子琅："……"

推完之后它又摸了一下她的头——这段时间它不知道看了什么东西，有种笨拙的模仿感。

"你乖一点，我什么都可以给你。"

万俟子琅："那我饿了，我想吃东西。"

沉狱："……"

它好像也没想到她提要求提得这么快。

万俟子琅倒是无所谓的样子，耸肩道："不想去吗？可是按照人类的习性，温柔柔弱的女孩子应该留在家里看家。捕猎寻找食物是男性要做的事情……"

它很明显地犹豫了一下，随后还是半蹲在她面前："那你会乖乖在这里等我吗？"

"我会。"万俟子琅举起了三根手指，"如果我撒谎，那我爸今年就暴毙，死了之后马上下十八层地狱。"

人类的文明里，父母是很重要的存在。

这句恶毒的誓言让沉狱的态度松动了，它点了头，但又想了想："我得做个保险。"

"找根绳子……"她话没说完，就目瞪口呆地看着沉狱掏出了一段足有手腕粗的棺材碎片，然后对准了她的左肩。

万俟子琅："……"

她被硬生生钉在了原地，热血瞬间涌了出来。而它伸出手，碰了一下她的额头："死不了。"

它甚至歪头欣赏了一会儿，临走之前还摸了摸她的小腹，然后轻轻地跃下顶棚，眨眼就消失在了茂密的森林里。

虽然确实不会死也感觉不到疼，但失血过多还是让她眼前有些发黑，恍惚中，她感觉自己被戳了一下。

"你还好吗？"

语气多少有点担心。

万俟子琅偏了一下头，说："我还好……你现在在哪里？"

见她确实问题不大，宋命题的声音才轻快了一点："我刚才在你肚子里，差一点就被它看光了，现在在你胳肢窝里。"

万俟子琅没"吐槽"他藏的鬼地方，只"嗯"了一声："藏好。"

"藏得好好的呢，你有腹肌你晓得吗？"

"不晓得，蛮神奇的，好好的怎么就有腹肌了？"

"是啊，所以我觉得这个异变体有点大病。"宋命题说，"我明明比你帅多了，我腰还软，能下腰的那种软哦！它居然把注意力都放在你的身上，怎么就不看看我呢！"

万俟子琅："哇，你居然还能下腰吗？"

"能啊。"

两个人有一搭没一搭地闲聊着，宋命题叹气道："我一直以为我是'最少女'的，但是上次那只马陆也是……为啥看不上我？"

万俟子琅闭上眼，仔细想了想。

宋命题和宋分题确实是亲兄弟，两个人眉眼至少有八分相似，但性格似乎一个随妈妈一个随爸爸，宋分题看上去明显要柔和得多……但是他现在不在，所以夸夸宋命题的话……问题也不大。

"你比你想象中的还要美，看不上你是它眼瞎。"

她又哄了宋命题几句，才沉沉睡了过去。

一个多小时后，她忽然一睁眼，紧接着，一块血淋淋的肉被扔在了她身上。

天色已经黑了，少年蹲在她脑袋上方，白色的头发垂了下来，它似乎刚回来，手上还有血。

"吃。"

那肉很新鲜，也很正常——现在要找到没变异的动物也不容易，不知道它跑了多久。

万俟子琅慢吞吞地伸出手，把肩膀上的棺材碎片拔下来，然后坐好，张嘴咬在了肉上。她吃东西的时候表情也没有任何异常，就好像这不是一块没有经过任何处理的生肉，而是一块普通的大饼。

她吃的时候，沉狱一直盯着她，甚至有些不自觉地、心满意足地舔了舔嘴唇。

——它的母体，很好养活的样子。

它半蹲在万俟子琅身边，看着她安静地吃东西。

万俟子琅抬起手来擦去唇边的血迹。

"你看到了是吗？我可以直接把棺材碎片拔下来。"

沉狱愣了一下，有点没太懂她为什么说这个，只是给出了和以往相同的回答："就算你逃跑了，我也会把你抓回来。"

它看见它的母体叹了口气，随后它的额头一热。

"我想说的不是这个。"

沉狱："……"

她浑身是血，额头和鼻尖却是热的——跟它比起来，只要是活着的生物，体温都算热的。她一只手搭在它的肩膀上，认认真真地用额头抵在了它的额头上，鼻尖微微擦过它的脸颊，柔软的肌肤贴上来，让人几乎眩晕的味道扑鼻而来。

她就用这种姿势，平静而认真地说：

"我想跟你说，我听了你的话，没有逃跑。"

"……"

沉狱的身体有些僵硬，手一时间不知道应该往哪里放，按照习惯，它应该去掐她的脖子，可是现在好像也……不太需要动手？

它听见她说："你刺到我肩膀里的东西让我很疼……下次不要这样了，好不好？"

鬼使神差地，它点了一下头，说："好。"

异变体不需要睡觉。

夜幕降临之后，沉狱没有休息，它开始收集干枯的树枝跟被人类遗弃的纺织物，像是准备搭建什么。

"不会是想搭建巢穴吧？"宋命题撑着下巴，跟万俟子琅一起看，"我上幼儿园之后就不吃小男生这套了。"

万俟子琅："……"她坐在一边，耳边有些碎发。

宋命题变着花样夸她："兄弟，你太厉害了，为了活命竟然不惜牺牲纯洁的心，我最多就是牺牲身体。"

"我也可以牺牲身体。"

宋命题："……"

他刚有些疑惑，就听见万俟子琅咳嗽了一声。

沉狱立刻看了过来："难，受？"

万俟子琅："没有，只是手有点疼。"

沉狱："手……"

它冰凉的手摸了上来。

尖锐的黑色指甲看上去有些恐怖，抓着她手腕的力道也不小，但是它好像在尽力控制。它抓住插在万俟子琅手上的棺材碎片，缓缓地抽了出来。

万俟子琅垂下眼帘，脸虽然有点脏，但是莫名显得有些温柔，她甚至还扬起脸冲着它笑了笑。宋命题刚要"吐槽"，就看见在这种莫名温馨的气氛里，万俟子琅随手一抓，下一秒一把锋利的锥子出现在空中，她摸向它脸的手陡然加速，在锥子下落的瞬间猛然握住了锥柄，然后她手臂瞬间绷紧，用锥子贯穿了它的头颅。

宋命题："……"

万俟子琅的动作快得惊人，流畅度直接点满，锥子发出扑哧一声的时候，她另外一只手已经压了上来，两只手同时奋力一压，竟然是想利用锥子把它的脑袋生生撬开。

但沉狱已经反应了过来，它瞳孔一缩，伸手的瞬间，尖锐的黑色指甲就已经贯穿了她的手腕。

它用力一按，几乎要把她的手臂完全折断。

"你骗……我……"

万俟子琅的反应快得惊人，在她手腕发出咔嚓一声的同时，她丝毫没有避让，咬紧了牙，握着锥子用力往旁边一划。

锥子又划出一道长长的口子，她的整个手掌也差点被分成两半——

力的作用是相互的。在她手掌几乎被贯穿的同时，沉狱的头颅也发出了一声让人毛骨悚然的嘎嘣声。

"母体……"

万俟子琅的牙齿几乎被生生咬碎，她嘶吼一声，额头咚的一声砸了上去。

她时时刻刻都牢记着，这个东西看似无害的外皮下是什么东西。

这是异变体横行、普通人艰难求生的时代，对于任何想要她命的人，她都绝对不手软。

活下去——一定要活下去！！！

沉狱的脑袋几乎被完全撬开，里面的黑色晶核瞬间就露了出来。万俟子琅毫不犹豫地一低头，张嘴就想把晶核咬出来。

然而在她下嘴的一瞬间，它恐怖的下半张脸忽然往前一伸，尖锐的獠牙瞬间没入了万俟子琅的喉咙里。

"杀了你……"

二者瞬间就扭打在一起，在顶棚上摇摇欲坠。万俟子琅一下接着一下，奋力用膝盖顶着它的小腹，她很快把它逼到了顶棚边缘，也听到了清晰的碎裂声音。此时，双方脚下的棚面濒临坍塌，下面无数只异变体发出了渴望的吼叫。

她眼前的肌肤一片滚烫，头上是汩汩流动的鲜血，她仿佛感觉不到疼痛，肾上腺素在这一刻飙升，脑子里只有一个想法——把它砸下去……只差一点！

一下，两下，三下……她猛地用力！沉狱的手终于被她生生砸开，它神情怨恨地猝然下坠，尖锐的指甲掐爆了一个异变体的头颅，但黑色潮水一样的异变体蜂拥而上，眨眼的工夫就吞没了它的大半躯体。

咀嚼的声音传来，万俟子琅大口喘息着，身后是一条恐怖的拖拽血痕，在若有似无的灯光下显得十分瘆人。

她居高临下，跟沉狱对视。

而它的眼睛漆黑，目光沉沉，无声地张了一下嘴，眼里竟然有着无限兴奋。

"永远冷静，具有欺骗性……不愧是我的母体……

"你等着……等我重新抓住你的那一天……"

在沉狱最后一根头发丝被吞没后，万俟子琅终于控制不住，单膝跪在了地上。她已经力竭，眼前一阵阵发黑，而她脚下传来了哗啦一声——她整个人往下一坠。

体育场的顶棚居然在此刻又塌了一小片。她整个人都随着顶棚急速下滑，异变体瞬间发出了兴奋的号叫。就在此时，宋命题一伸手，用力地抓住了边缘。

这点缓冲时间已经够了，万俟子琅抬手抓住了边缘，然后把自己甩了上去。

宋命题倒吸了一口凉气："你看起来快要死了，啊啊啊！"

万俟子琅捂住了他的嘴："别叫，来得及。"

她竭力平息了一下错乱的气息，却没有急着跑，而是从空间里掏出了什么东西。

宋命题："你掏出了什么？"

"炸药。"万俟子琅手指抠在了拉环上，"我自己做的炸药，虽然比不上军用炸弹，但是杀伤力也不小。"

她迅速一拉，用力往下一扔。她自己则是直接冲上了顶棚的另外一端，然后纵身一跃。就在她跃起的瞬间，她身后响起了一声巨响。宋命题趴在她头上往下看，叹息了一声："咱们'老公'就这么被炸得粉身碎骨了……"

万俟子琅双手抓住伸过来的树枝，连跳几下就平稳落在了地上。她又停顿了一会儿——体力消耗委实过大了——才平静道："不一定，看不到尸体就不能确认它已经死亡。其实就算看见了也不能确认，要是能把它挫骨扬灰就好了，那样才是最保险的。"

宋命题感叹道："兄弟，你真的好狠啊。话说回来，其实它挺帅的，换我可能就把持不住了……"

说话的工夫，万俟子琅已经跑出去几百米了。这片土地莫名有些潮湿，野草也非常高，其实她的失血量很大，但目光却异常清明，时不时还要注意一下自己的身后。

得先找个安全的地方……这里距离异变体的大本营太近了。

而还没等她再跑，她又感到一阵眩晕——

失血量太大了。

她下意识想要撑住身边的树木，伸出的手却抓到了一条覆盖着一层薄薄肌肉的胳膊。少年浑身赤裸，只围了一片树叶，他似乎走了很久的路，但身上半点汗都没有，肌肤光滑冰凉，散发着一股清爽的味道。

万俟子琅抬起眼皮，跟他对视了一眼："龟龟。"

少年伸出手，似乎是想要扶住她："……"

"哦，这个。"她呼出一口灼热的气，"我流产了。"

少年沉默了一瞬："……"

宋命题："你的乌龟说了什么？能帮我翻译一下吗？"

万俟子琅："他说我像是去吃乌龟盛宴了。"

她帮宋命题翻译完，然后又看了回去，面无表情地指责他："你来晚了，你难道不知道一个娇弱无力的小姑娘被绑架之后会有多恐惧吗？"

少年依然沉默，静静地站在原地，看着她的手抓住自己结实的小臂——虽然是一只平时动都懒得动一下的乌龟，但是少年的身体莫名很结实。

万俟子琅看上去也很健康活泼，唯独一点……

他低头看了一眼自己白皙皮肤上留下来的血手印："……"

"被那个异变体打的，问题不大。"她伸手从空间里掏出来一个医疗包，往他手里一放，然后随意松开了抓着他小臂的手，直接后背靠树，坐了下去，"我相信的只有你一个，所以这个任务只能交给你，刀拿好，医疗用具也给你。"

乌龟："……"

万俟子琅抬起了眼，语气平静："把我身上的某个东西挖出来。"

宋命题："我只是一个无辜的'胳肢窝'，并且保证以后会安静如鸡，求求您放过我吧，'妈妈'。"

"不是你。"少女盘腿坐在地上，额头上有汗，她的体力已经是强弩之末了，但是这并不影响她依然冷静——她伸出手，闭上眼睛，点了点自己的小腹，"是这里，我的子宫。"

宋命题："你是在开玩笑，对吗？"

万俟子琅："我是认真的。"

宋命题："你肯定是在开玩笑，我哥会杀了我啊！"

"不用太担心，他应该会给你留口气。"她伸手按了一下自己的小腹，"那东西很有可能没死，如果它反反复复纠缠我们的话，就太麻烦了，所以以防万一——

"我选择直接把它觊觎的东西挖掉。"

跟宋命题形成鲜明对比的，是变成人之后的乌龟。

少年还保持着帮万俟子琅拿东西的那个动作——他平时帮她提各种东西也习惯了。站了一会儿之后，他才张了一下嘴："……"

万俟子琅："我没有痛觉。"

"……"

万俟子琅："条件简陋也没关系，我们去空间里，里面的水有治愈功能。"

宋命题插嘴道："你能帮我把我哥控制住吗？"

万俟子琅："把胳肢窝里的这个东西也挖出来。"

宋命题："'妈妈'！'妈妈'你拥有一个绝美的胳肢窝！拥有绝美胳肢窝的'好妈妈'为什么不能让一个无辜的小生命自由生长！"

万俟子琅："你好吵。"

宋命题："我安静如鸡。"

万俟子琅："我们认识也没很久。"

宋命题："不是还当过同学吗？"

万俟子琅："……"

宋命题："哇，你是真不记得了还是假不记得了？"

万俟子琅："反正不熟——蹲下。"

她按住少年的肩膀往下一压，然后抓住他的手腕，让刀顶在了自己的小腹上。

少年低下头，看着自己手里的刀，那一小块肌肉陷进去了一点。

然后——

万俟子琅："……"

宋命题："老实说，我感觉让他动手的话，你可能真的会因为失血过多死掉欸。"

万俟子琅觉得他说得对："算了，等回去让宋分题来吧。"

她松了手，彻底卸了力，身体甚至轻微抽搐，也隐约感觉到有什么东西趴在了她的头上。

少年面朝下，四肢垂落，但也没有完全垂落，他作为人的时候，可以被万俟子琅用头顶着，但只限于她站着的时候，这会儿她坐在地上，他的腿撑着地。

宋命题伸头看了一会儿："怎么说呢，感觉比我跟我哥玩过最花的游戏还不堪入目……"

少年闭着眼，嘴动了动："……"

万俟子琅没有说话，像是睡着了。黑暗中隐隐约约有虫子的叫声。

许久之后，才响起了一道波澜不惊的声音。

"想过。"

她睁开了眼，在黑暗中，黑色的眼眸亮得像是天上的星星。

"但是那些不重要——重要的是，我会活下去的。

"活得比任何人都要久。"

少年睁开了眼，默默地盯着地面看了一会儿，又过了半天，才轻轻地点了一下头。

"嗯。"

听到了。

万俟子琅没有久留。

这里距离市体育场实在太近，黑夜的森林中也可能潜伏着无法预知的危险。她在身体稍微恢复过来之后，就迅速离开了。

这一来一回耽误了她很长时间，但比较幸运的是，她距离柿子树更近了。当天晚上，她找到了一段半隆起的粗大树根。那树根下面是弧形的，刚好形成了一个小小的洞穴，大概能容纳两到三个人。她仔细检查了里面，然后依旧用防雨布把入口掩盖了起来。

然后她在里面铺了厚厚的被褥，被褥外放了一个很小的火炉。

小树洞里，炭火隐隐约约发出了噼里啪啦的声响，外面的温度不高，但里面勉强能让人忍受。她盘腿坐在火炉旁边，脱了上衣给自己上药，身上只缠了几圈绷带，她伸出手烤了一会儿火。

——手上还有另外一双小手，宋命题的爪子也靠近了火炉。

"我小时候就喜欢这种秘密基地，尤其是外面刮风下雨的时候，躲在里面，感觉很安全。"

万俟子琅"嗯"了一声，随手往小火炉里丢了两个红薯。

她将烤得焦香的红薯取了出来，一边哈着气，一边把红薯皮剥了下来。

红薯很烫，里面的芯儿被烤成了看起来糯甜的红色，入口即化，又烫又甜又软，把胃也烘暖和了。

她身上的伤有些重，可能需要在这里休养几天，虽然物资不缺，但计划被打乱的感觉还是让她微微蹙了一下眉。

晚上她抽空给车库那边打了个视频电话。那边的人像是一直在等她的消息，电话拨过去之后马上就被接起来了。桑肖柠红扑扑的脸出现在了屏幕上。

"子琅！你有没有受伤……"

没等问完，她就看见了万俟子琅身上的绷带，眼泪立刻掉了下来。那边宋分题见她这个样子也紧张了一下，万俟子琅只听见他说了一句"我看一下"，然后就看见那边镜头一移，似乎是桑肖柠把手机递了出去。

"你受伤……"宋分题的话也只说了一半，就不得不偏头，声音紧绷得厉害，"衣服穿好！"

万俟子琅和宋命题都在吃红薯，两个人在这一刻意念同频了——宋分题这个样子有点"下饭"。

在他的强烈要求下，万俟子琅去披了一件衣服。

然后她简单跟宋分题说了一下这边的情况，宋分题那边安静了下来——他好像是走到了一个更为安静的地方，避开了车库中的其他人，然后冷静地拒绝了她："最好不要。

"你这么想是没错的，但是如果它让你……孕育后代，是只需要你的肚子呢？这种事情已经关系到了你的生命，望三思。"

万俟子琅："……"

不得不说，宋分题确实非常了解她。如果单纯是以"怕你痛苦""对身体不好"的理由，她十有八九还是会选择永绝后患，但如果用"就算你挖掉子宫，万一对方还可以用其他方式繁衍，那么挖子宫的性价比就变得很低"这个理由的话……她确实会重新考虑这件事。

她没有挂电话，而是坐在了洞口边，撩开防雨布往外看了看。冬天最冷的时候已经过去了，今年年初应该不会再下雪了，但外面依然寒风料峭，只有天上的星辰依旧。

宋命题刚好就在她拿着手机的那只手上，她看星星的时候，他就在跟他哥报平安。

宋命题："哥，子琅有马甲线你知道吗？"

宋分题："你能让子琅把你撕下去吗？"

宋分题看上去确实很在意这件事情，没一会儿又郑重地跟万俟子琅提了一次，说宋命题脑子虽然有问题，但毕竟是异性，问她能不能把他撕下来，就算他因为失去寄生对象而死也没有关系，自己作为宋命题的哥哥会替他收尸。

而他说这话的时候，宋命题就趴在万俟子琅脸上，跟她一起看着他。

子琅虽然是个正经人，但是和宋命题在一起后，两个人的精神污染莫名严重了很多。

没过多久，宋命题终于困了，他游走到了她肩膀上，跟乌龟抱成一团，睡着了。

电话两边都安静了下来。

万俟子琅在忙自己的事情，那边宋分题也没说话，他靠在卡车上，安静地垂着眼帘，看着宋命题靠在乌龟身上的睡颜。

一时间很难说清楚他究竟是觉得这个画面温馨，还是想把现在显得有点恶心的宋命题掐死。

半晌之后，他忍不住又提了一次："宋命题跟你同龄……"

"我知道。"万俟子琅解开了绷带，这是下午换上的，此刻已经被血浸透了。宋分题再一次偏头，紧接着听到了她下一句话。

"但性别其实不是什么大问题。"

她慢慢地给伤口上药。

"我之前去过很多地方，上次的事情跟这次的很不一样，那时候的条件要艰苦得多。我曾经进入了军队，用保护几个异能者的方式换取物资。

"我们奉命去了西北方，那边地势高，空气稀薄，人很容易'高反'。前期有人护送还好，后面矛盾就渐渐显现出来了。

"那个临时组建起来的异能者团队，是第一批被收容的，他们享受着最好的物资，但也正因为如此，里面的人几乎毫无战斗观念，依然保持着文明社会的习性。"

极度恶劣的自然环境——难以攀爬的雪山，稀薄的空气，无穷无尽的雪，再加上处处需要照应的队友……

"没过多久，我们就跟大部队失去了联系，然后被困在了一个山洞里。那里很大很空旷，四周都是半透明的冰块，外面堆积着厚厚的雪。"

宋分题静静地听她说。

他是最好的倾听者。

"我们身上的物资早就丢了，没有帐篷没有氧气，洞口也被冰堵住，气温下降得很快，如果不想办法，最多一晚，我们就会全部冻死在那里。"

宋分题："那你们是……"

万俟子琅没有停顿，继续说道："脱衣服，点燃衣服，靠热量融化冰块。"

物资有限，没有人顾得上什么礼义廉耻。

被困在山洞里越久，死亡的可能性就越大，都说人被冻死的时候是感觉不到冷的，一觉睡过去就再也不会醒来。但是没有人想死在这种地方。

十几个人，没有人哭着喊着要回去，也没有人再摔东西大声喊"这个我吃不惯"。每个人都急切地看着燃烧的棉衣，虽然没有了衣服，出去以后也很有可能被冻死，但在那之前，至少大家还活着。

"后来衣服都烧没了。"

但是当时，没有一个人脑袋里装的是污秽的事情，大家只是想活下去而已。

她很少一口气说这么多话，可当她说的时候，气息也没有半点紊乱。

"经历过一次就知道了……性别什么的真的不重要了，只要是为了生存，就算身体被拿来做诱饵也无所谓。"

那边宋分题低低地"嗯"了一声。

"我知道了，我以后……"

"不用。"她平静地打断了他。

她的药已经上到尾声了，这会儿正在重新往自己身上缠绷带。她没有抬头，语气一如既往。

"因为你们不会有这样的经历，所以你们可以不用在意。"

宋命题："……"

炭火噼啪作响。

他愣了很久，终于反应过来。

——这是一句承诺。

几天后，万俟子琅的伤势好了很多。在确认伤口基本结痂之后，她收拾了东西，赶了一上午的路，终于在中午抵达柿子树下。

——B大那棵柳树跟这棵柿子树比起来，简直就像一个刚刚出生的小婴儿。

它高得可怕，甚至让人感觉已经触碰到了天空，整棵树都让人觉得不可思议，一片叶子就有将近一个操场大。

她站在柿子树下，看不到枝叶的尽头。这跟她之前想的一样，只是有一个地方，似乎不对。

她伸出手，摸了摸粗糙的树皮。

树皮上有一道道巨大的裂痕，不像是正常树干上的纹路，反而像是……竖着的妊娠纹。

她拍了拍肩膀上的宋命题："上我头顶，让龟龟抱住你，别掉下去。"

她拿出了攀岩的防护工具，又找了四块小铁片，用工具把它们插进了树干中，然后借助铁片往上爬，爬一步就把下面的铁片抽出来，往高处插，再继续往上爬。

这么做勉强算安全，但每次移动的距离其实很短，半天之后，她才向上爬了微不足道的一点距离。

傍晚时分，她终于爬到了第一根树枝所在的位置，她在上面坐了下来，正准备拿点东西吃，却忽然眯了一下眼睛。

宋命题啃面包的动作一停："怎么了？"

"那边是我们之前住过的居民楼。"

上来之后的视野开阔了很多，她盯着离居民楼不远的某处，莫名心惊了一下。

那栋楼在层层枝叶的遮掩下其实并不明显，但对一个记忆力非常强的人来说，辨认出来并不困难。但是她看的并不是居民楼，而是居民楼到柿子树之间的这条线。

黑影幢幢下，有一条歪歪扭扭的白色细线，那细线由很多白点组成，万俟子琅观察了一下才发现——那是鸽子粪便。

而沿着这条线一路到柿子树，就是一个黑黢黢的洞口，深不见底，仿佛一张巨口。

鸽子粪线也在这里中断，取而代之的是大量散落在洞口四周的、沾着鲜血的羽毛。

宋命题又嚼了一口面包："这个拔毛量，计算一下的话……"

计算一下的话，他们在信鸽协会见到的鸽子，一只都活不了。

万俟子琅："……"

她还记得这些鸽子呼啦啦从天而降的场景。

虽然体形没有变大很多，但那些尖锐的爪子和喙，轻轻松松就能穿透人的颅骨。

可现在……它们竟然全部死掉了。

究竟是怎么死的？

"看不出来。"宋命题继续嚼着面包，"就是可惜了，尸体肯定是被什么东西拖进洞里了，不然带走煲汤一定很香。"

万俟子琅又看了一会儿，道："人也不见了……"

也被拖进那个洞内了吗？

她没看多久就收回了目光——现在下洞去调查是一件很不

明智的事情。

她匆匆几口吃完了从空间里拿出来的牛肉干和能量棒，顺手帮宋命题擦了一下嘴，然后用绳子将自己固定在了树枝上，休息了半个小时。

体力恢复后，她继续往上爬。

此时他们距离地面超过了六十米，这是一个恐高的人往下看一眼就会被吓晕的高度，而她落脚的地方，仅仅是一块铁片。

踩不准，或是铁片插得不够牢固，都有可能摔得粉身碎骨。

而比起她的谨慎，宋命题的心倒是大，一会儿给她唱"阿门，阿前，一棵葡萄树"，一会儿惦记着让 B 大的柳树来"色诱"这棵柿子树……

万俟子琅原来还有空听一耳朵——毕竟宋命题的歌唱得不算难听——但又往上爬了二十多米之后，她停了下来，然后伸出手，摸了摸树干。

"又变深了，这些'妊娠纹'。"

这棵巨大的柿子树巍峨地矗立在这里，树干上遍布粗糙的沟壑，四周一片死寂。

而最为诡异的是——这棵树，对她的攀爬好像完全不在意。

是因为体形太大了吗？还是说除了 B 大的柳树外，其他树木无法诞生神智？

她不清楚，只是莫名在这片安静里察觉到了不祥。

她在这个地方拍了一张照片，发给了宋分题，然后闷头继续往上爬。

她日夜不停，中间只短暂休息，几天后，她终于爬到了树干的尽头。

靴子稳稳踩在树顶上的那一刻，即便是万俟子琅，也忍不住轻轻呼出一口气，然后低头往下看了一眼。

其实已经看不清了，这里距离狸熊市最高的楼顶也有上百米，地面的车子、植物、建筑都变成了芝麻大小，身边甚至有淡淡的云雾缭绕……真正爬上来之后，才能切实地感觉到这棵柿子树究竟有多高。

她的四面八方都是柿子树的枝干，每一根的宽度都能跟普通的马路相比较，有些枝干甚至宽到卡车都能轻松在上面行驶。再往远处看，还能看到零星几颗干瘪的柿子和巨大的干枯树叶。而鸟巢，就在主干附近的一根树枝上。

她的目光立刻对准了鸟巢，然后拍了一下宋命题，朝着那边走了几步，但拨开一片硕大树叶后，她却有一些诡异。

树叶之后，竟然有一座面积宽广的平台，那平台虽然是由木头搭建，但上面分明有人工的痕迹——这里有人？而且看平台的样子，这里似乎还不只几个人。

她立刻退回了那片树叶后，然后从缝隙里拍了几张照片，给宋分题发了过去。

那边的声音断断续续，但勉强能听清。

"我看到那座平台了，还有那边……"

"我也看到了，平台后面的那十几座茅草屋。"万俟子琅把手机收了回去，在自己脑后扎了个小马尾，"先探探路。"

她用了一下午的时间，在那十几座茅草屋附近摸查了一圈，很快摸到了大概情况。虽然不知道他们为什么会出现在这里，又是怎么搭建出这座小村庄，但这里确实勉强算是一座村子。

探寻回来后，万俟子琅跟宋分题商量了一下，决定选择主动暴露。

"没有办法再深入了……先试试看能不能混进去。"

做好决定之后，她很快就被发现了。

随着一声大喊，那些茅草屋里立刻钻出来几十个人，男女老少都有，他们手持长矛，对她的到来，表现出的更多的是震惊。

"你是……下面的人？"为首的是个五十多岁的老头，似乎是这座小村子的村主任，"你也是被鸟抓上来的？"

刚准备找个理由的万俟子琅沉默了一下，决定顺杆子往上爬："对，前几天我在外面野炊，有只鸟忽然扑了上来，抓着我就飞，飞了好几天，刚刚才将我扔下来。"

那群村民似乎都没什么戒心，再加上她看上去也就二十岁，所以很快就对她放下了戒备。村主任还安慰了她一句："唉，既来之则安之吧，反正也下不去了，那就在树上凑合着过吧，至少不用担心会有变异的野兽。"

宋命题小声道："说起这个，我也挺想问问的，我们到时候怎么下去……"

见这边没什么情况，其他村民大多散了，还有小部分人在看热闹。村主任做了自我介绍，说他姓贝，叫贝吕勒。

万俟子琅一边跟着他往村子里走，一边貌似随意地问了一句："树上的人都是被鸟抓过来的吗？"

村主任点头道："是的，大部分人是被鸟带到这里的。"

"鸟把我们当食物？"

"可能是……"村主任捋了一把胡子，还没说话，旁边就有个一脸憨厚的男人抢先开了口："无论是不是都不用担心！俺们有办法的！"

"荆聿，村子里力气最大的，你喊他傻大个儿就行。"村主任随口介绍了一句就继续道，"不过他说得的确没错，我们虽然是被鸟抓上来的，但不用担心会被鸟当成储备粮——你看到那边那个鸟窝了吗？"

万俟子琅点了一下头。

"我们跟鸟窝之间，是有神明庇佑的，只要按照上一批村民留下来的方法祭祀，鸟就不敢过来……"

虽然已经处于柿子树主干的顶端，但上面依然有巨大树叶，阳光被遮挡，根本无法投射下来，整个村子都笼罩在阴影之中，显得格外阴森。

万俟子琅敏锐地注意到了村主任话中的关键词："上一批村民？"

村主任愣了一下，随后解释道："总有人不死心想下去，这么高呢，也摔死了不少……"

万俟子琅立刻察觉到了不对，还想继续问，村主任却忽然一拍她的肩膀，热情道："这边的情况，以后你再慢慢了解，现在先找个地方休息一下，晚上刚好可以参加我们的祭祀！"

"今晚就有祭祀？"

"对！今晚就有！"荆聿嘿嘿笑道，"祭祀可是大活动！每祭祀一次，都能保佑我们半个月不出事！"他往远处一指，"你看那边，那个就是我们的大祭司！她是第一个被抓过来的人，祭祀的方法就是她告诉我们的。"

万俟子琅顺着他手指的方向看了过去。

那是个披散着头发，身披黑色斗篷的瘦高女人，她半张脸都藏在斗篷下，露出的半张脸干瘪，布满皱纹，像是长了白毛的干尸。见万俟子琅看过来，她缓缓地咧开了嘴，露出了森然尖锐的牙齿。

万俟子琅："……"

荆聿像是猜到了她在想什么，解释道："她就是长得可怕了点，但实际上是个好人！每个月的月初和月中，她都会带着我们去'黑洞'那边祭祀。"

万俟子琅"嗯"了一声，然后随便找了个茅草屋落脚。她没有睡，而是一直在等。

夕阳西下，转眼夜幕降临，茅草屋里有些冷，外面一直都静悄悄的。

直到半夜，她的门被敲响了。村主任喊她出去，而她出去后第一眼看到的，就是一条长长的黑色队伍。

村子里的人全部要来参加祭祀，他们跟在祭司的身后排着队，一个接着一个地往前走，似乎是朝着树心的方向去的，到了那边后，人群就散开了。万俟子琅没有排队，而是直接走到了人群中，在看清楚那片有什么东西后，她轻吸了一口凉气。

树干的中间，是一个深渊般的巨洞，似乎是由于木质萎缩或其他原因形成的，但不管是哪种原因，看上去都免不了让人觉得心惊。那洞真的太深太大了，也不知通往何方，更不知深几许，乍一眼看过去，甚至会让人有一种它直通地心的错觉……

所幸村民没有站在洞口，而是汇聚在了不远处。

他们将祭司围在中间，每个人的脸上都洋溢着热情的笑容。

女祭司站在中间，张开了嘴。她声音沙哑，嘴里冒出了一首腔调奇怪的打油诗——据说是当初跟她一起来到这里的村民留下来的。

> 这里是树上的村子，
> 里面住着善良的村民。
> 有柿子树的庇佑，
> 鬼怪就无法侵袭。
> 快点跟着祭司祭祀，
> 跑到哪里都有神的保护。

——在听到第四句的时候，万俟子琅的脸色剧变。

她站在兴奋的村民中间，只感觉遍体生寒。

这首打油诗里，分明隐藏了一条恐怖的信息……

"我也感觉到了。"宋命题低声道，"这首打油诗根本就不押韵，它不配叫打油诗……"

万俟子琅捂了一下他的嘴，她站在村民中，后背上的冷汗还没有干，人却已经迅速地冷静了下来。

而这时候，唱完打油诗的女人微微一笑，举起了手中一面通红的鼓，然后把一朵鲜艳的花递给了村主任。

万俟子琅问了一下身旁的人："这是要干什么？"

她身边站着一个七八岁的小男孩，叫薛卜完。她问话时他在移动——一眨眼的工夫，村民已经手牵手扩成了一个类似玩丢手绢游戏的大圈，万俟子琅也不得不成为大圈中手拉手的一员。站好后，薛卜完才跟她解释了一句："这是我们祭祀活动的一部分，我们要用击鼓传花的方式来选人。"

她有种不好的预感："选人干什么？"

"选祭祀的人呀，祭司说过，我们需要用活人血肉来填补空虚的柿子树，把它喂饱了，它就会庇护我们，然后鸟就不敢来吃我们啦。"

——他们嘴里所谓的神明，竟然就是这棵柿子树！

宋命题也倒吸了一口凉气。

"万万没想到，击鼓传花还可以用来杀人！"

薛卜完听不到宋命题的声音，只偏头笑嘻嘻地对万俟子琅说："姐姐你不用害怕，花到了你手里，你赶紧扔给下一个人就好。"

咚。

咚。

鼓声响了起来。

击鼓传花开始了。

那朵由布料做成、似血一样猩红的花开始被传递，万俟子琅盯着那边，飞快问道："被选中的人会怎么样？直接被扔下去？"

"不会的，但是会被绑在这里。晚上的时候，大雾弥漫，等大雾散去，被绑起来的人就一同消失了。"薛卜完脸上不见半点恐惧，"村子里的人说，这是神明吃干净了血肉。"

咚。

咚。

"那你们就不害怕？被选中的话不就是死了吗？"

"死？不会死啊。"

大祭司拍打着手里的鼓，血红的花在村民手中传递。

在诡异的鼓声里，她听见了小孩略显诡异的童声："祭司跟我们说，那是跟神明融为一体……"

咚。

咚。

万俟子琅："……"

她立刻明白了，为什么这么不对劲的诗没有被发现端倪。或者说，不是没有被发现，而是这里的人……

她的视线从这群村民表情癫狂的脸上一扫而过。

他们被洗脑了。

那小男孩还在兴致勃勃地说："我爸爸跟神明融为一体了，我妈妈也跟神明融为一体了，说不定马上就轮到我了……"

咚。

咚。

万俟子琅张了一下嘴，眼角余光却忽然看见了那点猩红——花传过来了，而且是以极快的速度到了她手里。她眉头一皱，心里不好的预感又强烈了几分，而下一秒，这个预感就应验了。

那击鼓的女人忽然一咧嘴，手直接停在了半空。

鼓声停了。

那女人森然道：“红花……在谁手里？”

紧接着第二个村民也张开了嘴：“红花……在谁手里？”

然后是第三个、第四个，他们一起念着这句话，一个接着一个地看了过来，几十声之后，他们齐声道：“红花……在谁手里？！”

万俟子琅：“……”

服了。

这个时候，不认也不行了。

她低头看了一眼手里的红花。

花是染红的布做的，布料廉价粗糙，稍微一蹭就磨手。

拿到红花的万俟子琅很快就被欢天喜地的村民绑在了洞口的柱子上，眼睛也被蒙上了一层厚厚的黑布。

万俟子琅：“……”

村民围着她载歌载舞。而临近 12 点时，她忽然听见那女人喊了一声：“雾气出现了！神明要来了！各位！祭祀结束了！”

村民们很快离开，周围陷入了一片死寂。

万俟子琅活动了一下，发现这群村民里十有八九杀过猪，绑她的绳结打得很紧，如果她只是一个普通人，哪怕手断了也挣脱不开。

她晃了晃头，但乌龟紧紧扒着她的头，没动。

乌龟：“……”

万俟子琅同意了：“那让宋命题来吧。”

宋命题的声音从她手腕上传了过来：“我已经在你的手腕上啃绳子了，我不仅能啃绳子，我的眼睛还亮亮的。你明明能把红花递出去的……”

万俟子琅动了一下手腕，发现绳子已经松动不少了：“他还是个小孩子……而且我们来这里的本意就是为了鸟蛋，要去鸟巢那边就一定要经过这个黑色的洞口，属于顺路。"

祭祀开始的时候，她就顺手开了联络器，那边宋分题轻哼了一声："你也是个小孩子。"

宋命题兴奋道："那我……"

宋分题："滚！"

他对宋命题的恶意倒是算得上十成十的大。

而这时候，远处忽然响起了一道极轻的脚步声——万俟子琅反手一拍，拍在了宋命题的脑袋上，他嘟囔了一句："我都咬开了还拍我……"

宋分题虽然看不到，但能通过声音猜个七七八八："有东西过来了？现在不跑？"

"不跑。"万俟子琅假装手还被绑在柱子上，嘴唇微动，"先看看是什么东西，有机会的话捅它一刀。"

宋分题刚要说话，就听见宋命题"啊"地叫了一声。

宋分题："你叫什么……"

宋命题："子琅忽然从空间里抽出刀来，我被冰凉的刀把冰了一下……"

宋分题："……"他深吸了一口气。

万俟子琅眼睛上蒙着黑布，虽然看不清楚眼前具体有什么，但能隐约看见空气中的白雾，雾气从洞穴里渐渐弥漫了上来，像是一层诡异的白纱。而奇怪的是，脚步声是从村民那边传来的。

紧接着，她闻到了一股腥臭的味道，是那东西凑了过来。

万俟子琅屏住呼吸，在那个东西靠近的一瞬间，一脚踢向了它的下盘，右手同时一扭，刀锋寒光一闪，朝着有气流的方向，扑哧一声刺了下去。

宋命题："哇！"

击中就跑！

她一把撕开黑布，看都没有看一眼，纵身一跳，落入黑洞的瞬间，反手用力一插，直接将匕首刺入了树干之中。随着一道连贯的木头碎裂声，匕首在树干里留下了一条长长的划痕。巨大的下坠力跟树干坚硬的地方加在一起，甚至让刀锋弹出来了几次，她不得不接连出刀，十几下之后，她才勉勉强强让自己稳在了半空。

这时候她离洞口已然有了二十多米，身下是万丈深渊，而她用来支撑自己的，只有靴子的摩擦力和一把匕首。

她的呼吸有些急促，仰头看了一眼洞口。

雾气很浓，一个瘦高的人影站在黑洞边缘，正伸头往下看她，只是它的面容被雾气掩盖，什么也看不清楚。

万俟子琅也在看它。

两个人僵持了一会儿之后，那东西忽然一缩头，从洞口消失了。

"是离开了吗……"

宋命题："悲观一点，说不定它是去找绳子了呢，绑在柱子上的肉吃腻了，就想尝一下空中旋转的鲜活肉体什么的……"

"闭嘴吧。"宋分题按了一下太阳穴，"感谢我们爸妈吧，要不是因为他们的遗嘱，你现在就是空中旋转的那块肉。"

宋命题抽噎了一声，默默抱紧了万俟子琅的手腕，但紧接着，他就感觉万俟子琅抬起了这只手，用侧脸蹭了蹭他——像是因为另外一只手在抓着匕首，所以只能用脸来摸他的头一样。

"我不会让你哥这么对你的。"

宋分题："……"

宋命题瞬间感动："等一下，我们之间的关系原来这么感人吗？"

"没错，就是这么感人，我对你的爱天地可鉴。"她一边说，一边把几片铁片砸进了树干中，然后又固定好了一条安全绳。全都做完之后，她才放心地活动了一下酸疼的手腕，然后又摸了两把抱着乌龟的宋命题，把他摸得哼哼唧唧，很舒服的样子。

　　然后她温柔地说道："那你知道那东西可能守在上面，所以我们只能往下走吗？"

　　宋命题思索了一下："可是下面有什么我们也不知道，万一有危险呢？"

　　万俟子琅："要是能有人愿意下去探探路就好了呢。"

　　宋命题："等一下……"

　　他的话还没来得及说完，万俟子琅就动作迅速地用匕首将他挖出，然后往下一扔。

　　宋分题："……"

　　宋分题在联络器那边嗤笑出声，原来有些绷紧的身体瞬间放松，声音懒洋洋的："讲个笑话。"

　　"子琅爱你。"

第八章

穴骨
洞白

许久之后，下面终于传来了啪嗒一声。万俟子琅一直在计算着时间，她估算了一下黑洞的深度，发现它竟然几乎与柿子树等长。

而这时候，宋命题通过"死亡后可寄生"的方式也回来了，因为过度惊恐，他的声音甚至有些尖锐："不要下去！"

万俟子琅追问道："下面有什么？"

宋命题用力攀住她的手臂，说道："不知道，我还什么都没看清楚就摔死了。"

万俟子琅："……"

宋分题："……"

他刚才那惊恐的语气绝对是故意的。

宋分题："给他一巴掌。"

万俟子琅对准宋命题的头就来了一下，后者顺杆子往上爬，蹭了蹭她的手心。万俟子琅没嫌他，平铺直叙道："再下去一次。"

宋命题扭扭捏捏："兄弟，不要嘛。"

两个人之间的默契度其实很高，比如宋命题其实一直不管万俟子琅说什么就只顾着自己玩，又比如万俟子琅一直也不在意宋命题用什么语气对着她撒娇，她只管干正事……

她刚才那句话也不是疑问句，而是陈述句。

她又把宋命题丢了下去，这一次，宋命题同样很快地回到了她的手臂上。

宋命题："亲一下我核桃大小的脑袋瓜，我就告诉你下面有什么。"

宋分题抓紧了手里的联络器："别管他，你就算给他几巴掌把他打到愿意说，我也不会有半点……"

"啾咪。"

宋分题："……"

"好了。"万俟子琅擦了擦嘴，"说吧。"

宋命题说到做到，跟她大概讲了一下。

这一次宋命题被扔下去之前就做好了准备，所以看到的东西比上次多了一些。

"洞里黑漆漆的其实看不太清楚，但是我好像摸到了什么滑腻腻的、在动的东西……"

滑腻腻的……还在动？

她稍微思索了一下，却忽然感觉自己的侧脸被碰了一下。她往旁边一看，发现乌龟正趴在她肩膀上，伸着头看她的嘴唇。

"没亲他，你看错了。"万俟子琅随口糊弄道，"刚才我说爱宋命题只是权宜之计，我心中唯一的爱与宠永远都属于你，你是唯一的光芒，是天上的星，也是解开秘密的钥匙。啾咪。"

乌龟："……"

它沉默了一会儿，把头缩了回去。

宋分题："现在该怎么办？往上还是往下？"

万俟子琅稍作思索，很快做了决定："往上。虽然不清楚下面的东西究竟是什么，但听他的描述感觉有点危险。上面那个无论如何都是人形的，处理起来或许没那么麻烦。"

她贴在树干上，仰头看了一眼，然后开始用之前的方法一点点往上爬，但爬着爬着，她的手忽然触碰到了什么，随后猛然一收。然后她趴在了树干上，用力嗅了嗅树干上面的味道，喃喃："怎么会……"

宋分题："怎么了？"

"等我一下，空间里有矿灯帽，我得先拿出来。"

宋分题没有继续追问，只是下意识地屏住了呼吸。

几乎是完全黑暗的环境里，任何一点光亮都会引来危险，她不会犯这种低级错误——除非是她发现了什么重要的事情。

果不其然，在灯光亮起之后，万俟子琅的声音很快响了起来。

而她说出来的话，让人有些发毛。

"是死的……"

宋分题一愣："什么？"

"这棵树，是死的……"

"……"

"一般有生命的树摸起来都带着微微的湿润感，但是这棵树的手感非常干燥，还有它上面那些裂开的缝隙……"她的语气里带着轻微的难以置信，"它很有可能已经死去很久了……"

"死去很久了？"

万俟子琅给他发了一张照片。

接收到照片的宋分题，立刻沉默了下来。

——万俟子琅刚才下落的时候用匕首刺进了树干里做了缓冲，在上面留下了数道竖着的深痕，眼下她的视线刚好跟其中一条划痕齐平，也看到了里面的样子。匕首不长，只刺进去了十几厘米的深度，但那树干内部分明是死寂的灰色。

看这个样子，这棵柿子树的确是死去多时了。

两个人都感觉到了一种难以言喻的不真实感。

这棵柿子树几乎可以说是整个狸熊市最可怕的进化生物，它在噩梦时代开始的当晚就已经矗立在了这里，不知道有多少生物在靠近它之后直接被吞噬。

但是它竟然是死的。

它是怎么死的？是不是跟这个黑色的深洞有关系？被腐蚀了？被寄生了？又或者是……

而紧接着，万俟子琅手心里就冒了汗。

宋分题的呼吸也变得急促。

因为两个人忽然意识到了另外一件更恐怖的事。

"如果它早就已经死了，那么为什么还会有那么多东西在它附近消失？"

几乎全灭的信鸽协会，是被什么东西杀死拖走的？

万俟子琅："我现在立刻往上爬！上去之后马上想办法离开这棵树！"

宋分题："好！三个小时后我会出发去接你！"

两个人当机立断，做出了远离柿子树的决定。

万俟子琅的速度很快，十几分钟后已然接近了洞口边缘，但是她把手搭上去的下一秒，就忽然往后一缩。而她缩手的瞬间，一张血盆大口忽然从她看不见的地方冲了过来，一口咬在了她刚才触碰的地方——是大雾中的那个人影，它果然一直守在上面。

它一下没有咬住，竟然又往前一扑，然后两只手撑在边缘，头使劲儿往下，冲着万俟子琅的脖子又是一下。万俟子琅的头迅速一闪，然后伸手撕扯住了它的头发。

电光石火间，她一个不稳，铁片崩裂，双方都直直地朝着洞内坠落。

阴冷的风从耳边擦过，黑暗中万俟子琅什么都看不清楚，只完全凭借本能，一拳又一拳地往这东西的太阳穴上砸，而眨眼的工夫两个人已经接近了地面，这个高度，足以把人摔得粉身碎骨。

她眼睛一闭，直接进入了空间。

短暂的停留后她迅速切出，从两三米的高度落在了地上，踩在了一片黏糊糊的东西上。

宋命题："你也踩到那个黏糊糊的东西了？"

"比那个情况好一点。"万俟子琅抬脚看了一下，"是刚才被我撕下来的那个东西，它摔烂了。"

宋命题："那你悲观一点，说不定它还会再爬起来呢……"

他话音刚落，那东西忽然蠕动了起来。万俟子琅快步后退，而她刚刚站定，就看见那堆骨肉重新组合在了一起，形成了一个有些扭曲的女人。

——是村子里的祭司。

它瘦骨嶙峋的手抚摸着自己的脸，脸上带着诡异的庆幸表情："幸好……幸好我有很多条命……"

万俟子琅："……"

它一眼看见万俟子琅，冲着她露出笑容："说出来你可能不信，我是因为不忍心让你死在雾气中怪物的嘴里，所以才过来的。只是没想到你这孩子还挺倔，居然一把把我扯了下来。"

万俟子琅的回应，是抓紧了手中的匕首。

祭司脸上的笑容渐渐消失了："你这孩子，怎么不听劝呢？"

"是你吧？"万俟子琅动都没动，"村民口中所谓的大雾中将祭品吃掉的怪物。"

"不要胡说八道。"祭司舔了舔嘴唇，"我可没有那么大的能耐，把一整个人全部吞掉……"

它说到这里，忽然打了个嗝儿，然后它胃部一隆，那隆起来的部分直接被它呕了出来。

那是一颗已经被胃酸腐蚀的头颅。

万俟子琅："……"

宋命题："哇……"

"是猪头、是猪头……"祭司一边小声嘟囔，一边把那颗头捡了起来重新吞了进去。

"太恶心了，我高中毕业的时候就不干这种事了。"宋命题摇头道，"不过话又说回来了，既然能给别人洗脑，干吗还要走这种偷偷摸摸来吃的流程呢，直接正大光明地享受不就行了？"

那祭司舔了一圈嘴唇，不知道为什么，它说话的声音很小："总之都是误会，有什么话我们上去说。"

万俟子琅："……"

她盯着那个女人，眼角余光却往旁边瞥了一下。

这个巨洞的底端，还有其他洞穴。那些洞里同样一点光亮都没有，只能闻到那股异常腥臭的味道。

万俟子琅的脑海中响起祭司和薛卜完的话。看来这个怪物吃不下一个人，也没有办法消化掉人的骨头，但所有被绑起来的人都是彻底失踪，连半根毛发都没有剩下……

她立刻肯定了。这洞穴深处，绝对还有其他东西——能让这个祭司感到恐惧的东西。被绑起来的人，祭司最多吃了一半，剩下的则被那个东西拖走了。

果不其然，在察觉到她目光的瞬间，那祭司的神情果然更加紧张了。

"不要赌。"宋分题的声音在联络器里响了起来，"能让它害怕的东西，也一定能杀了你。"

"两步。"万俟子琅往那个洞穴旁靠近，"再退两步，差不多可以震慑住它……"

但是她刚迈了一步，却忽然在那洞穴里捕捉到了一点白色。

有人！

她立刻屏住呼吸迅速后退，将后背贴在了冰凉的树干上。

而洞穴里的人似乎也吃了一惊，他好像一直躲在洞内的一块岩石后，被万俟子琅的动作吓得又往后缩了缩，然后才怯生生又紧张地乱看："怎么了？有什么东西吗？"

那是一个少年，目测十五六岁，半长不短的头发披散在肩膀上，眼角狭长，但长相却清秀。少年身无寸缕，脸上一片惊慌，不知道在洞里躲了多久，胆子很小的样子，声如蚊蝇："我害怕……"

万俟子琅："……"

她、藏起来的少年和祭司，现在刚好呈现三角之势。

宋命题左看看右看看，沉思片刻，道："他们两个都光着，不然我们也脱了吧？赤身裸体以示尊重……"

万俟子琅的匕首横在胸前，逼问道："你们是一伙儿的……"

那个少年明显愣了一下，而祭司的神情却忽然紧张了起来："小点声！"

——比起万俟子琅和那个忽然出现的少年，祭司显然更惧怕洞穴深处的东西。

而它话音刚落，三个人身后的树洞里，就传出来了一阵奇怪的声音……

是一阵刺耳的尖叫声。

就在万俟子琅转头的瞬间，祭司直接冲到了那个少年身边，一把抓住少年的头发把他拉了出来，尖锐的指甲直接抵在了他的脖子上。

少年眼眶瞬间就红了："求求你……求求你不要杀我。"

"闭嘴！"祭司一指万俟子琅，"还有你！过来！小点声！"

万俟子琅："……"

"你听我说！"祭司咬紧了牙，"现在不是争强斗勇的时候，我们必须是一边的！"

宋命题："纯属胡扯，三个人里两个都没穿衣服，谁跟谁是一边的，大家心里都有点数。"

"我们得赶紧离开这里！"那祭司听不到宋命题的话，只语速飞快地对万俟子琅说，"这棵柿子树其实早就已经死了，如果按照它自己的进化程度，它压根就长不到这么大！它是被硬生生撑起来的，害死它的就在洞穴里，把残存尸骨拖走的也是这里面的东西！"

它语气慌乱着急，确实不像是撒谎的样子。

万俟子琅稍微沉吟："好，我同意，我们先离开这里。"

祭司："那你快过来——还有你，别乱动！"

少年被祭司扯着头发，眼泪都快掉出来了，可怜兮兮道："可是你的指甲划伤了我，我好疼……我听不懂你们在说什么，我想回去，我好害怕……"

祭司没有半点心软，用力扯着少年的头发，恶狠狠道："小废物，你再挣扎一下，我就掐死你！"这次就不是"眼泪都快掉出来了"。

那少年抽噎一声，眼泪直接滚了出来，啪嗒啪嗒地落在了自己的手背上，哭得整个人都在颤抖。祭司似乎烦透了，抬手就想要再给少年一巴掌，但下一秒，那少年忽然哭着一伸头——

少年的脖子像是没有骨头似的，骤然伸长，清秀的脸在半空中已然变了样子，那张漂亮的嘴扩成了血盆大口，然后一口咬住了祭司的头，再一用力，祭司的上半身就被少年吞了下去。

万俟子琅安静地往后退了一步。

她看着祭司的双脚消失在那少年嘴里，也看着少年抽泣着打了个嗝儿，红着眼睛看了过来，又惊又怕的样子："我害怕……我们要走吗？它说这个山洞里有怪物，是真的吗？"

万俟子琅："你在这里生活多久了？"

那少年小声道："我从出生开始就生活在这里。"

万俟子琅语气平静地道："那你见过那个怪物吗？"

"没、没有，但是我听村民说过，说这个洞里有怪物……"少年蹲下来，慢慢地挪到了她腿边。万俟子琅没有动，看着少年抱住了自己的大腿，道，"但是我没想到它好像会经常出来……

你能等我一下吗？等我收拾好我的玩具。"

"……"

万俟子琅沉默了一下，打开矿灯，照向了那个漆黑的洞穴。

——有了光线，里面的东西一览无遗，放眼看去一片惨白。

那里面是一片堆积起来密密麻麻的令人骇然的森森白骨。

而最诡异的是，所有骨头都是被分门别类地放好的——头骨放在一起，肋骨放在一起，盆骨放在一起……

这一次万俟子琅足足安静了几十秒才问："这些是你说的玩具吗？"

"是、是的。"那少年羞耻地捂住了脸，说话也吭吭哧哧地，"但是我、我不是小孩子了！玩、玩具也只是偶尔才玩一玩……"

万俟子琅已经心如止水了："那你喜欢吃鸽子吗？"

"偶尔吃一点吧。"那少年脸更红了，"但是我吃的鸽子都没有主人！没有主人的鸽子吃了不碍事！"

事到如今，该明白的也都明白了。

"这就是洞口里的怪物？"联络器中，宋分题的声音有些惊疑不定，"是人类吗……"

"被拖走的鸽子、这个洞的形状，还有他刚才吞掉那个女人的动作……"她抬手按在了联络器上，看向那个少年，问道："你是蛇吗？"

"蛇？"

那少年倒吸了一口凉气，脖子忽然伸长，上面布满了密集的青色蛇鳞："这里有蛇？"

万俟子琅："……"

她平静地问："柿子树是被你搞死的吗？"

那少年摆手否认："不是！我是乖孩子，从来不破坏别人的东西！"

宋命题拍了拍万俟子琅的头，说："这个我熟，你换个方式问就好。"

　　万俟子琅叹气道："那么这个漂亮的大洞洞是你挖出来的吗？"

　　那少年眼睛一亮。

　　"是我！"它脸上带着一点等待夸奖的期待神情，"这棵树原来很小，是我钻进来把它撑大的！还有这个洞洞，也是我啃出来的！后来好像有个声音让我不要啃了，我没听……再后来那个声音就听不到了，可能是觉得我把洞洞啃得很漂亮吧，不过……"它耳朵耷拉了下去，"听你们说，这里好像有很可怕的怪物，那我是不是也要搬家了？"

　　少年越说越委屈，抱着地上的白骨不肯撒手。

　　"这里很好，我有点舍不得，每隔半个月，洞口那边就会出现漂亮的小尸体……"

　　"要是可以不搬家就好了。"蛇芯子忽然从少年的嘴里吐了出来，尖锐的蛇瞳也盯了过来，"还是说，你们联合起来是在骗我……"

　　宋分题敏锐地感觉到了不对："不好！赶紧走……"

　　宋分题话音未落，万俟子琅抬手就是一巴掌。

　　那少年猝不及防，被一掌拍在了头上，踉跄了几步，直接坐在了地上。

　　少年捂着脑袋，一脸茫然。

　　而万俟子琅神情严肃，神似抓住学生上课玩手机的班主任："没人教过你对着陌生人不要吐舌头吗？！"

　　"对不起！"少年抱紧头，唰的一下低下了头，瑟瑟发抖。

　　宋分题："……"

　　"跑什么。"万俟子琅语气平稳，"一看就是没有被父母照顾过的蛇，这种最好骗。"

本性纯良，但野性尚在。

如果掉头就跑，反而会激发他的兽性。

宋分题："……"

莫名觉得她干这种事似乎熟练度很高的样子。

少年怯生生地看了她一眼，见她一直没说话，就伸出了手，慢慢地把一根白骨推到了她脚边，又轻轻地戳了一下她的脚腕，道："玩、玩具给你玩，你别生气了……"

万俟子琅居高临下地看了少年一会儿。

不知道是不是因为她表情太严肃，那少年很是害怕的样子，一开始还抱着膝盖蜷缩成一团，后来直接放弃了抵抗，躺平在了地上。

正常来说问题是不大的，但问题是，他没穿衣服……

万俟子琅一把捂住了疯狂吹口哨的宋命题的嘴，然后从空间里拿出了一套衣服，丢在了那个少年身上。

她命令道："穿上。"

"怎么说呢。"宋命题从她手指缝里挤出来了一句话，"你这个语气可能会让人更想跪下来把衣服脱了。"

所幸那少年思想没这么肮脏。眼睛一亮，神情惊喜，又有些难以置信："给我的？"

"嗯。"

"我以前只给别人脱过衣服，还没有自己穿过，这是我的第一套衣服！"他兴致勃勃，看向万俟子琅的眼神里又多了一点羞涩，"谢谢你。"

宋命题："你肚子在动欸。"

"没事，因为刚才那个女人有好多条命，她现在死了又活，可能在挣扎。"少年懂事地笑了笑，"不过不用担心我！我很坚强的！"

少年的肚子一起一伏，看样子那个女人挣扎得很厉害。

但是少年没怎么在意，乖乖巧巧地穿好了衣服，害怕又敬佩地看着万俟子琅——刚才她给自己的一巴掌让人印象太深刻了。

她好像很强的样子，而且看起来好像是……

而万俟子琅其实没什么闲心跟少年继续纠缠，这边的情况已经很明确了，噩梦时代降临那晚的音频、柿子树的死亡、鸽子的失踪和诡异村子里的祭司都有了解释，归根结底，就是这条没人养、靠自己长大的小蛇。

这东西虽然看上去好说话，但很有可能随时失控，当务之急就是离开这里。

但是她刚走了两步，她身后就传来了啪嗒啪嗒光脚追过来的声音。

那少年从后面一把抱住了她的腰，道："妈妈！"

万俟子琅："……"

"我想起来了！你像是我妈妈！"

宋命题兴奋道："那我是不是你爸爸？"

少年没有理他，拉着万俟子琅的手进了洞穴，然后蹲到了一副骨架旁边，热情地给她介绍道："这是我的好朋友蹦蹦！他原来是一个活蹦乱跳的人类，还会追着女孩子砍，后来被我吃了，吐出来后就变成了漂亮的小骨架。"

"我在他旁边捡到了一本故事书。"他扒拉一阵，掏出来一本破旧的童话书，"他身上带着的书上说，我这个品种的都是从蛋蛋里孵出来的。"

少年指着书上的蛇。

少年应该是不认识那个"蛇"字，对其他字也是一知半解，更多的是看图说话。

"妈妈会照顾我们，让我们做作业，画画。我们不听话的时候，妈妈还会打我们。"

少年眼睛亮晶晶地看着万俟子琅，道："你打我了，所以你就是我妈妈。"

"妈妈！"

宋命题："哎！"

"妈妈答应了！要妈妈抱抱！"

宋命题："真是妈妈的乖宝宝，来，抱紧，啾啾。"

"抱紧！"

——少年这会儿倒是知道不忽略宋命题了，他们一唱一和，唱完的时候，少年已经满脸幸福地抱了上来。

半点没有给万俟子琅开口的机会。

万俟子琅："……"

联络器里，宋分题听完了全过程，问道："准备怎么办？"

"……"

万俟子琅低下头，看向了那个少年。他努力弯着腰，才勉勉强强跟她抱到一起，此刻，她能看到少年的发旋。

而少年半遮半掩的后背上，是颜色绚丽、泛着奇异光泽的蛇鳞。

她很快做好了决定。

她伸出手，轻拍了一下他的头，然后回答了宋分题："把它带回去。"

驯服野兽，其实是一件很简单的事情。

在它年幼的时候，就给它戴上项圈。

等将来它长大了……哪怕把项圈摘下来，它也会永远记住谁才是它的主人。

幼年期的野兽确实是最好驯服的。

少年眼巴巴地看着万俟子琅，抱着她的腿，死活不松手。

万俟子琅看了他一眼："把手松开。"

"妈妈，你要抛弃我了吗？"少年眼圈瞬间就红了，"可是刚才我喊你妈妈，你都答应了！"

万俟子琅半点不为所动："少来这套，你知道那话不是我说的。"

小蛇崽崽委屈地低下了头。

小蛇崽崽当然知道不是妈妈说的，但是……但是……

小蛇崽崽犹犹豫豫，还是松开了手："我不给妈妈当拖油瓶。"

万俟子琅叹了一口气，单膝跪在了小蛇崽崽的面前，冲着小蛇崽崽伸出了一只手。

少年眨了一下眼。

短暂的沉默之后，万俟子琅不得不伸出另一只手，把小蛇崽崽的手放在了自己手上面。

"你抱着我的腿，我没有办法走路，但是我没说不带你走。"

小蛇崽崽眼睛一下子就亮了起来。

万俟子琅抬手挡住了小蛇崽崽冲上来的头："给你五分钟时间收拾东西。"

少年用力地点了点头："好！"

小蛇崽崽收拾东西的速度很快——先是一丝不苟地将它的好朋友们装进了麻袋里，然后又乖乖巧巧地拖了一只鸽子下来，奋力把鸽子也塞了进去。

一直站在旁边观察的万俟子琅看见鸽子后，才想起来问："你不是说你不吃有主人的东西吗？它们来的时候主人都死了？"

"没死，活蹦乱跳的。"小蛇崽崽信心满满，"所以我就把他们全都杀了，他们死了，鸽子就没有主人啦。"

万俟子琅："……"

算了，鸽子协会的也都不是什么好人。

东西全都收拾好后，万俟子琅就把小蛇崽崽的麻袋全部收进了空间里，然后看着小蛇崽崽变成了一条细长的黑蛇。

这个也挺值得"吐槽"的。

小蛇崽崽的鳞片明明是青色的，但化蛇之后却是黑色的。

她把小蛇崽崽放在了自己肩膀上，宋命题刚好在那里，他一只手抓着乌龟，一只手抓着小蛇，一脸严肃，道："左青龙，右白虎，胸前一只米老鼠！"

宋分题："你要点脸，别欺负小孩子。"

万俟子琅来柿子树这里的主要目的是为了鸟蛋，她本来想去鸟巢那边看看情况，可当她刚说完自己的打算，小蛇崽崽就用尾巴尖戳了她一下，然后呕出来了一颗两个拳头大小的鸟蛋。

"我偷偷拿过来的！那些大鸟好可怕，堵在洞口骂了我好几天。"

"……"

行了，现在鸟巢也不用去了。

万俟子琅随手摸了摸小蛇崽崽的头，小蛇崽崽立刻幸福地缠绕了上去。

鸟蛋的获取要比想象中简单得多，万俟子琅干事从来不耽误，直接从洞口爬了出去，之后连夜带着小蛇崽崽赶回了地下车库。

她回去的时候是深夜，宋分题一直守在外面，见到她之后才松了一口气，自然地伸出手，接过了她手里的东西。

"我怕肖柠担心，你那边的情况就没有跟她说，她现在正抱着小团子睡觉。"

"好。"

宋分题偏头看了她一眼："累了吗？"

万俟子琅活动了一下肩膀，说了一句"还好"。

她接连几天不停地奔波，体力消耗得很厉害，可在进去后，她第一时间扫了一眼车库。

宋分题："那对姐妹还在，燕归出去吃饭了。"

万俟子琅："在不在都一样，我先拿几个碗……"

小蛇崽崽立刻圈成了一个圈，眼巴巴地看着万俟子琅。后者随手拍了拍小蛇崽崽的头，从空间里取了六个碗出来。

她两三下敲开了鸟蛋，然后将鸟蛋平均分到了六个碗中。

蛋白蛋黄破壳而出的一瞬间，宋分题微微吸了一口气。

空气在这瞬间变得清新了起来，只是闻一闻，都会让人觉得精力充沛。

"鸟蛋中蕴含的能量很多，即使分成六份问题也不大。"万俟子琅递给他一个碗，"我之前跟你说过，人类良性进化的方向，大体上分为两类——

"异能化和兽化。

"简单来说，异能化就是忽然具备了超能力，是加速、空间、力量增大、操控植物、操控泥土、与动物对话等等。

"而兽化，并不仅仅是'人能变成野兽'，而是涵盖了更多层面，变成植物、鱼类、鸟类、野兽又或者其他任何东西，只要是改变了生物形态的，都叫兽化。

"这两种划分类型，其实仅仅是噩梦时代初期给的分类，再往后随着稀奇古怪的异能增加，这种分类法就渐渐被取消了。"

宋分题刚要问什么叫"稀奇古怪的异能"，就忽然想到了自己。

"……"

"这是异能的分类，除此之外，就是异能的等级。"她在地上画了很多条线，"每一种异能都基于人体，也同样会基于人体发生变化，随着时间的增长，人身上的异能也会开始渐渐变强。"

"异能的等级就是随之诞生的人为划分方式。"

宋分题问道："怎么区分？"

"靠自己感觉。"

宋分题："……"

万俟子琅完全不觉得自己说的话有多吊诡，继续道："是的，就是靠自己感觉，异能每次进化，你自己都会有感觉，但我没有办法告诉你究竟是怎么样的感觉，因为每种异能进阶的感觉都不一样。"

"大概就跟选修课一样？每个人选择的课都不同，所以每次考试的内容也完全不同。"

万俟子琅点了一下头："对。不过其实也有官方判定方式，有种异能叫鹰眼，进化到三级之后，可以看透人身体中的能量，然后基于能量给出判定。不过这种异能比较少见。"

意思就是说——基本不用指望了。

宋分题说："我大概了解了——你继续说就好。"

万俟子琅："越到后期，异能升级就越困难。但中期的时候，人类已经建立了各种大型基地，我们的国家并没有覆灭，而是涅槃重生了。

"我……之前，小队里有个成员，她的家人断断续续地给她发过消息，里面有一条消息，说了一件事。

"我们旁边的 MKO 国，倾尽全力，培养出了一个八级的海水异能者。"

"我先打断一下。"宋分题举手道，"海水异能者，该不会……"

"嗯，只能操控海水，淡水操控不了。"

宋分题："……"

有点"槽多无口"的感觉，但其实他也大概清楚，就算只能操控海水……也已经是很强大的异能了。

"而那个海水异能者，一个人守住了一座大型基地。"

虽然可能跟那座基地面积不大有一定的关系，但是……万俟子琅仰头，喝完了其中一个碗里的蛋液。

"但是我希望，我们永远也不要放弃进化异能，虽然有的异能现在看上去可能没什么用，但说不定有一天……"

就能改变这个世界。

宋分题不轻不重地按压了一下眉头。

他也不再犹豫，仰头将蛋液喝完了。

万俟子琅把其中一个碗里的蛋液分成了两份，一份放在了小蛇面前，另一份则端给了乌龟。

小蛇崽崽倒是乖得很，吐着鲜红的蛇芯子，一口一口地舔完了。

而它喝完之后，才发现乌龟没有动，而是在偏头看着自己。

小蛇崽崽探头看了看它的碗。

"你不吃吗？"

乌龟："……"

小蛇崽崽："妈妈没有说让我吃你碗里的东西呀。"

乌龟："……"

"哦，也的确没说不让我吃……"小蛇崽崽尾巴尖一摇，兴奋道，"那我帮你吃完好啦！"

乌龟默默地往旁边移动了一步。

万俟子琅喝完蛋液就跟宋分题打了个招呼，说要先去睡，宋分题答应之后才想起来哪里不对，但是见她已经躺下了，也只能作罢。

他去拿了个碗，坐在了她旁边，然后将她的袖子撸了起来，露出了宋命题的脸。

“张嘴……”

宋命题："哼,哪里来的贱婢!居然敢这么对本小姐说话……"

宋分题一巴掌扇了上去。

万俟子琅瞬间睁开了眼。

"你扇我干什么?"

宋分题:"没扇你,我扇宋命题。"

万俟子琅哦了一声,继续闭上眼睡了。

宋命题委屈地看了一眼宋分题:"我就是开个玩笑嘛,又不是真的骂你贱婢,对了,哥哥,我想吃七分熟的蒸蛋,你能亲口吹凉后再喂给我吗?"

事实证明,人不能嘴贱。

被逼着吃下了整个碗的宋命题,如是想着。

第二天,天蒙蒙亮的时候,桑肖柠也醒了。宋分题跟她说了一下情况,将两份蛋液递到了她手里。

桑肖柠蹲下来,揉了揉小团子的肚子:"吃凉的会不会难受呀?要不要妈妈给你蒸熟了再吃?"

小团子严肃地摇了摇头。

它已经是一只成熟的猫猫了,成熟的猫猫不需要吃蒸蛋。

桑肖柠满眼温柔地看着它吃完,拍了拍它的头才准备吃自己那份。可她刚伸出手,旁边忽然有人一把抢走了她的碗,仰头将碗内的蛋液一口气喝光。

陈卿卿擦了一下嘴,笑道:"桑姐,我有点饿了,蛋给我吃了,你不会跟我计较吧?"

事情发生得太突然,桑肖柠甚至都没反应过来。

而陈卿卿则率先皱了眉:"天哪,桑姐,你不会这么小气吧?

"连一碗蛋都不愿意让我吃,我还以为你前几天说要给我按摩腿是真的关心我呢。"

桑肖柠："……"

她抿了抿嘴，正想要说什么，万俟子琅忽然默不作声地一把抓住了陈卿卿的头发。

陈卿卿："你干什么……嗯！嗯嗯！"

她挣扎了一下，但根本挣脱不了，只能被逼着仰了一下头，随后就感觉自己脸颊被用力一捏，张嘴的同时，两根手指就重重地捅了进去。

万俟子琅冰冷的声音响了起来。

"别乱动，只不过是把手指伸进你的嘴里去了而已。"

陈卿卿："你疯了！你怎么能对着一个残疾人下……嗯！住手啊！我吐出来后你难道还能让她吃进去吗……"

"不能。"万俟子琅的动作并没有因为她的话而停顿，"但是这跟我想让你吐出来有什么关系吗？"

就在这时候，旁边忽然伸过来了一条藤蔓，用力缠住了陈卿卿。

万俟子琅立刻松了手，后退了一步。

陈清酒操控藤蔓将陈卿卿往自己那边一拖，整个人都在抖："姐！姐你没事吧？"

陈卿卿捂着自己的喉咙，尖叫了出来："她想杀了我！我只不过是吃个蛋而已！她居然想杀了我！"陈卿卿用力攥住了陈清酒的手腕，尖锐的指甲深深陷了进去，"你给我报仇！快啊，给我报仇！"

陈清酒涨红着脸，冲着万俟子琅鞠了一躬："对不起！是我们的错！你愿意收留我们已经是仁至义尽了！无论如何我们都不能奢求更多！我姐……我姐只是……我愿意尽全力弥补你们！"

万俟子琅看着她，没有答话，而是看向了桑肖柠："听你的。"

桑肖柠站在旁边看了好一会儿，她抿了抿嘴，声音一如既往地好听，但已经没了多少温柔："我不原谅你……但是这件事，就到此为止吧。"

"桑姐！"

桑肖柠坚定地后退了一步。

陈清酒还想说什么，但看她态度这么坚决，还是匆匆鞠了一躬，推着大喊大叫的陈卿卿走了。

桑肖柠冷脸看着她们离开。而在那对姐妹的身影消失之后，她的脸也瞬间垮了下来："对不起，子琅，是我没有看好……"

她顿住了，脸颊忽然一凉。

有些粗糙的半指手套贴了上来，桑肖柠的脸上首先感受到的是明显的布料触感，再往后，就是少女裸露出来的指尖。

上面有老茧，却并不让人觉得难受，万俟子琅的指甲很干净，透着淡淡的粉色，有青草般清新的味道。

而此时她正低垂着眉眼，摸桑肖柠脸的动作异常温柔，像是在摸一只小猫："没关系。"

桑肖柠："……"

她的脸莫名红了。

所幸万俟子琅很快收手，两个人之间的气氛也正常了一些。

桑肖柠叹息道："清酒是个好孩子，你没在的这几天，一直都是她在忙前忙后……"

万俟子琅说："她夹在中间，的确是不好处理。"

蛋液只剩下一碗了，燕归回来之后有些不明所以，听明白之后先是有些惊喜地指了指自己："给我留的吗？"

在得到桑肖柠肯定的回答之后，他身体一歪，看了一眼不远处的万俟子琅，抬手捧起了碗，往桑肖柠的面前一递，大声道："桑姐姐，你喝了吧！我的异能是吞噬，多吃一点就能补充所需要的能量！我不用吃的！"

桑肖柠肯定是拒绝，但眼见两个人推拉半天也没有结果后，万俟子琅来终结了这场客套。

蛋液最后还是给了桑肖柠。

喝完之后，她多少有些不好意思，而燕归坐在她身边，一歪头："有人惹桑姐姐不开心啦？"

桑肖柠："没有人惹我，我只是在想清酒跟陈卿卿的事情……"

燕归乖乖地听着她说，心里却无所谓地撇了撇嘴。

人类真的麻烦得要死。

全都杀了不就没这么多烦恼了？

可这话他肯定不会说出来。

他听桑肖柠倾诉完，嘴甜地安慰了几句，又往她膝盖上一趴，不经意地露出了胳膊上的绷带。

桑肖柠："伤口怎么样了？要不要换药？"

"要的！"说完这两个字，他神色忽然黯淡，"我忽然想起来了，子琅姐姐好像是最擅长换药的，但是她好像很忙……"

他暗示得很明显，正常来说桑肖柠是一钓就上的，但令他没想到的是，她竟然思索了一下，然后点了点头："对，她确实很忙，而且刚回来没多久，现在应该很累，还是让我来给你换吧。"

一击不中，燕归立刻换了个方式，他自下而上地看着桑肖柠，可怜兮兮道："那我晚上可以靠着她睡吗？她身上的味道像是我亲人……"

这个要求确实可以答应，因为他们晚上都是和衣而睡，但桑肖柠还没有来得及说，旁边就插进来了一道冷冷的声音。

宋分题："不行。"

燕归："……"

燕归瞬间抬起了头，冰冷的眼睛盯住了他。

"你不知道吗？"宋分题半点都不在意，挑眉问道，"子琅今天晚上，要陪着她儿子睡。"

燕归死死地抿住了嘴，随后咬牙切齿道："……儿子？"

卡车的另一边，陈卿卿抬手就是一巴掌。她目眦尽裂，披头散发，尖叫着砸了一地的东西。

"我们帮了他们那么多的忙！结果到头来他们就是这么对我们的！"

陈清酒捂着脸，一言不发，在陈卿卿停下后，才张了张嘴，道："姐，那个蛋对他们很重要，你不能不经过……"

陈卿卿抬手又是响亮的一巴掌。她下手毫不心软，陈清酒的脸立刻红肿了起来。陈卿卿抬起头，说出的话仿佛淬了毒："你是不是嫌弃我是个废物？"

陈清酒嘴唇颤抖了一下，没有说话。

此时的陈卿卿也不需要她说什么，一双眼睛直勾勾地盯着什么地方，呓语着："对，没错，我是个废物，我的腿残了，我站不起来，我就是个累赘，可是……"她忽然一伸手，两只手死死地抓住了陈清酒的头发，像疯了一样，用力地撕扯、摇晃着，几乎要把陈清酒的头皮给扯下来。

"可是我为什么会变成一个废物！我为什么会变成一个废物！"

陈卿卿的动作实在太过激烈残忍，陈清酒终于忍不住了，她的眼泪汹涌落下，她颤抖着想要挣脱，却又不敢太用力，只能低声求饶："姐，我错了！都是我的错……啊啊啊！"

她的叫声凄厉。

而距离卡车的不远处，已经从万俟子琅身上脱落下来的宋命题偏了偏头。

他的衣服已经穿好了，长袖卫衣略微有些松垮，里面刚好还装得下一条小蛇和一只乌龟——他在这边带孩子带了有一段时间，而小蛇崽崽此时正好奇地从他的衣领里钻了出来，尾巴尖啪啪地拍着他的小腹。

"那边是什么声音？"

"我听着有点耳熟……"宋命题盘腿坐着，沉思一下之后恍然大悟，"我记起这是什么声音了！"

小蛇崽崽："是什么呀！小孩子可以听吗？"

"当然可以。"宋命题一拍它的头，"这是吃肉的声音。"

小蛇崽崽："哇！你怎么什么都知道！"

宋命题："我厉不厉害？"

小蛇崽崽："厉害的！"

宋命题："喊爸爸！"

小蛇崽崽："爸爸！啾咪！"

宋命题高高兴兴地摸了两下它的头，随手将它往衣领里一塞，又往那边看了几眼。

那个阴暗的角落，陈家姐妹靠在一起，一个在用力撕扯，另外一个在尖叫着挣扎，随着风飘过来的，是浓重的血腥味。

小蛇崽崽又伸了个头出来："肉呢……"

宋命题又将它按了回去，随口道："谁知道呢，吃完了吧。"

然后宋命题一路溜达到宋分题那边，趴在他耳边问："哥，你要跟我试试吗？陈清酒跟陈卿卿……"

作死的后果必然是挨打。

因为这一次宋命题说的话过于"虎狼"，他挨了宋分题整整十八记巴掌。

而与此同时，陈清酒被压在角落，眼泪扑簌簌地往下掉，她满脸都是血，面前则是像疯了一样的陈卿卿："吃啊！你不是觉得我是个残废吗！刚好我吃了那个蛋！你吃了我……你不就心满意足了吗？能变强！还能摆脱我这个累赘！"

"嗯……姐！姐，你不要这样——"她几乎被掐到快要窒息，"姐姐，我好难受……"

"吃！"陈卿卿看着陈清酒把东西咽下去，才终于松开了手。

陈卿卿一屁股坐回了轮椅上，大口大口地喘息着，眼里全都是怨毒："陈清酒，你记住了，我变成这个样子，都是你害的！你一辈子都不可能摆脱我！"

陈清酒捂着脸，眼泪无声地从眼眶中流了出来。

车库里有大量的废弃车辆，她们两个所在的角落非常隐蔽，基本上没有几个人能看到她们在做什么。

而万俟子琅坐在一辆车的顶部，无声地看完了这场大戏。这对姐妹身上的违和感太重了，总让人不得不在意，但那感觉究竟是什么，她一时半会儿也说不上来，只兀自拍了拍手，跳到了另外一辆车上，准备离开。

但是她刚落上去，这辆车上就出现了另外一个身影。

不知道是怎么过来的，也不知道为什么可以用这个姿势握住她的手，但他确实做到了。小少年盘腿坐在车上，一只手拉着她的手腕，看上去没有用力，却令她的骨骼发出了清脆的咔嚓声。

万俟子琅："陈卿卿和陈清酒要是有异常的话，你可以直接跟我说。"

她身后的人没有说话，只是不停地用手指暴躁地摩挲着她的一小块皮肤。

"你有孩子了……"

万俟子琅一转头："……"

少年抬起了眼，柔软的黑色发丝立刻随着他的动作从额头处微微下滑。他呼吸有些沉重，一时间说不清楚他的话里究竟藏了什么情绪。

"你跟谁生的？"他不等万俟子琅回答，就忽然改口，"不，你不要跟我说。让我猜一会儿，没关系的，我会努力做个乖孩子，不强迫你，不对你做任何我想做的事情……"

话倒是说得好听，但在这一片狭小的空间里，万俟子琅能清晰地感受到那股异常浓重的血腥味和压迫力。

他逐渐失控。

万俟子琅立刻皱了眉，反手抓住了燕归的头发，稍微一用力，让他把头抬得更高了一点："看着我……"

"可是我已经忍耐好久了……"

两个人的声音几乎同时响起，而下一秒，第三个人的声音就插了进来。

"孩子他妈！我来找你……咦，你们在干什么？"

宋命题揣着小蛇恧恧，头发翘起来了几缕——刚才他跟疯狗一样在车库里来回跑了很多次——眼下看见万俟子琅和燕归的姿势，明显愣了一下。

燕归也愣了一下，立刻看向了万俟子琅，委屈得要死："宁愿选他也不选我吗！"

万俟子琅无语了一下，将燕归的手掰开，直接从车上跳了下去，临走之前摆了摆手："宋命题，跟他解释清楚。"

"明白！"宋命题一本正经地将小蛇放在了燕归面前，"但其实根本不用解释，就是你想的那个样子没错。我是孩子他爸，子琅是孩子他妈，我们两个天造地设，她怀胎十月，我吃婴儿粪便，绝配！爱情！"

燕归："……"

半晌后，他轻轻地勾了勾嘴角。

“是吗？”

鸟蛋已经被分吃掉了，一群人收拾好了东西，准备离开车库。而装箱的时候，陈卿卿挪动着轮椅，凑到了桑肖柠的身边。

“桑姐，我是来找你道歉的。”

桑肖柠：“不用了，我已经不生气了。”

她态度有些冷淡，但陈卿卿的眼泪立刻涌了出来。

“桑姐，我真的很抱歉。清酒跟我说了之后，我才知道那个鸟蛋对你们那么重要……我原来只是想跟你开个玩笑的……”她拉住了桑肖柠的手，“你别生气了好不好？是我太敏感了，我腿坏了这么多年，总以为别人瞧不起我。现在愿意对我好的人，就只有桑姐你了……”

桑肖柠：“……”

她低头看了一眼自己被抓着的手，眼里虽然没有多少暖意，但到底还是叹了口气：“卿卿。”

“什么？”

“鸟蛋的事情就这样吧，但清酒毕竟是你妹妹。”想到那声惨叫，桑肖柠抿了一下嘴，“你对她好一点吧。”

陈卿卿涕泗横流：“我知道，我知道我对不起她，是她一直在照顾我，还把最好的东西都给我，可我却那么对她……”她声音哽咽，泣不成声，“但我没有办法啊，桑姐……”

“你知道吗？十年前的我，性格跟清酒一模一样，我有爱我的家人和同学，还有无限的梦想。我会跳芭蕾，我想去最好的学院进修……可直到遭遇了那场车祸……”她把嘴唇咬出了血，继续道，“我的腿没了，一开始我以为自己能挺过去，也不想给清酒施加压力，可我很快意识到，我接受不了……我原来那么漂亮的腿，现在却因为肌肉萎缩变得可怕无比。我没有办法再去学校，我惧怕那些目光，我整个人都废掉了……”

"清酒是我的妹妹，我爱她，没有人比我更爱她，可是，可是……"

她抬起了头，声音哑得不成样子。

"可每当我看到她，我满脑子里都是我那双被锯掉的腿啊……"

她哭得越来越凄惨，桑肖柠沉默了一下，到底还是伸出手，不轻不重地拍了一下她的肩。

桑肖柠心里叹了口气——也是可怜。

第九章

仙子镇娘

车库里的东西并不多，很快就整理完毕，宋分题拉开了车库门，一行人开着卡车往回走。

他们很快远离了柿子树的范围，头顶不再被茂盛的植物遮挡，多少露出了一些蓝色的天空。

远处隐隐约约传来了B大救援点的广播声：

"这里是狸熊市唯一救援点B大，我们已经联系到其他城市的救援人员，一周后将会进行迁移，请有意向的幸存者尽快与我们会合——"

宋分题："他们要走？"

"嗯，我发过一个帖子，现在不少地方还断断续续有信号，他们应该已经翻出来了……说到这个，我忽然想起来了，信号这个东西……"

宋分题："嗯，很奇怪。"

"对，你应该也察觉到了，网络上，只能让我们查看过去的帖子，却不允许我们往外发新帖子，打电话也是这样，信号时有时无是一方面，而另一方面是只要和通信人不在同一地区，就完全无法交流……"

所以迄今为止，城市与城市之间完全没有互通往来，更不知道其他区域的情况。就算有通信，也是异常奇怪的——上次宋分题调试那台收音机的时候，两个人就都察觉到了。

可这完全不符合常理。

至少从科学的角度完全无法解释。

短暂的停顿之后，万俟子琅将手搭在了方向盘上，把话题转了回去："这个不是我们目前能探寻的，先说回刚才那个话题。

噩梦时代前有一段天气不稳定期，但噩梦时代到来后四季将会趋于正常，只是比起从前，冬天更冷，夏天更热。狸熊市地处沿海，虽然不是南方，但也偏南了。夏天开始后，这边的植物会生长得更加旺盛茂密，到时候人类的生存空间也会被大大挤压。

"关于这个，我当时就给出了建议。"

她看着前面的路，递给了宋分题一张纸，上面画了一个圆，圆的中心是鲜红的一点，从这点向四面八方辐射出无数条线。

"去首都。

"首都人杰地灵，位置也刚刚好，虽然冬天也冷、夏天也热，但要比其他城市好很多。

"而且那个地方……"

剩下的话不用她说，宋分题也明白。

无论什么时候，首都都是一个国家的心脏，大灾大难过后，那边也是最安全的人类基地。

"那我们要一起吗？"

万俟子琅摇了摇头："不一起，我们过段时间再走。不然大部队汇聚在一起，道路大概率会被严重堵塞，能使用的车辆还有不少，这种情况下的迁移势必变慢。不过有机会的话……"她顿了顿，"我倒是还想再见见尚嬿。"

——在孙家小学和 B 大跟她并肩作战的那位女军人。

"尚嬿？你是有什么事情要问她吗？"

万俟子琅嘴唇微动，说了一句话。听清楚这句话之后，宋分题沉默了下来，半晌之后，才重重地按了一下自己的额角。

"在和平时代生活得太久了，这个问题我竟然没想过……"

一周后，狸熊市的广播声消失了。

B 大的救援人员带领大部队朝着首都迁移。

宋分题用航拍的方式，远远地录下了迁移场景。

最前面有数十辆军用卡车开道，除了异能者，还有大量的物资被持枪的救援人员押运着。后面则是面黄肌瘦的普通幸存者，从高空俯视，密密麻麻的一片，三轮车、自行车、汽车……几乎覆盖住了地面。

跟万俟子琅预料的一样，步行的大部队迁移速度很慢。

他们原本预计一个月后出发，但是一周后的晚上，万俟子琅忽然被手机铃声吵醒了。

来电显示——是爸爸。

万俟子琅："……"

她顾不上其他，立刻接通了手机，然后飞快地开了免提。免提打开的瞬间，里面再一次传来了呼啸的风声，伴随着断断续续的说话声。

那声音听起来竟然有些扭曲的笑声，是她爸爸的声音没错："子琅……爷爷……"

就这么四个字，声音戛然而止。

电话被挂断了。

万俟子琅坐在床上，安静了很久，半晌之后，她才轻声说："嗯，爸爸，我也想你了。"

——虽然我把你的古董和房子都卖了，但我确实想你和妈妈了。

第二天，天蒙蒙亮，吃完早饭之后，万俟子琅就告诉了他们这件事。

"所以我们要提前出发，但是要绕个道，先去清河市。"她坐在桌子前，"去找我爷爷。"

宋分题："你爷爷……是你爸爸的爸爸？"

"不是，我爸说他没爸。"

宋分题一脸疑惑，但也没有继续问，因为确实有些人的祖父母去世得比较早，所以万俟子琅对爷爷没印象也是正常的。

万俟子琅用手指轻敲了一下桌子："我印象中，我的'爷爷'，只有一个。"

"不是亲的，而是我爸爸研究所中的一位教授，他长什么样子我记不太清楚了，但我小时候生活在雅思山的研究所时，他对我很好。而且他也养乌龟，我记得那只乌龟跟龟龟有点像，说不定是龟龟的父母。"

乌龟："……"

万俟子琅："我规定的，乌龟就是能自己生孩子。"

乌龟默默跟她对视了一会儿，把头缩了回去。

万俟子琅继续道："虽然我跟这个爷爷已经很久没联系了，但我觉得还是要回去看一下。"

她扫了一圈桌子旁的其他人。

"路上一定会有很多危险，如果你们不想去，可以选择留在这里，或者我们选个合适的地点，约个时间会合……"

"停。"宋分题神情放松，"我又不是白痴，留在这里等宋命题烦死我？你定好出发的时间喊我就行，我先回去收拾东西了。"

桑肖柠也温柔地笑了笑："你一个人去的话，谁给你做饭呀？我的东西少，很快就能收拾好了。"

桑薛糕小朋友抓着妈妈的手，严肃又认真地咕叽了一声："妈妈，玩具。"

桑肖柠摸了摸他的头，柔声道："会给你带上玩具的。"

这几个人的回复其实都在意料之中，只有陈家姐妹没有立刻表态。

万俟子琅也明白，留在狸熊市对她们来说不算是个坏选择，同样，她们跟或者不跟，对万俟子琅来说都不重要。

中午的时候，陈清酒终于凑了过来："子琅，我们商量了一下，还是想跟你们一起走……"她自己说这话也觉得不好意思，耳朵红了一点，"我不会给你们拖后腿的。"

万俟子琅直白道："你不会拖后腿，你姐姐呢？"

陈清酒的脸一下子就涨红了，她张口结舌就想道歉，但很快她就发现万俟子琅没有嘲讽的意思，只是在正常询问。她多少放了一点心，喃喃地应道："我姐姐我一个人来照顾，我不会让她给你们添麻烦的！"

万俟子琅跟她没什么感情，但木系异能者太过少见，一路上又免不了会碰到变异植物——所以她点头同意了。

只是互利互惠而已。

几天休整下来，一群人已经收拾好了各自的行李。

他们主要的交通工具是院子里那辆卡车，桑肖柠抽空在车门边上的缝隙里塞了大量的棉花，宋分题跟宋命题则是加固了栏杆，调试了发电器。

卡车内部的空调可以使用，只是功率比较小，而后车厢里则焊接了几张铁架床和铁梯，做成了简单的上下铺，每个床铺都用布帘子遮盖。除此之外，还焊接了几个壁橱，用来存放日常的衣物和碗筷；碗筷全是木质的，防止车子颠簸时被损坏。

"再放一点腊肉、大米这一类不易变质的食物在里面，就准备得差不多了，只是可惜了……"宋分题回头看了一眼别墅，"这院子就这么留在这里了……子琅？"

他这才发现，他们的东西都已经收拾好了，唯独万俟子琅没怎么动。

她一直坐在院子里，看着他们吭吭哧哧地往下搬东西。

见他看过来，她才开了口。

"下午的时候就想跟你们说，鸟蛋被吸收了，我进化了。"

宋分题："所以？"

万俟子琅："我现在一张嘴能吃八个小乌龟。"

宋分题："……"

万俟子琅："开玩笑的。"

宋分题："有没有人说过你的玩笑很冷？"

万俟子琅："说过的人都死了——你刚才说什么来着？"

宋分题："宋命题说你开的玩笑都很冷。"

万俟子琅："院子也会一起带走的。"

宋分题："你扛着还是让乌龟扛？"

万俟子琅："龟龟说它可以的。"

乌龟："……"

万俟子琅："你说了。"

她摸了摸乌龟壳，一边坚持"你说了"，一边走出了院子，并且示意其他人跟上。

另外几个人虽然有些不明所以，但还是乖乖跟了上去。卡车已经停在了院子门外，所有人都出来之后，万俟子琅对着院子伸出了手。

下一刻，一阵巨响传来。

——院子，凭空消失了。

她的脸色骤然苍白，离她最近的宋分题下意识地搀扶了她一把，却还是忍不住震惊。

宋命题："我脑袋呢？我那么大一颗脑袋怎么不见了？"

"被人踢走了。"万俟子琅晃了一下头，像是耗费了不小的精力，"我现在的异能大概在二级，院子所占的面积不算大，所以我把地基也一起挖走了。"

陈家姐妹满脸震惊。

万俟子琅倒是不怎么在意。她没想瞒着陈清酒和陈卿卿，以后的日子还长，总不能一直偷偷摸摸的。

宋分题抚了一下额头："白干了。"

万俟子琅稳如泰山："没关系，我故意的，你们刚好锻炼一下身体。"

宋分题："……"

桑肖柠像是没听到刚才的对话般，心疼地摸了摸万俟子琅的额头："今天让分题开车吧？你一下子装走了这么多东西，身体会不会受不了？"

万俟子琅确实有些疲惫，顺势"嗯"了一声，又添了一句："想喝冰糖炖雪梨。"

因为她这句话，所有人的晚饭都是这个。

桑肖柠精心做了一下午，去掉果核之后，又将雪白的梨子削成了刚好一口吞的大小，熬出来的冰糖炖雪梨汁清澈甘甜，梨肉软糯。

虽然冰糖炖雪梨当晚饭多少有点奇怪，但桑肖柠不在乎，拿着勺子一口口地给万俟子琅喂——燕归就在一旁眼巴巴地看着。

后顾之忧被彻底解决。

几个人的神情都轻松了不少。

宋分题："我们的汽油足够使用，也就没必要跟着大部队的路线走，可以直接绕路去走公路。"

万俟子琅："我看过地图了，走这条公路的话，要经过一座偏僻的县城。"

宋分题："县城？"

万俟子琅："仙娘子县。"

宋分题："那个县……"

他皱了一下眉，却没有多说什么。

第二天一早，一行人就出发了，深夜的时候，车子就已经停在了县城的入口处。

这座县城位置偏僻，破败不堪，入口这里更是偏僻，放眼望去全是平房，甚至可以说是荒无人烟，阴森森地透着一股鬼魅的气息。

唯一的好处是这附近的变异植物很少，异变体也被清理得差不多了，街上空荡荡的。

"今晚是在这里休息还是直接……"宋分题问道。

几个人同时看向了这里唯一的，也是通往县城内部的路。

这时，一群人沿着公路跑了过来，把卡车围了起来，为首的人用力敲了一下卡车门："下来，快下来！"

车上自然没有人动。

"他们手里……"

宋分题嘴唇微动。

万俟子琅点了一下头："我看到了。"

这群人手里举着火把，冒着滚滚浓烟，所有人的脸都被熏得黝黑油腻，而最引人注意的是，他们每个人的手里都牵着一条狗。

见他们一直没动，最前面的那个人更着急了，用力举高了手里的身份证："你们看！我是好人！我叫胡荔！这位是风与暮！我们的身份证都在这里！我保证我们绝对不是坏人！"

像是有什么话一定要告诉他们。

宋分题跟万俟子琅对视了一眼后，将车窗摇开一条缝："出什么事情了吗？"

宋分题询问之后，胡荔才松了一口气，但神情依旧紧张："快点下来！千万不要直接开过去！参拜要开始了！你们已经进入仙娘子县，不参加参拜的话，是会被杀的！"

宋分题回头看了一眼万俟子琅。

后者点了点头："都是普通人，动手的话我们有九成胜算。"

得到了她的答复，几个人才放心地下了车。

他们保持着警惕，那些人也确实没有动手的打算，见他们下了车，为首的立刻开始往镇子里走。

午夜的街道上，越来越多举着火把牵着狗的人从屋子里走了出来。

万俟子琅等人夹杂在其中，很快跟着人群停在了一座破旧、森然的祠堂前。

那祠堂前聚集了很多人。

胡荔手里举着火把，说："每个人都要进去参拜……"

宋分题："不能不去吗？"

他这话一出，身边几个人都惊恐地看了过来。

"当然不能！"胡荔哆嗦道，"进了仙娘子县却不进去参拜的人全都死了！没有人知道是怎么死的！"

他攥紧了火把。

"前几天，老张家的媳妇就因为生病没去，结果第二天早上，她就出现在了他们家的院子里，她的身体破破烂烂，像是被野兽撕烂了一样……"

旁边不少人纷纷附和。

过于喧闹的声音让宋分题皱紧了眉："怎么说，要进吗？"

万俟子琅："都说一人不进……"

胡荔在旁边听着，一看万俟子琅那个样子，立刻叫了出来："一定要进！"

万俟子琅往那边看了一眼。

镇民们排队依次进入了那座祠堂中，每个人的神情都是虔诚中夹杂着不安。

她最后还是点了点头。

每个地方出现的变异情况都不一样，能在当地活下来的人，对于本地的磁场变异情况肯定更加了解。

看了一会儿，万俟子琅也摸到了大概的规律——

每次只能一个人进祠堂，上一个人出来之后，下一个人才能进去。

很快就轮到了他们。

万俟子琅第一个进去。

在她进去之前，胡荔飞快地给她讲了一遍规则："记住了！

"进去之后对着仙娘子磕头！磕三下，只要仙娘子不流血泪，你就能出来，然后你们想去哪里就去哪里！"

万俟子琅立刻追问道："那如果流泪了呢？"

胡荔嘴唇颤抖了一下："如果流泪了……"

如果流泪了会发生什么，他没有说。

时间到了，万俟子琅踏进了祠堂里。

祠堂内黑乎乎的，只有微弱的烛光闪烁，让人隐约能看到房梁上堆积的灰尘和角落的蜘蛛网。

在里面听不到外面的任何声音，只有她的脚步声在回荡。

光线微弱，祠堂空旷，她很快到了供桌前。

那上面摆放着一颗血淋淋的狗头，獠牙雪白，死不瞑目——狗眼大睁着盯着进来的每一个人。

万俟子琅并不害怕，她仔细地打量了几眼这颗狗头，然后才抬起头看向祠堂内的摆设。

正厅上方有一座异常诡异的泥像，人站着平视的时候，只能看到泥塑头部以下。

那是个衣带宽松、身材丰腴的女人，只看身体，很容易让人脑补出一张慈祥的脸，可这个念头在万俟子琅跪下来的瞬间消失。

因为跪在蒲团上的前一刻，她抬眸清楚地看见了泥像隐藏在黑暗中的脸。

那是一张狗脸。

"……"

万俟子琅盯着仙娘子的脸看了一会儿后才收回目光，跪在蒲团上，磕了一下头。

速战速决，希望不要出什么意外。

她动作很快，一下、两下，尚无事发生，可当她第三次抬起头来时，动作却忽然一停——

流血了。

仙娘子的眼睛里涌出了大量的鲜血。

那张狗脸已然被血布满，乍一看，竟然跟供桌上的狗头一模一样。

万俟子琅："……"

万俟子琅："你知道吗？几个月前我曾打爆过很多个狗头。"

泥像没有动。

僵持了一会儿之后，万俟子琅站起来，拍了拍膝盖上的土，走了出去。她脸上一向没什么多余的表情，但宋分题还是察觉到了不对劲。

"没什么大事，等结束了再说。"她一边说，一边拉了一下桑肖柠的衣角。后者立刻会意，冲着她比了个 OK 的手势，随后进入了祠堂。

几分钟后，她平安地出来了："那泥像什么事也没有。"

宋分题、陈清酒等人进去磕头后也没有看见仙娘子流泪，最后只剩下了宋命题——轮到他的时候，宋分题才发现他不见了，一扭头就看见宋命题揣着小蛇崽崽在后面的草垛里睡得四仰八叉。宋分题面无表情地走过去，抬脚就踩在了他露出来的肚子上。

"感冒了活该。"

宋命题吃了一惊，揉揉眼睛打了个哈欠，跟他哥对视一眼后又看向了他哥踩在自己肚子上的脚，沉默一会儿才问："我明白了，亲吻你的右……"

宋分题一巴掌扇了过去："滚下去，去祠堂里磕头！"

宋命题委委屈屈地爬了起来，肩膀上盘着小蛇，两个人一起进了仙娘子庙。他们的身影消失后，万俟子琅忽然回头问了一句："刚才说规则的时候，宋命题在吗？"

宋分题："……"

宋命题云里雾里的，人已经跪在了蒲团上，眼角还有生理性的眼泪。他一边擦一边磕头，磕到第三个的时候，他看见仙娘子泥像的漆黑眼珠缓缓转动了一下。

随后那张惊悚的狗脸上，露出了诡异的笑容。

宋命题说："你瞅什么？没见过单亲爸爸吗？"

小蛇崽崽："我有妈妈的……"

它刚嘀咕完，狗头的眼睛里就涌出了血泪。

他们同时倒吸了一口凉气，小蛇用尾巴尖戳了一下宋命题的脸："爸爸，你把人家弄哭了。"

宋命题连忙爬上了供桌，抬手给它擦了擦眼泪："对不起，我不该凶你的，我最不喜欢女孩子哭了……"

小蛇崽崽："不哭不哭，嗯……"

宋命题一擦一手血："怎么还哭得停不下来了。"

小蛇崽崽："怎么办，爸爸，我刚才好像听见他们在说不能让泥像哭什么的……"

"不能让泥像哭吗？我不知道啊，我刚才在睡觉呢。"他紧张了起来，然后思考了几分钟，几秒后他右手握拳往左手一砸，"有了！"

宋命题脱下了外套，直接包住了泥像的头，深情款款地说："听人说，当眼泪忍不住的时候，就可以用衬衫把整个脑袋包起来，这样，你的眼泪就流不出来了。"

但显然没有用，泥像眼睛里流出来的血，很快浸透了他的外套。

宋命题沉默了一会儿，直接愤怒地一扯："外套弄脏，我哥会杀了我啊！"

——他本来只想扯外套，但没想到用力太大，随着扑哧一声，狗头被一起扯了下来。

宋命题跟手里的狗头面面相觑。短暂的沉默过后，他若无其事地将狗头塞进了供桌底下，然后一路溜达着走了出去。

几个镇民都一脸惊诧地看着他。

浑身是血的宋命题镇定道："我什么都没遇到，我很安全。"

胡荔："你看见仙娘子流血泪了！你绝对看见了！"

宋命题："你不要血口喷人！我没有把它的狗头扯下来！"

宋分题从后面踹了宋命题一脚，然后将他挡在了身后："既然已经参拜完了，我们可以离开这里了吗？"

"走？"胡荔的表情有些阴沉，"你们现在走了，绝对会死人！"

宋分题彬彬有礼道："死的只是看见流血泪的人吧？那问题不大……"

宋命题："哥哥！我们之间没有真情了吗？"

"滚。"宋分题抽出了柴刀，架在了他脖子上，温柔道，"再满嘴放炮，我就在你被别的东西弄死之前先杀了你。"

万俟子琅："先听听他们怎么说吧。"

"不用，宋命题死就死了……"他话说到一半，忽然看到了万俟子琅的眼，脑海里跟着闪过了什么，然后抚了一下额头，瞬间明白了过来，"不是吧，你也中招了……"

桑肖柠："中什么了？子琅你哪里难受？"

旁边陈卿卿坐在轮椅上，冷笑了一声，阴阳怪气道："真是的，本来可以直接走了……看来，拖油瓶是谁还不一定呢。"

陈清酒紧张道："姐姐！"

眼下情况明了，胡荔也反应过来："看见仙娘子流泪的有两个？这……"

他旁边站着那个叫风与暮的镇民，闻言嘀咕了一声："干吗这么好心，跟我们又没有关系……"

"那也不能见死不救！"胡荔深吸了一口气，"你们跟着我来。"

他带着万俟子琅等人走上了一条小道。这座镇子确实年代久远，离开大路之后，就都是狭窄的土路，七拐八绕之后，他们终于到了胡荔家。

房屋的墙壁建得很高，但里面陈旧，院子里还有一座不小的牛棚，恶臭的畜生味儿一股股地扑面而来。

这镇子似乎停电很久了，胡荔借着微弱的火把光，去里屋翻找了一会儿，然后拿着两张狗皮走了出来，严肃地递给了万俟子琅。

"这是能救你们性命的东西。"

风与暮也一直跟着，看见这个情况后，神色当即紧张了起来："不是吧，老胡，你疯了？你家就只剩下这两张狗皮了！"

胡荔摇了摇头："救人一命，胜造七级浮屠。"

风与暮翻了个白眼："我可没这么好心。"他话刚说完，院子外面忽然传来了几道阴森的狗吠声。

那声音由远及近，风与暮的脸色直接变了，然后扭头就跑："仙娘子来了！"

万俟子琅："仙娘子来了？"

"来不及解释了！"胡荔额头上全都是汗，"你们听我说！我们这座镇子被仙娘子纠缠很久了！它每天晚上都会来，然后杀

251

死那些没有参拜或者参拜了但看见它流血泪的人！想要活命就只有一个方法！"他吞下了一口口水，继续道，"虽然没有人真的见过仙娘子，但我们看过它的影子，它是一条巨大又恐怖的狗，但是它只杀人不杀狗……你们必须披上狗皮，躲在牛棚里，如果听到仙娘子进了院子，就立刻趴好学狗叫，一直叫到它离开为止，熬到第二天天亮就可以了！"

他说这些话的时候，门外又响起了几道慌乱的脚步声。

像是有其他经过者被这里的镇民救助了，还能隐隐约约听到一个男人感激涕零的声音："大娘，真的谢谢你！我听人说每张狗皮只能用一次，我只是路过，没想到会看见仙娘子流血泪……要不是你，我今晚可能要死在这里了。"

紧接着大娘的声音响起："我可不是只做善事不求回报的人，这里的狗皮太珍贵了，作为交换，你得给我一些物资。"

那男人立刻答应了下来："好！没问题！"

——然后就是关门的声音，不知道是不是巧合，那大娘的家刚好就在胡荔家隔壁。

宋分题等人本来也想留下来，但是被阻止了。

胡荔："不能靠太近！他们两个有狗皮，你们没有，凑太近还没有狗皮的话，仙娘子会把你们杀了……而且你们必须赶紧睡着！睡着了才最安全！"

虽然心存疑虑，但留下来的两个人一个有空间，一个算是不死之身，所以宋分题等人也没有太大问题，还是离开了。

远处的狗吠声越来越大，十几分钟后，原来若隐若现的火光已经散得差不多了，整座小镇都沉浸在了寂静与夜色中。

胡荔也瑟缩着躲进了自己的房子。

午夜时分，附近鼾声四起。宋命题躺在牛棚的茅草堆里，把狗皮盖在了身上。他戳了万俟子琅一会儿，还试着跟她盖一张狗皮——在未果之后，他忽然一摸头："对了，我头呢？"

小蛇恩恩用尾巴尖摸了摸他的头："你的头在你的脖子上呀。"

宋命题："不是这个！是美人头！小美！"

小蛇恩恩犹豫了一下："既然你一定要这样的话，那好吧……你长得很美哦！"

万俟子琅一把抓住了他乱摸的手："别翻了，你找不到的。美人头在我的空间里，上次你死在信鸽协会那里，我帮你把美人头收好了。"

宋命题心满意足道："孩子他妈你真好，那你现在能把小美给我吗？我想小美了。"

万俟子琅把美人头找了出来，丢给了他。

贝采薇："为何我的眼中常含热泪……"

宋命题："因为你爱我爱得深沉。"

贝采薇绝望地闭上了眼。

宋命题把小美枕在了头下。万俟子琅则坐了起来，靠在了墙角里，准备闭目养神，但是她的眼睛还没闭上，就忽然"嗯"了一声，然后伸手一抓。

抓到了一根黑色的狗毛。

万俟子琅："我们身上披着的狗皮是黄棕色的，为什么这里会有黑色的狗毛？"

宋命题毫不在意："镇子里的狗这么多，有点其他颜色的狗毛很正常啦。"

万俟子琅还没说什么，远处的狗吠声就忽然大了起来，像是有什么东西正在狂奔而来，狗吠声越来越大，越来越大，下一刻戛然而止，似乎停在了墙外。

仙娘子来了。

伴随着仙娘子而来的，还有一股掺杂着血腥气的狗腥味。

万俟子琅单手按住了宋命题的头，将他按了回去，然后坐在了他身后，披好了狗皮。

就在此时，微弱的月光下，离他们不远处的墙头上，已经骇然多出了什么东西……

那是个长着狗头的恐怖女人。

它身材丰腴，脖子上的狗头却面容狰狞恐怖，可奇怪的是，跟他们在祠堂中看到的不一样，它脖子上的头是肉色的，似乎是被……

它呼哧呼哧地喘着粗气，已经翻进了院子里，然后趴在地上，用鼻子嗅地上的味道。

万俟子琅一言不发地捂着宋命题的嘴，看着仙娘子距离牛棚越来越近，但就在即将进入牛棚的时候，它却忽然一扭头，转身进了厨房——里面很快就传来了嚼肉的声音。

万俟子琅皱眉道："怎么去厨房了……你看到它的头了吗？"

宋命题："看到了，好大一颗狗头，居然比我们小美还好看。"

贝采薇："那你去要那颗狗头好不好啊！"

宋命题把美人头举了起来，悄无声息地看了她一会儿之后，忽然轻声问："你吃醋啦？"

万俟子琅没管他在干什么，继续道："它头上的皮肤，好像被剥了……"

宋命题"啊"了一声："这个我知道，我跟我哥在进入噩梦时代前曾路过这里。仙娘子是出了名的狗肉镇，他们每年都会举办狗肉节……镇上屠宰牲畜的方式都很残忍，比如说杀兔子……"

万俟子琅："剥皮……"

她咬了一下手指，然后忽然一顿，随后一把掀开了身上的狗皮。掀了自己的还不算完，宋命题身上的狗皮也被她一把掀掉了。后者立刻在草堆上扭了两下："讨厌啦！在牛棚里……你也太会玩啦。"

万俟子琅抓住他的衣领，将他拉了起来："跟我一起来砸墙！隔壁那个男人叫童安酿，我听到他同伴喊他的名字了！我们得让他把身上的狗皮脱下来！"

她抓起美人头就想动手，却被宋命题一把拉住了。

"你怎么可以这么欺负小美！"

贝采薇难得有些感动。

然后她就感觉自己被抢了回去，宋命题认真道："这么好的事情让我来干啊，嘻嘻。"

贝采薇："我——"

他抄起美人头，就往墙上砸。咚咚两下之后，隔壁就响起了一道紧张不安的声音："谁？"

"跟你一样经过这里的好人。"宋命题把脸贴在了缝隙上，"我朋友说让你把——"

童安酿："啊啊啊……有鬼啊！！"

他一指头戳在了宋命题的眼睛上。

宋命题委屈巴巴地将头缩了回来，然后快乐地把贝采薇的脸往上面一贴。

那边立刻又是一指。

宋命题："情侣指印，一个在眼上，一个在脸上，喜欢吗？小美。"

贝采薇伸出舌头，盘算了一下咬舌自尽的可能性。

万俟子琅扒开了宋命题，快速爬了过去："童安酿是吧？你快把身上的狗皮脱下来！我们见到仙娘子了，它根本没有伤害我们的意思，只是去厨房找肉吃。我怀疑它只是死在这里的异变狗，帮助我们的镇民才是真正想要我们的命！"

她飞快地将已知的情报说了出来，那边的童安酿却还有些迟疑："真的假的？"

万俟子琅却没有跟他聊下去的心思了，她说完后就马上转过了头，看了一眼还在厨房里哼哧哼哧吃肉的恐怖身影，拉起宋命题，从牛棚这边冲了出去。

出了院子后，万俟子琅就开了联络器，将这边的情况全部讲了一遍。

宋分题："确定了是吗？"

万俟子琅："确定了，我在看见仙娘子进厨房的那一刻就确定了。"

宋分题："我们在镇口的卡车上，你们过来之后就立刻离开这里。你注意安全，让宋命题给你殿后，实在不行的话你就踹他一脚，他被啃的时候你趁乱跑就好。"

但宋分题建议的这个方法没有用上，万俟子琅带着宋命题，一路顺畅地跑回了卡车旁边。远远看到万俟子琅和宋命题时，宋分题已经将车子发动了。

发动机的声音吵醒了后面的陈卿卿，她揉着眼，看清楚之后难以置信道："你们就这么回来了？仙娘子呢？要是它追上来，连累了我们怎么办！"

万俟子琅怀里还抱着宋命题——他跑到一半说累了。万俟子琅和他一起进了后备厢里，面无表情道："那就把你扔下去当诱饵。"

陈卿卿："你说的这是什么话……"

万俟子琅一脚踹在了她的轮椅上，随着一声刺耳的摩擦声响起，轮椅直接被踹到了卡车后车厢末尾。

万俟子琅冷淡地盯着她，道："你听好了，我不管你当着陈清酒的面有多嚣张跋扈，如果在其他人面前你还管不住你的嘴，我保证你活不到明天。"

陈卿卿的脸陡然惨白。陈清酒不安地握住了她的手，劝解道："姐姐，不要闹了……"

有了这么一踹，陈卿卿安静了不少。宋分题在前面开车，桑肖柠给万俟子琅倒了一杯茶水："喝口水压压惊——这么离开没问题吗？"

"没关系。"万俟子琅就着她拿杯子的手抿了口茶水，道，"基本上能肯定镇民在撒谎，仙娘子的行为逻辑跟他们说的对不上。它翻墙之后没有进牛棚，而是径直去了厨房找肉……这样确实很容易让人产生误会，让人觉得是披着的狗皮发挥了作用。"

陈清酒听得云里雾里。

万俟子琅继续道："可只要细想一下，就能察觉到不对。'被狗皮蒙蔽'之后的正确行为逻辑，应该是去下一家继续搜寻没有参拜或看见它眼泪的人，而不是直接去厨房吃肉——除非它本来就对人肉不感兴趣。"

陈清酒细思极恐，讷讷道："可是镇民为什么要撒谎？"

"根据现在的已有条件，我只能确认，他们想要骗我们披上狗皮。"万俟子琅抬起眼睛，看向了被他们甩在身后的恐怖小镇。

"但披上狗皮后具体会发生什么，我不清楚。"

与此同时，童安酿四肢着地，趴在牛棚里，大气都不敢喘。

——仙娘子，就在距离他不到一米的地方。

刚才那两个莫名其妙的人离开之后，仙娘子就翻墙进来了。

他躲在狗皮下偷窥了一眼，差点活生生被吓破胆。他从来没有见过这样血淋淋的狗。现在它就在自己的身边，嗅来嗅去，像是在寻找什么。

他死死地闭着眼，生怕仙娘子发现他不是狗。刚才那两个人说的话他听明白了，可……可都是萍水相逢的陌生人，谁能确定他们说的才是对的？毕竟镇子的人看起来也很真诚啊，那个大娘也不是不求回报的，她是为了物资才愿意将狗皮借给自己……

童安酿浑身都在抖，而这时候，仙娘子嘴里发出了一道奇怪的人声："想吃肉……汪呜，吃肉！吃肉！吃肉！"

它越凑越近了。

童安酿闻到了它身上的血腥味："不要过来……求求你了，千万不要过来……"

仙娘子的声音听起来很含糊，像人声也像是狗吠声。

"这座牛棚里……"

"没有可以吃的肉，不想吃这个东西的肉……"

就在童安酿快要控制不住身体颤抖的时候，仙娘子忽然转身离开了牛棚，然后攀上墙壁，离开了。

"走了……走了！"童安酿大汗淋漓，腿都吓软了，"太好了，终于离开了，我得救了！"

这么看来，镇民说的才是对的，正因为他披上了狗皮，仙娘子才没有伤害他！用物资换了一条命，不算亏！

他缓了缓神，耳中却听到了开门的声音。

"是大娘？她也听到仙娘子走了？"童安酿内心想道。

大娘似乎也在院子里看了几眼，喃喃道："走了啊。"

童安酿松了一口气，正想爬起来好好感谢一下她，但不知道为什么，他还是站不起来，情急之下，他脱口而出："汪呜……汪呜……"

他愣住了，也隐约意识到了什么，于是低头看向自己的手，映入眼帘的却是一双黑色的狗爪。

牛棚的门被打开了，大娘走了进来。她看着地上的狗，露出了一个恐怖的笑容。

"好孩子……真是个好孩子啊……"

第二天早上，大娘听到了隔壁的怒骂声。

"本来以为早上能得到两条新的狗！结果那俩东西居然跑了！汪汪！

"还是我运气好啊，汪汪……"

大娘坐在太阳下的摇椅上，上半身还是人，下半身却是一双狗腿。

大娘哎呀一声，缓缓活动了一下腿，狗腿又变成了人的腿。

"我既没有死在之前的狗肉节里，也没有变成仙娘子，还跟人换了皮……就是不知道，什么时候才能等到下一批来到镇子里的人呢……"

阳光下，这座小镇里到处都响起了若有似无的狗吠声。

这里早就已经没有人类了。

全部是披着人皮的狗，是名副其实的……狗镇。

离开仙娘子镇之后，宋分题跟万俟子琅轮流开车。

他们简单商量了一下，决定往迁移部队那边靠近。

"先保持这个距离就好，要是那边有事我们再过去。"他们走的这条路人迹罕至，如果直接跟大部队的话，他们可能会为了赶路而舍弃一些装备。现在和大部队保持这种不远不近的距离，他们不仅可以随时绕路，也可以在遇到障碍时将卡车收进空间内然后步行。

这几天过得比较顺利，万俟子琅坐在卡车后车厢的铁栏杆上，看着宋命题跟异变体赛跑。

他要是跑输了，就会把对方的晶核抢走然后通过自杀回来；他要是跑赢了，就直接通过自杀回来——脑子正常的人一般都不能理解这种游戏的乐趣在哪里。

而令人奇怪的是——

"这些异变体……"万俟子琅在小本上记了个数字，"好像都是向着狸熊市的方向前行？"

3天内，他们总共遇到了1380个异变体，每个异变体都无一例外地朝着狸熊市前行，只偶尔会有一两只被他们吸引，跟在他们后面。可当它与目标之间的距离拉远后，异变体还是会掉头重新朝狸熊市的方向前行。但万俟子琅现在想再回狸熊市调查已经不可能了，所以只能暂时作罢。

天气已经没有前几天那么冷了，后车厢里的通风口也被打开了，桑肖柠取了一批肉出来，先将不同品种的肉类分别切成薄片和肉丁，然后加入胡椒、盐、料酒、酱油等各种作料腌渍了一整天。

"刚刚死里逃生，我们要吃顿好的。"

万俟子琅："你的鼻子上溅到酱油了。"

桑肖柠努力看了一下："哪里？我看不到。"

宋命题："看不到没关系啊，把鼻子割掉就……"

宋分题一脚把他踹了下去。

万俟子琅垂下眼帘，用指腹擦掉了桑肖柠鼻子上的酱油。桑薛糕一直都在旁边看着，看完之后严肃认真地拉了拉他妈妈的衣角："妈妈，我的。"桑薛糕的语言沟通能力已经比之前强了不少。

这段时间因为宋命题反复"作死"，小蛇恩恩被勒令不准再跟着他，所以只能就近盘在小团子的脖子上，两个小朋友很快就混熟了。

小蛇恩恩听见桑薛糕这么说，也有样学样，用尾巴尖尖一指万俟子琅，道："那个妈妈是我的。"

然后它偷偷瞅了一眼坐在角落闭目养神的妈妈，悄悄凑近了小团子，在他的耳边说："我妈妈超爱我的。"

桑薛糕想了想："我妈妈也是。"

小蛇恩恩："我妈妈会给我喂肉肉的。"

桑薛糕："我妈妈也是。"

小蛇恩恩："我们妈妈都是！那我们两个也是绝配！"

小团子的逻辑思维能力比小蛇恩恩的好一点，显然注意到了这话并不成立，所以没说话。但小蛇恩恩浑然不觉，甜甜蜜蜜地跟他贴了贴脸。

傍晚的时候，卡车停了下来，四下无人，他们在卡车里烤了一顿肉吃。

铁锅里的油冒着热气，油本身的香气就刺激着众人的味蕾，被腌入味的肉吱吱作响，薄薄的一片贴在铁锅内壁上，眨眼的工夫就变了色，烤肉的香气也弥漫开来。

用清爽解腻的生菜包裹好被烤得微微发焦的肉，轻轻咬一口，从味蕾到胃，都能被肉香味完美满足。

小蛇崽崽慢慢地吞咽着，吃饭的样子乖乖巧巧。

谁知小蛇崽崽一抬头，就看见桑肖柠给小团子喂了一口肉，嘴里的烤肉顿时吧唧一声掉了出来。

原来妈妈真的会给宝宝喂烤肉吗！！！

"妈妈！"小蛇崽崽马上叼起一块肉，吹吹凉，放在了万俟子琅面前，"妈妈，肉肉。"

在小蛇崽崽满怀期待的目光里，万俟子琅面不改色地把肉吃了下去。

万俟子琅："谢谢。"

小蛇崽崽："不客气哦，妈妈。"

可能是因为妈妈没吃饱吧，要先让妈妈吃饱，吃饱了才有力气喂小蛇崽崽。

——就抱着这样的心思，小蛇崽崽成功地把万俟子琅喂饱了。

小蛇崽崽："……"

"呀，这条小蛇怎么忽然就哭了？"桑肖柠怀里还抱着桑薛糕，"过来，让阿姨摸摸。之前一直没来得及问，这条小蛇是跟着你从柿子树那边回来的吧？虽然会说话，但是看上去蛮小的，满月了吗？有名字了吗？"

万俟子琅："……"

她平静地往嘴里填了一口烤肉："有，就叫小蛇崽崽。"

桑肖柠："没给它起名字对吗？"

宋分题叹气道："现在想吧，总不能一直叫小蛇……"

万俟子琅："好……"

"等一下！"桑肖柠忽然紧张了起来，"我来想！"

宋分题愣了一下，还没明白她为什么忽然着急，就听见了万俟子琅的声音。

"我起就我起，它在山洞里面出生就杀死了一棵巨大的柿子树，骁勇善战又忠心耿耿，既然这样……"她一抬眼，"我们就叫它'巨大'吧。"

宋分题："……"

他沉默了一下，若无其事地看向了桑肖柠。

"你刚才说的那个名字，就很好。"

桑肖柠："我刚才……"她大脑飞速转动，"我刚才说它叫 wèi……"

她顿了一下，宋分题立刻往下接："wèi……名字呢？"

万俟子琅："巨大……"

桑肖柠一紧张，一眼看见了烤炉上的栗子，立刻道："名字就叫栗！栗子的栗！"

万俟子琅："巨……"

宋分题果断地跟桑肖柠一击掌："蔚栗！"

桑肖柠："蔚栗！"

万俟子琅："好吧，那'巨大'我留着给别人用。"

两个人同时松了一口气……桑肖柠摸了一下完全没有意识到自己躲过了什么的小蛇崽崽的头。

旁边的燕归咬着筷子，悄悄蹭了过来："姐姐，我可以改名叫'巨大'哦。"

万俟子琅："不给你，'巨大'这么好听的名字我要留给龟龟的儿子。"

旁边的桑肖柠给小蛇恩恩喂了一块肉："你妈妈不是不爱你，她只是不太明白你的心思而已……"

见桑肖柠抱住了小蛇恩恩，旁边的陈卿卿眼珠子一转，夹起一块肉，放到了桑薛糕碗里："宝宝，吃肉。"

她的动作很隐蔽，小团子龇了龇牙，却又想起来妈妈不让自己随便凶人的话，顿时委委屈屈地闭上了嘴。

陈卿卿脸上立刻多了一些得意的神情，只要身边没有人，她就会不停小声地给小团子灌输一句话——我是你另外一个妈妈，你应该亲近我，喜欢我……

几天后，宋分题坐上了副驾驶座："那边的人好像停下来了，出什么事情了吗？"

他们的车距离最零散的那一队人类迁移队伍不算很远，万俟子琅从空间里取出来了另外一辆车："我去看一下。"

然后她就驱车去了那边。

虽然上次匆匆离别，但里面还是有不少人认识万俟子琅，她接受了简单检查之后，就被带了过去。

一段时间没有见，那几个救援人员都憔悴了不少，正聚在一起神情严肃地商量着什么。

万俟子琅一眼就看到了尚嫄。

还有些冷的天，尚嫄上半身只穿了一件方便活动的贴身长袖，腰间系着外套，裂了好几个口子的军靴也只是被简单地缝合了一下。她身上虽然脏兮兮的，眼睛却还明亮自信。

尚嫄在看见万俟子琅之后一愣，随后拍了一下她的肩膀："好久不见了。"

"好久不见。"两个人颇有默契，万俟子琅单刀直入，"你们情况怎么样？”

"之前的情况还好，你走了之后，我们在 B 大那边度过了蛮长一段的稳定期。那边有柳树坐镇，我们也找到了网络上有关噩梦时代来临前的预言帖，虽然能对上的变异类型不多，但情况至少没有再恶化下去。"尚嫄的语速很快，"网络信号的异常你应该也知道了，这个影响虽然有，但是着急也没用，因为我们现在急的是另一个问题。"

她抬起下巴，示意万俟子琅往前看。

不远处是一片森林的入口，树木变异程度不大，但也变粗变高了不少——一棵树至少有五人环抱那么粗，差不多是十八层楼的高度。

最前面的十几辆军用卡车行驶在这片林子前，像是土壤中爬行的虫子。

万俟子琅："是因为这片森林？"

"嗯。"尚嫄犹豫了一下，忽然压低了声音，"我们每经过一处可能存在异变的地方，都会派遣探测员先进去看看情况。"

"探测员……是什么时候进去的？"

尚嫄竖起了三根手指。

"三天前。"

万俟子琅张了一下嘴，还没等她问出口，尚嫄就已经回答了她："探测员没有在树林内失踪，都活着回来了，可……他们带回了一个很奇怪的消息。"

万俟子琅："什么？"

尚嫄稍一停顿，声音有些晦涩。

"这片森林，好像是活的。"

第十章

林丝
活菟

活的森林。

"是柳树那种……"

"不，完全不一样。"尚嫄皱眉道，"据探测员说，他们进去之后就有一种强烈的被窥探感，然后没过多久，就陆陆续续地在里面看见了很多挂在绳子上穿着黑色衣服的'人'，面色惨白，跟尸体几乎一模一样，但仔细看过去的话，又不是真正的尸体，我们给它们起了个称呼，叫伪人。"

伪人……听起来跟之前的紫砂林有些相似，但好像又完全不同。

"那些挂在树上的伪人一直盯着他们，他们看不到伪人的脸，但能从伪人身上感受到很恐怖的感觉……就好像再往前走一步，就会被杀掉一样。"

确实有些诡异。

万俟子琅沉思道："正常来说，遇到这种情况时，最好的办法就是绕路……"

"这也是我要跟你说的'树林是活的'这件事。"尚嫄语气有些不安，"我们最开始想的办法确实是绕路，但我们绕了几十米之后，就发现了一件更恐怖的事情。

"这片树林也动了。"

万俟子琅："……"

说到这里，万俟子琅大概也明白了。尚嫄这边的人数太多，他们没有办法灵活地反复进行试探这片树林究竟会跟着他们移多远，所以只能重新想办法穿行。

"那你们现在是在？"

"我们有两个植物异能者，你知道的，虽然植物异能者的本命品种未必完全一样，但他们对所有植物都有一定的亲和力。"
尚嬿看向了深不可测的森林，"我们准备派遣他们，进去再探一下路。"

万俟子琅："我们这边也有一个植物异能者……"

尚嬿："能让她来一下吗？你放心，我们不会强迫她，只是问问她愿不愿意跟我们交易。"

陈清酒这段时间确实一直在说她需要想办法找物资——毕竟她跟她姐姐不能一直靠着其他人照顾。所以万俟子琅没有犹豫，给那边打了个电话。

陈清酒赶过来之前就了解了这边的情况，所以很快就点头同意了。

这边需要帮忙，两边人分开也不方便，所以宋分题等人也很快开着车子赶了过来。

预定进入森林的时间是第二天清早，救援人员这边派出了两个植物异能者、一个鹰眼异能者和一支训练有素的队伍。万俟子琅主动申请加入。

桑肖柠仔仔细细地检查了她随身携带的小包："能量棒、压缩饼干和牛肉干在左边的口袋里，绳子一类的在中间，药物在右边，记住了吗？"

万俟子琅："放心就好。"

桑肖柠："一定要注意安全！"

她知道万俟子琅经验丰富，根本就不需要她多余的帮助，但是……这时，陈清酒忽然在旁边怯生生地喊了她一声："桑姐，我有话想跟你说……"

她引着桑肖柠远离了人群，站定后才咬了一下嘴唇："我马上要跟子琅走了，除了我们俩以外，队伍里只有你和我姐是女孩子，你们可能会走得比较近，所以这次我想拜托你一件事。"

桑肖柠："你放心就好，我会照顾好她的。"

"不是！"陈清酒声音忽然提高了一些，甚至吓到了她自己。她神色紧张，看了一眼不远处的陈卿卿后才重新压低了声音，"我是想跟你说，我姐……我姐很不喜欢你，我走了之后，就没人能拦住她了。如果你发现她有想要伤害你的意思，一定要反抗，实在不行……动手也可以。"

桑肖柠愣了一下，陈清酒的眼睛已经红了。

"欠她的人是我，不是你，我不会放任她伤害你的，桑姐……"

她一把抱住了桑肖柠，泣不成声。

"我好累啊，桑姐。是我毁了她的一辈子，所以我应该用自己的一辈子去偿还……但是我真的好累啊，桑姐……"

桑肖柠轻轻地摸了摸她的头，却没有说任何安慰的话。

一直以来没有人愿意插手陈家姐妹的事情，也是因为如此。

除了陈清酒自己，没有人能帮助她解脱。更何况她早就深陷泥潭，拔不出来了……

很快到了出发时间，队伍整装待发，很快就进入了森林。

几个异能者站得比较分散，万俟子琅飞快地认了一下人。鹰眼异能者叫白木槿，是个二十多岁的女孩子，噩梦时代到来前好像是一个练长跑的体育生，很明显是个"E人"，看起来似乎被军方保护得很好，有些大大咧咧，非常自来熟。两个植物异能者一个叫钟意，另外一个叫令狐玖。钟意今年五十八岁，但身体锻炼得不错，之前好像也做过健身房的教练，神情严肃，皮肤黝黑；令狐玖的年纪跟白木槿差不多，性格却多少有点不着调，虽然看上去有些紧张，但时不时也会"满嘴跑火车"。

白木槿在队伍边缘，左右看了几眼："跟之前进来的探测员说的一样，这里的树木虽然不高，但枝叶也太密集了。"

　　现在是清晨，众人进入树林后，天空被硕大树冠遮挡，光线难以进入，林子里似乎直接变成了深夜。

　　鹰眼异能者白木槿皱眉道："而且我的视力好像受阻了，好奇怪啊，我现在能看到的距离好像缩短成了三十多米……"

　　"确实不对劲儿。"植物异能者钟意试探了一下，"按理来说我在树林里会感受到树对我的亲切，可在这里……我只感受到了寒意。"

　　万俟子琅手里拿着指南针，冷静道："说话声音都小点。"

　　植物异能者令狐玖打了个寒战："不、不然我们还是回去吧……"

　　万俟子琅头也没回，道："回头看一眼再说这种话。"

　　她这话一出，周边几个人立刻都回过了头，然后发出了一阵阵的惊呼。

　　"进来的路不见了！怎么会这样！"

　　"我们进来之后就是这个样子了。"万俟子琅摆弄了一下指南针，"请大家保持安静。"

　　"可是你手里的指南针也失灵了……"

　　万俟子琅："安静！"

　　她抬高声音之后，周围的嘈杂声终于消失了。

　　万俟子琅有些无奈地抚了一下额头，一同进来的没有异能的救援人员此刻都很冷静，但拥有异能的这几个人却有些慌乱。万俟子琅也明白，因为这几个异能者在噩梦时代来临前都是普通人，忍不住慌乱是正常的，她也没有过多苛责——而且大家都带了脑子，她第二次说了"安静"后，白木槿等人也渐渐学会了压低声音。

"指南针的事情不用太担心，坏了就坏了，大家跟着我走就好。"她戳了一下头顶上的乌龟，"龟龟，能闻到南方在哪里吗？"

乌龟："……"

旁边的人都无声地看着她……看着万俟子琅开始往前走之后，才有人压低声音问了几句。

"靠谱吗？"

"她头上顶的不是乌龟，而是乌龟形状的指南针？"

"可是在动欸……"

"噩梦时代来到之后变异类型这么多，可能这只乌龟刚好进化出了指南针异能呢？"

万俟子琅听得一清二楚，但是她并不在意，只拉着白木槿走在最前面——她要是松手，白木槿很有可能马上就退回到人群里了。白木槿对此倒是没什么异议，大概是因为万俟子琅太冷静了，所以白木槿感觉靠在她的身边会比较有安全感。

"不要看我，看前面。"

白木槿脸一红："好……"她忽然一停，然后急促道，"前面！前面的树上出现了好多绳子！"

万俟子琅没有问是几点钟方向，而是直接托起她的手："指一下！"

白木槿这才反应过来，飞快地指了一个方向："就在那里！但是我的感觉很奇怪，眼睛像是被蒙上了一层纱布似的，看不清绳子的具体样子……"

万俟子琅："那能看出数量吗？"

白木槿："大概可以！应该有……三十根左右！"

她说完这句话后，万俟子琅忽然转过了头："只有绳子？"

"对，四周空荡荡的，只有绳子悬挂在那里……"

万俟子琅抿了一下嘴，跟那边几个经验丰富的救援人员对视了一眼，然后对十几个人迅速做了安排："两个人手牵手贴近一点，最后一排的人倒着走或者让人背。我们加快进度，看能不能直接从这片树林里穿出去。"

生死攸关的时刻，没有人敢磨蹭，他们很快两两组队，然后在乌龟的指引下朝着一个方向走。

陈清酒牵着万俟子琅的手，跟跄了几步："子琅，你慢点……"

万俟子琅一言不发。

慢不了。

白木槿只看见了绳子，但绳子下没有伪人，这跟第一次进来的探测员看到的不一样——那么为什么绳子下会空空如也？挂在绳子上的伪人又去了哪里？

在这里多留一分钟，就会有多一分的危险。

她走在最前面，很快就看到了白木槿所说的那些绳子。

它们悬挂在高大的树木上，底端空无一物，风一吹就微微晃动，散发着诡异的气息。

白木槿趁机抓了上来——万俟子琅差点给她一拐子，发现是她后才收了动作。白木槿浑然不知道自己差点挨揍，只小声地问："我害怕，你多抓一个人可以吧？"

其实不太可以，现在万俟子琅一手抓一个人，一旦遇到危险，很难立刻进入战斗状态，但是……

她看了一眼白木槿紧张又不安的青涩脸庞，微微叹了一口气，说了一句"你松手"，然后在白木槿松手后主动握住了她的手腕。

白木槿感动得眼泪都差点掉下来："你的手好暖……"

就这一小会儿的工夫，后面的人也跟了上来，万俟子琅不再迟疑："我们绕开这片绳子，跟上。"

然后她抬腿就想走，但就在这时候，队伍后面忽然有人发出了一声尖叫。

令狐玖一个激灵，差点当场尿了裤子："你叫什么！"

万俟子琅也转头看了过去，发现尖叫出声的竟然是救援人员，他满脸惊慌："你们没看到吗？"

救援人员抬手一指。

"前面有好多……好多穿着黑衣服的伪人！它们站在一起，组成了一面金字塔形状的人墙……"

万俟子琅立刻将头转了回去，可她的面前仍旧是空荡荡的，什么东西都没有。她握着白木槿的手腕一用力，后者还没开口说话，他们身后就再一次传来了一道凄厉的惨叫声。

"它们过来了！"

此话一出，万俟子琅的心立马一紧！糟了！

"都在原地站好，不要乱跑！"

但已经晚了，因为人群内接二连三地发出了刺耳的尖叫声。

"它们的脖子上有勒痕！"

"我看见它们的脸了！跑啊！"

这次进来的救援人员中，很多都不是训练有素的军人，虽然经验丰富，但面对这种诡异的事情时，心理抗压能力不够强大，几道尖叫声过后，人群就一哄而散。

陈清酒也没有控制住自己，她松开了万俟子琅的手，拔腿就想跑。

万俟子琅抓着同样挣扎着想离开的白木槿往前一冲，然后手肘用力一抵，将陈清酒按在了树上。

两个人的身体紧紧贴在树上，陈清酒看着万俟子琅近在咫尺的脸，口鼻都被她的手捂住。

"别动！"

少女肌肤上有汗水，却并不难闻，甚至带着一点少女特有的体香，配上冷静的表情，让人莫名觉得……紧接着少女一扭头，对白木槿凶道："你也是！别叫！"

白木槿立刻委屈地闭上了嘴，喃喃道："伪人，呜呜呜……好多伪人……我也看到了……"

"没有伪人！"万俟子琅咬紧了牙，"我们上当了。"

陈清酒："可是我也看到了，就在前面……"

万俟子琅："低头。"

陈清酒还没反应过来，万俟子琅就松开了捂住她口鼻的手，然后一把按住她的头顶，用力往下一压，同样也松开了白木槿，用这只手抄起乌龟，重重地砸在了陈清酒的头顶。

陈清酒低着头，不知道万俟子琅砸中了什么东西，但是她听到白木槿惊呼了一声，随后就感觉到有冰冷的液体飞溅了出来。

一时间，森林中只听到液体扑哧扑哧的飞溅声。

几分钟后，万俟子琅松开了陈清酒，对着白木槿的头顶上方也来了几下，随后重新将乌龟放在了自己头上。

陈清酒活动了一下脖子："忽然感觉轻快了好多……这是什么？！"

万俟子琅神色严肃，看了一眼地上那两个脑袋被砸烂的伪人。

"前面确实是空的，你们会看到那些东西，应该只是因为……"她呼出了一口气，"你们的眼睛被蒙住了。"

——绳子末端的伪人全部失踪，那它们究竟去了哪里？

答案很简单——

它们坐在了外来者的肩膀上，然后捂住了所有人的眼，在他们面前制造出了"幻觉"。

"有点像是猪笼草……"

龟龟指出的方向不会错，制造幻觉的目的在于让人群分散，让他们偏离正确方向……

离开了正确方向，然后会发生什么？

答案显而易见。

跑掉的人，会深入密林，然后遇到……密林中真正可怕的东西。

陈清酒："可是为什么只有你没有产生幻觉？"

乌龟趴在万俟子琅脑袋上，默默伸出头，看了她一眼，然后缓缓地用爪爪抱紧了万俟子琅的头发。

白木槿讷讷道："就、就因为一只乌龟？"

万俟子琅："龟龟的名字叫乌龟，但它不是乌龟，它是王八。"

乌龟："……"

万俟子琅："王八。"

乌龟跟她对视了一会儿，把头缩了回去。

陈清酒："那我们现在该怎么办？先、先离开这片林子吧？"

万俟子琅："你先带着白木槿走，现在已经很接近密林边缘了。你们出去之后马上开始给散开的人发消息，我先往那边追，能救一个算一个。"

她正准备走，陈清酒却忽然目光坚定地抓住了她。

"我跟你一起！我能感觉到，这片林子中有我的本命植物！所以在这里我应该是比较安全的——让我帮帮你吧！我不会拖后腿的！"

白木槿："那我、那我……"她一咬牙，"我也不拖后腿！我一个人可以出去！我现在视力恢复了！我知道怎么出去！"

万俟子琅没有废话，立刻点头同意，然后根据乌龟指出的方向，快步朝着散开的人群追了过去。

陆陆续续的尖叫声传了过来。

树木越来越密集，天空也越来越阴暗。

万俟子琅的速度很快，她接二连三地拦住了很多人，将他们肩膀上坐着的伪人全都砸烂之后，还有行动能力的人重新加入了救援队伍，但还是有一些跑得太快的人，已经钻进了密林的更深处。

万俟子琅拦住了想要过来帮忙的人，只带着陈清酒越走越深。

终于——

"我感觉到了，这里好像就是……"陈清酒的声音夹杂着恐惧，整个人都在瑟瑟发抖，"密林中心……"

环境已经彻底变了。

雾气缭绕，树木高耸入云，枝干扭曲，树叶斑驳，时间在这里似乎完全停止，让人感受不到一点生机，中间位置还有一座血色的小湖泊。

湖泊只有篮球场大小，但里面的场景，却让陈清酒哇的一声吐了出来。

红色湖泊，密密麻麻的人被浸泡在里面，中间生长着一株很小的血色植物，只有半个手掌大。

跑得最快的是令狐玖，他已经陷入了湖中，正在哭喊："救我——救救我！！"

陈清酒："别过去！他要被拉进湖水中了！"

"可以救！"万俟子琅掏出绳子，将乌龟捆在了顶端，然后奋力往前一扔，恰好扔在了令狐玖前面。

"抓住！"

令狐玖跟见了救命稻草一样："我拉住了！"

陈清酒："我来帮你一起往上拉！"

两个人费尽全力，把令狐玖拉了上来。

他只在湖水里泡了几分钟，身上的衣服就被腐蚀干净了，皮肤上也起了大片的红疹。此刻，他还有些颤抖，满脸都是恶心的表情，飞快道："快……我们要立刻离开这座林子！

"这里不对劲儿！钟意也就算了，我的本命植物是杨树！普通植物是绝不会对我有恶意的！"

"但是……"令狐玖趴在万俟子琅背上，声音颤抖，"但是湖中心的那株植物，让我觉得恶心，极其恶心……我的潜意识告诉我，无论如何，都不要靠过去……"

万俟子琅已经背着他蹿出去几十米了，闻言追问道："那植物的外表好像已经变异了，我认不出来——你是植物异能者，你知道那株植物是什么吗？"

令狐玖边咳嗽边说道："我感受到了，是……"

"先别说这个了！"陈清酒焦急道，"我们先出去再说！"

但令狐玖已经说出口了。

两个人的声音虽然重叠在了一起，但万俟子琅还是听清了。

在听清的瞬间，她忽然明白了什么，一股凉意从心底蹿了上来。

森林外面。

除了最前面需要时刻关注内部消息的救援人员外，其他人都在休息。

天空阴沉沉的，桑肖柠哄睡了孩子，蹲在了陈卿卿身边，开始慢慢地给她揉捏双腿。

桑肖柠其实已经很久没有这样做了，可这次陈清酒是陪着子琅去的，陈清酒在里面帮万俟子琅的忙，那她就多照顾一下陈卿卿，也算是还人情。

陈卿卿原本在睡觉，被按了几下之后呻吟了一声，睁开了眼。

在看清楚眼前的情况之后，她沉默了很久才问道："桑姐，你是不是喜欢陈清酒比喜欢我多啊？"

桑肖柠没抬头："问这个做什么？"

陈卿卿："没什么，我就是问问，你既然喜欢她比喜欢我多，为什么还要来给我按摩腿？"

"有清酒的原因，但也有别的。"她叹息道，"薛糕还那么小，我希望他能坚强一点。但是我同样也希望他能做一个心地善良的人。"

她看了一眼不远处的小团子，眉眼温柔。

陈卿卿愣怔地看着她的侧脸，忽然哆嗦了一下，然后伸出手，缓缓地抓住了架子上的一把菜刀……

她悄无声息地把菜刀放在身侧，然后轻声道："桑姐，我听到外面有奇怪的声音。"

"奇怪的声音？"他们的卡车在队伍边缘，确实更靠近密林，桑肖柠站了起来，"我去看一下……"

小团子警惕地睁开了眼睛，然后揉着眼睛站了起来："妈妈乖乖，我去找命题哥哥看，喵……"

他迈着小短腿，嗒嗒嗒地走了出去。

陈卿卿笑道："真是个乖孩子啊……不过年纪实在是太小了。对了，桑姐，你有没有想过，让他认个干妈什么的？"

桑肖柠："干妈？"

宋命题忽然一头冲了进来："谁？谁这么丧心病狂要干妈！小蛇崽崽吗！"

"给我滚出去！"宋分题拉着他的领子将其拖了下去，"肖柠，你们好好休息，外面有我跟命题守着，有事你喊我就好。"

他们两个很快就离开了。

桑肖柠继续道："干妈的事情，我没有考虑过……"

"那为什么不好好想想呢？"陈卿卿语气飘忽得有些诡异，"我知道这些话不太好听，但是桑姐你没有异能吧？而且自保能力还很差，一直都在依靠着别人，没有万俟子琅你早就死了，对她来说，你就是个累赘。"

桑肖柠"啊"了一声，还没来得及说话，陈卿卿就继续道："而普通人在噩梦时代是最难生存的，我是为了你好，也是为了薛糕好，说不定哪天你就死了，以防万一，还是早点给薛糕考虑一下后路吧？"

桑肖柠："这些事情……"

陈卿卿打断了她："我虽然没有腿，但是我有妹妹，我妹妹人品还不错，如果可以的话，我能帮你牵桥搭线，让薛糕先亲近一下我们姐妹俩，到时候如果你死了，薛糕也不至于无依无靠。"

桑肖柠脸上的神情已经表现出了明显的反感："子琅可以……"

陈卿卿冷笑了一声："你确定她可以吗？可是前不久，我亲耳听见她跟宋分题说觉得你没用。"

桑肖柠重重抿了一下嘴，但她的目光却没有半点不确定和难受。

桑肖柠抬起眼，直视陈卿卿。

"我只相信子琅，就算她真的讨厌我，我也只想从她嘴里听到。"

陈卿卿安静地看了她一会儿后，忽然露齿一笑："算了，是我太莽撞了，这些话我不该对你说的……哎呀，我的手链掉在地上了，桑姐你能帮我捡起来吗？"

桑肖柠其实现在已经想走了，但她实在不想看到陈卿卿又为了什么东西而发狂，所以还是选择蹲了下去："我帮你捡起来，你就早点休……"

她低头的一瞬间，陈卿卿就一把抓住了身侧的菜刀，然后面目狰狞，一刀砍在了她的肩膀上。

"去死吧……废物！"

陈卿卿的力气太大，就连轮椅都发出了不堪重负的嘎吱声。

桑肖柠痛呼一声，下一刻却被什么东西死死堵住了嘴。

陈卿卿用力地将一大块布塞进了她的嘴里，桑肖柠只能拼命挣扎，一脚踹在了碗柜上。

柜子里的东西噼里啪啦地掉了下来，发出了巨大的声响。

"别挣扎了……桑姐，是万俟子琅让我这么干的。"陈卿卿又朝桑肖柠的身上砍了一刀。

"你对我们这支队伍来说，真的是太累赘了，你乖乖死了，对谁来说都是好事……啊啊啊！"

桑肖柠徒手抓住了地上的碎瓷片，直接朝着她的脖子用力一插。

"那就让子琅自己来跟我说！"

她的肩膀上全是血，可手上的力气却半点都没有变小。

"她不会放弃我，我也从来没有怀疑她。你——你算什么东西！"

"过来——你给我过来！"陈卿卿捂着脖子，用力滑动着轮椅，然后面目狰狞地伸出了手，想要撕扯桑肖柠的头发——那碎片虽然插得很深，但没有伤到大动脉，不是致命伤。

眼看她就要抓住桑肖柠，轮椅却一歪，坐在轮椅上的陈卿卿忽然侧翻了——

慌乱之中，菜刀先落了地，陈卿卿猝不及防之下，一头撞了上去。

她捂着脖子，拼命想要坐起来："桑姐……桑姐救救我……"

桑肖柠："……"

桑肖柠剧烈喘息着，但她始终没有动。

车厢里只听到怨毒的求救声。

"桑姐，我要是死了，你就要背上一条人命了……薛糕还小啊，他怎么会愿意有一个杀人犯妈妈！救救我……救救我啊，桑姐……"

桑肖柠抬起了眼，然后在陈卿卿的注视下，坚定道："我不。"

陈卿卿的手落在了地上。

"善良不是没有底线的……你想杀了我，现在只不过是自食恶果而已，我绝对、绝对不会心软的。"

她别开了眼睛。

虽然已经下定了决心，可……亲眼看着一个人死去，到底还是于心不忍。

在陈卿卿挣扎的声音彻底消失之后，桑肖柠才喘息着站了起来，往陈卿卿的方向走了一步。

可没想到下一秒，趴在地上的陈卿卿忽然抬起了头，血淋淋的手猛地攥住了她的脚腕。

桑肖柠："……"

"桑姐……我解……"

因为失血过多，她的脸色变得灰败，可眼睛却像回光返照般亮得可怕。

陈卿卿只说了这四个字，头就咚的一声砸在了地上。

陈卿卿离开了。

密林里。

万俟子琅的手心有些出汗，旁边的陈清酒注意到了一丝不对，小心翼翼地叫道："子琅？"

"没事。"万俟子琅神色没有任何异常，"先离开这里。"

跑了一段路之后，万俟子琅忽然停了下来。

"把人放下来。"

"怎么了？是体力不够了吗？"陈清酒伸手想去接令狐玖，"那换我来，我也可以背着他走。"

"稍等一下，他已经有些不对劲了。"万俟子琅把令狐玖放了下来，伸出手，抬起了他的下巴。他吃痛地叫了一声，眼睑一片红肿，应该是刚才有湖水溅进眼里去了。

"得先处理一下，不然他的眼睛就废了。"万俟子琅蹲了下来，从空间里取出了一瓶药，"帮我按住他的手脚，我来给他上药。"

陈清酒："好。"

她拿出绳子开始捆令狐玖的手脚，但在她捆绑的过程中，万俟子琅的药就已经上完了，令狐玖的眼睛被蒙得严严实实。

陈清酒说："那现在是要松绑……"

她话还没有说完，万俟子琅忽然一抬手，一把抓住了她的头发，扯着她一同站了起来。

陈清酒尖叫一声，眼睛和小腹同时传来一阵剧痛。

万俟子琅的手指重重戳在她的眼睛上，膝盖也同时用力顶住了她的小腹，随后抓住她的手腕，用力一折。

这一套连招下来，别说陈清酒压根没有防备，就算有防备，也没有任何反抗的余地。

万俟子琅抬手毫不犹豫地想掰断她的脖子，霎时间，四周忽然伸出了无数条藤蔓，直接护住了陈清酒的头。

万俟子琅一击未中，立刻换了姿势，掐着陈清酒的脖子，将她摁在地上。陈清酒立刻发出了一声惨叫："放开……你不是子琅……子琅去哪里了——"

万俟子琅用膝盖压着陈清酒的两只手，扼住她脖子的力道也没有丝毫松懈，神情冷静得可怕。

陈清酒还想挣扎，可她很快发现，万俟子琅的格斗能力不是一般的强——即使藤蔓再拼命护主，也阻挡不了万俟子琅的动作。

万俟子琅的目的只有一个——

"子琅……子琅你在哪里！快跑！"陈清酒还在尖叫挣扎，眼睛却开始翻白，她也终于肯定了，自己身上的人就是万俟子琅。

万俟子琅并没有被附身。

"为什么……"

"为什么？"万俟子琅额头上青筋暴突，手上的力道仍旧没有减弱，"事到如今，你还要装下去吗？"

"菟丝子？！"

菟丝子——

陈清酒一直隐藏着的本命植物。

陈清酒咬紧了牙："我的本命植物确实是菟丝子！可只是碰巧品种跟血湖里的植物一样而已！不代表我们是一伙儿的！"

"我没有说你们是一伙儿的。但是陈卿卿呢？"

"我姐……你在说什么？子琅，你怎么可以这么误解我？"陈清酒仰面躺在地上，大颗大颗的眼泪滚了出来，"我甚至都不知道发生了什么！如果我真的想让你们死，在我姐姐建议我用菟丝子杀了桑姐的时候，我就已经动手了！"

万俟子琅目光一凛。

"燕归也听到了！你不相信的话可以去问他！"陈清酒见她神色变了，连忙又道，"子琅，你先冷静下来！我们之间可能有什么误会，我会解释清楚的！"

陈清酒感觉到万俟子琅抓着自己脖子的手松动了一点。

"你解释吧。"

陈清酒松了一口气："我可以发誓，陈卿卿绝对没有死……"

她一句话还没有说完，万俟子琅就以迅雷不及掩耳之势，嘎嘣一声扭断了她的脖子。

陈清酒临死前，还保持着松了一口气的表情。

万俟子琅喘息着站了起来，轻飘飘地看了一眼陈清酒的尸体。

万俟子琅："我让你解释，可是我没说我会听。"

乌龟："……"

万俟子琅："我探过呼吸了，她已经死透了。"

乌龟："……"

万俟子琅："我拿汽油和打火机当然是想把她烧成灰。"

乌龟："……"

万俟子琅："死了是死了，但是谁能保证她不会复活……"

她话音未落，忽然扑哧一声，陈清酒的肚子破开了。

一株巨大的菟丝子生长了出来，陈清酒的"头颅"赫然生长在顶上。她伸出手臂，一把掐住万俟子琅的脖子，将其死死地抵在了树上。

乌龟吧唧一声掉在了地面上，壳儿朝上。

乌龟："……"

万俟子琅的脸上感受到一阵轻微的痒意，她心知肚明，十有八九是被擦伤了，但她还能"吐槽"："你看，我就说要补刀吧。"

而她身后，陈清酒的声音幽幽地响起："你猜出来了？什么时候的事情？那你猜到陈卿卿现在是什么状态了吗？"

万俟子琅平静道："没有死，但是也没有活着，对吗？"

陈清酒愣了一下，随后掐着她的脖子，癫狂地笑了出来："你真是我见过最聪明、最让人有征服欲的女人……"

"是的，你猜对了……"陈清酒伸出手，缓慢地抚摸着万俟子琅的脸，"陈卿卿既不是死人，也不是活人。她身体里有我的菟丝子，一直以来，都是我在操控着她……"

一个性格有缺陷的人，怎么才能让身边的人对其放松警惕？

答案很简单。

——只要这个人身边存在另外一个惹人厌恶的人，其他人对她的警惕和厌恶感就会大大降低。

万俟子琅："……"

果然是这样，之前就感觉她们之间隐隐约约存在的违和感——来源于"太巧了"。

陈家姐妹，姐姐怨天尤人、蛮不讲理，妹妹心地善良、懦弱友好。

她们的每一次冲突、每一次矛盾，都展现在其他人面前。一次接着一次，陈卿卿也好，陈清酒也罢，两个人的形象与性格都因为这些冲突显得更加鲜明。

鲜明得简直像是一出戏。

一出由一个人出演的双簧戏。

万俟子琅本来就心存疑虑，而这种疑虑在看见陈清酒的本命植物之后，所有疑虑的点就被连成了一根线，直到现在才被证实。

陈卿卿，很有可能是一个没有自我或者死去多时的人。

还有上一次在车库里，"陈卿卿"逼着"陈清酒"吃的东西……是不是就是鸟蛋的能量？

"陈卿卿一直都清醒着，她在她的身体内，看着我操控她说话、做事……有她在，不管我做什么，都是'无辜''温柔'，刷好感度可真是太容易了。"

陈清酒咬住了万俟子琅脸上的那一块肉。

"这么长时间以来，你还是第一个猜到真相的。问你一个问题，你想不想跟我继续合作下去呢？我要比你现在的废物同伴好太多了。"

万俟子琅："你馋我的身子？"

陈清酒："……"

陈清酒看着万俟子琅冷静到没有丝毫表情的脸，忽然粲然一笑："对，我就是馋你的身子。"

她伸出手，指尖从万俟子琅的衣摆下面钻了进去，少女的肌肉紧实，线条流畅，肌肤泛着凉意，每一寸都生机勃勃。

而最令人兴奋的，是她的表情。

就算是被控制了，就算是被反压了，依旧没有丝毫波澜……

桑肖柠那种懦弱没用的女人，怎么配成为她的同伴？

令狐玖满脸迷茫："你们在干什么？我还躺在地上呢！"

万俟子琅没有说话。

而看她一直沉默，陈清酒也不再废话："算了，你不愿意跟我合作也没有关系，至少你的身体，现在归我了——"

万俟子琅："你的手再乱摸的话，我的'姘头'会打你的。"

"你的'姘头'？"陈清酒失笑道，"那只乌龟吗？我现在回头，它还能变成人打在我脸上吗……"

砰！

陈清酒两眼一翻，直接晕了过去。

而她身后，是披散着长发、赤身裸体的少年。

他左右转头缓缓看了几眼，没有找到任何可以遮挡住自己的东西，然后抬起头，略带谴责地看向了万俟子琅："……"

万俟子琅完全不在意他的谴责："姘头，爱你，啵。"她一边随口糊弄，一边飞快地蹲下身。

令狐玖："到底发生了什么！让我看看！让我看看啊！"

万俟子琅没搭理他，而是直接拧断了陈清酒的第二个脖子，随后果断地浇上了汽油，立刻放火将其点燃。

可不知道为什么，她心里依旧有种不好的预感。

万俟子琅抬手按了一下联络器，发现这边的信号很差，完全没有办法跟外面的人取得联络，于是皱眉抄起了地上的火把，快速嘱咐了一句。

"龟龟你在这里看着，确定它完全被烧成灰之后再离开——还有，这支火把给你，血湖中的菟丝子能烧掉吗？"

少年："……"

他缓缓地摇了摇头。

万俟子琅："好的，我就知道你可以！烧完再来找我。"

"……"

万俟子琅已经跑出十几米了，还不忘回头道："陈清酒的复活次数……希望不要太多吧！该死，森林里没有信号。"

她咬紧了牙，快速往外冲去。

桑肖柠看着已经没了呼吸的陈卿卿，有些难受地捂住了嘴。

"肖柠，出什么事了？"宋分题一推开车厢门，就被眼前的场景惊了一下。

陈卿卿已经没了呼吸。

宋分题很快就明白了这里发生了什么，他蹲下来想要先将桑肖柠搀扶出去，安慰道："她想对你动手，被反杀也是活该……"

桑肖柠受的伤也不少，此刻她身上没什么力气，一时间使不上劲儿，只轻声道："她临死前，还说了一句话，'桑姐，我解……'不知道是不是说她解脱了。"

两个人的手握在了一起，宋分题刚想说话，眼角余光却察觉到，桑肖柠身后的陈卿卿尸体上，似乎有什么东西鼓动了一下。

人的思考速度其实要远快于身体行动的速度。

这一瞬间，宋分题的脑海里闪过了无数的想法。他伸出了手，却只能眼睁睁地看着陈卿卿尸体内发出了扑哧一声，一个东西快速顶开了那层皮肤，像是刚刚降生的婴儿一样，拼命汲取着养分，然后迅速生根，发芽，长出了一个奇怪的头颅。

而直到这时，他的声音才终于传了出去："肖柠，让开！"

但已经晚了。

桑肖柠正有些茫然地对着他，就在她听到宋分题说话的同时，她的身体就像绽开了一朵巨大的红花。

伴随而来的是陈清酒癫狂的声音。

"记住了！记住了——"

陈清酒的脸还是那张脸，可身体却骤然变成了菟丝子，她用菟丝子的根部径直跳下了车，向远处逃窜，声音含着无限恶意。

"是万俟子琅害死你的！

"如果她不是那么聪明，说不定你还能再活一段时间！"

宋分题："肖柠！"

宋分题紧紧抱住了桑肖柠，干净的衣服瞬间被热血染透。

他是法医出身，立刻察觉到桑肖柠的心脏已经被贯穿，不断流淌的鲜血正带走她的生机。

已经是没有办法医治的状态了。

而闻声而来的宋命题恰好与陈清酒擦肩而过。

他看到那株顶着头颅的菟丝子时还一脸茫然，可很快就看清了车厢内的惨状。少年嘴里咬着的棒棒糖微微一动，紧接着忽然回头，然后一头撞在旁边的石头上。

随着一声巨响，他很快就没了气息。

宋分题的手还在抖，他没有去看宋命题，只是用力地握紧了桑肖柠的手。而她嘴里全都是血沫，连一句完整的话都说不出来："别让薛糕……"

"我知道、我知道……"宋分题声音沙哑，"我不会让它看见的，你不要闭眼，不要睡，再坚持一下……等子琅回来，说不定她会有办法……"

桑肖柠的瞳孔已经开始涣散了。

宋分题心里其实很清楚，救不回来了。

他身后传来了脚步声。

万俟子琅的额头上全部是汗，她的手下意识地撑在车厢上，她大口喘息着，沉默地看着车厢里的场景。

宋分题眼睛亮了一点："空间里的水……"

万俟子琅："只有简单的治愈功能，这么严重的伤，救不了。"

她没有闭眼，没有逃避，语气甚至依然保持着冷静，只几步就走到他们身边，然后半跪在桑肖柠的身边。

桑肖柠的胸口还有微弱的起伏，伴随着的是她喉咙间发出的喘息，似乎是痛苦，又像是不舍。

万俟子琅："……"

万俟子琅一句话都没有说，直接抽出了锋利的匕首。

宋分题浑身发冷，一把抓住了她的手腕。

"你想干什么？"

万俟子琅："杀了她。"

她脸上的表情冷静得可怕。

"已经救不回来了，你要看着她继续痛苦下去吗？"

宋分题愕然道："你疯了吗——"

"没有。"万俟子琅掰开了他的手。单比力气，三个宋分题都掰不过她。

"我会把她的身体放在空间里，然后尽快将车厢收拾干净，她不会想让'下来吧'看见她这个样子的。"

宋分题："再等等！说不定还有其他……"

他的话说不下去了。

因为万俟子琅的注意力已经不在他这边了。

在那一片流动的血泊里，万俟子琅抬起手，轻轻拨开了桑肖柠额前的短发，温柔道："乖，我送你最后一程。"

万俟子琅倒转了手中匕首，缓缓地对准了桑肖柠的后颈——但下一刻，她忽然被什么东西一头撞在了手臂上。

一个小小的身影扑了过来，全身的毛都乍了，第一次龇牙咧嘴地冲她哈着气。

他挡在桑肖柠面前，全身都在抖。

万俟子琅沉默了一瞬，将匕首收了起来。而在得到她退让的信号之后，小团子也终于转过了身，号啕大哭着扑在桑肖柠身上。

"妈妈……

"妈妈……呜呜呜！"

他用柔软的手拼命握住了桑肖柠的一根手指，哭得连一句完整的话都说不出来，只重复着那几个拼不起来的词。

"妈妈起来，起来……"

他记得妈妈说过的话，他要做一个勇敢的男子汉，他想憋住眼泪说"妈妈，你看我是不是很棒"，可眼泪不听他的，一颗颗地往下滚，接二连三地砸在他的衣襟和心口上。

终于，他听见了自己的哭声，他不再忍耐，撕心裂肺地哭了出来，他用力地摇着她，说："妈妈，你起来呀……"

宋分题沉默地看了他们一眼："出去吧。"

万俟子琅："好。"

她跳下了车厢，后背靠着冰凉的笼子，脸上没有什么表情。

宋分题站在她身边，两个人肩并肩，目光落在地面上："刚才还答应肖柠不会让他看，没想到这么快就食言了，但至少这样不用让你动手了。"

万俟子琅："没关系，反正也……不是第一次了。"

许久之后，宋分题才轻声道："可她不会愿意让你背负这些事情的。"

就在此时，卡车车厢上忽然传来了咚的一声。

紧接着响起的，是一道用清亮声音唱出来的诡异童谣。

"谁杀了知更鸟？是我，麻雀说，我杀了知更鸟，用我的弓和箭。谁看到它死？是我，苍蝇说，用我的小眼睛，我看到它死……"

万俟子琅瞬间抬起了头。

车顶上，小少年蜷着一条腿坐在那里，另外一条腿垂落了下来，他脸上带着笑意，唇边那颗小虎牙若隐若现。

他唱完了最后一句，然后笑着喊她："姐姐。"

万俟子琅："……"

万俟子琅忽然后退一步，然后快步一冲，直接翻到了车厢上。

燕归歪着头看她："姐姐，你来求我了吗？"

"但很可惜。"他脸上笑意扩大，语气也漫不经心，"我救不了……"

他的话没有说完。

清冷的月光下，万俟子琅单膝跪在了他身侧，然后单手扣住了他的后颈，不容置喙地用了一下力。那一瞬间有碎发从她耳侧滑落，她撑在身边的五指轻微用力，手背上有略微隆起的青筋。

她的吻一触即离。

不带情欲，不掺恳求，只是一个平淡的吻。

几秒后，她松开了他，声音沙哑地问："能救她吗？"

燕归："能。"

他呆呆地伸出手，摸了摸自己的侧脸，下意识地想舔一下，却拼命地忍了下来。却还是没有忍住，他贪婪地、难以置信地摸着那一片湿润，恨不得将刚刚她嘴唇接触过的地方，活生生剜下来。

是真的吗……是真的吗？姐姐亲他了，主动亲他了……却是为了桑肖柠……

为了桑肖柠又怎么样？那还不是亲他了！

他胡乱地擦了擦脸，从车顶上跳了下去，一进车厢，神情就带上了一点难过。

"桑姐姐……"

桑薛糕："哈——"

燕归的心情大好，压根没有心情演全套，见万俟子琅还没跟上来，就直接随手将桑薛糕推开了。然后用指甲轻轻一割，手腕上瞬间血流如注，他却浑然不在意，将那些血全部滴在桑肖柠的嘴唇上，看着她吞咽下去。

"这种伤，正常人早就没救了，我的血没有救治功能。"

宋分题站在车厢外："但是能让她跟你一样拥有吞噬能力？"

燕归："我这不是吞噬异能……算了，确实可以让她短暂地拥有吞噬异能。"

万俟子琅："短暂？"

"没错，姐姐，短暂。"燕归甩了一下手腕上的血，"以桑姐姐的身体代谢速度来看，二十分钟后，她拥有的吞噬异能就会消失。"

宋分题："再过五分钟呢？"

燕归语气轻松："死掉。"

察觉宋分题和万俟子琅的神色瞬间变了后，燕归才笑眯眯地补上下一句话："但也可以不死，那就是必须在这二十分钟之内，找到有足够能量的东西，将她的'缺口'填补起来。我的血，可以让她跟填充物完美融合。"

宋分题："鸟蛋已经被全部吃掉了……"

燕归笑了一声，声音里略微带着一点恶意："这个东西，也包括人。"

宋分题忽然抬起了头。

万俟子琅："先去找陈清酒——"

"不用了。"

宋分题顿了顿，表情有些难以置信。

"宋命题大概……已经跟上去了。"

幽暗的树林里，陈清酒一屁股坐在一棵老树下。她呼吸急促，看了一眼自己的身体，那诡异的茎上此刻已经长出了血肉。

"差点被弄死……不过也不算全盘皆输。"

她舔着手指上的血，咯咯地笑了出来。

"真想看看她脸上痛苦的表情啊，可惜没这个机会了，不过希望下一次，不要再遇到这么聪明的人了。"

"不然按照原计划，应该是'陈卿卿'想要杀人，结果被反杀，'陈清酒'痛不欲生，却选择原谅……"

她呼出了一口气，还有些依依不舍，就在此时，一片寂静的树林里，忽然响起了另一道声音。

"不会有下一次了。"

陈清酒一个激灵，警惕地看着周围："谁？"

那声音道："我是你的良心。"

那道声音第一次响起时太过突然，第二次再响起时，陈清酒已经听出来了是谁，疑惑道："宋命题？"

她锁定了声音的来源，毫不犹豫地脱下了上衣，看向了自己的左胸——不知道什么时候，那上面长出了一个小小的瘤子，就在她心脏旁边。

陈清酒额头上的冷汗瞬间冒了出来。

"你别乱来……"

她不说这话还好，一说这话，宋命题顿时开启了恶魔低语，怪声怪气地笑了出来："几个菜啊，喝成这个样子？怎么能让一个男人面对着衣衫半解的女人——别乱来？"

陈清酒额头上全部是汗，左手试图避开宋命题的视线，慢慢往自己的心脏处移动："求求你了，真的别乱来，我们有话好好说……"

宋命题邪恶地说道："喊得再大声一点。"

陈清酒："求求你，别乱来。"

她忽然尖叫了起来。

宋命题直接捏爆了她的心脏，并表示："喊得再大声也没有用！"

陈清酒捂着胸口，惨叫了一声，渐渐没了声息。

宋命题："……"

宋命题低头看了看自己稚嫩的小手，忽然意识到一个严肃的问题——陈清酒死了，他好像就没有办法回去了……

这时候，一桶汽油被劈头浇了下来。宋命题迷茫地仰起头，看向了陈清酒尸体旁面无表情的少年。

他神情淡漠，左手汽油桶，右手打火机。

乌龟："……"

令狐玖一把搂住了他的腰："够了！"

他撕心裂肺地说："你超棒的！你已经把血湖中间的菟丝子烧掉了！不需要再烧了！这是个人啊！"

乌龟："……"

少年默默地将汽油浇在了树底下。

令狐玖精神几近崩溃："够了！树也不能烧！再烧树林就没了！"

他拼尽全力才终于将人拦了下来，然后蹲下来搓了把脸，还没等他喘口气，就跟陈清酒身上的宋命题对视上了。

"哟！你好啊！"宋命题跟他打了个招呼，"说出来你可能不信，我是陈清酒的良心，我死了。"

令狐玖："……"

就在此时，陈清酒身上的联络器忽然吱吱地响了起来。

令狐玖不清楚前不久发生了什么,顺手一接："喂？你好……"

宋分题："宋命题……不对，你是那个叫令狐玖的植物异能者？你在陈清酒身边吗？如果她没死你就把她弄死！死了的话马上带着她的尸体回来！"

令狐玖认识这个声音，是救援人员那边找来的救援者之一，虽然不知道怎么了，但他没敢犹豫，一把扛起了陈清酒的尸体，又一把拎起了汽油桶，蹿出去又蹿回来，再一把扛起了赤身裸体的少年……然后才朝着来路狂奔而去。

他用了吃奶的力气，终于赶回了营地。而他刚露头，就马上有人冲了过来带走了陈清酒的身体，全然没管他肩膀上赤身裸体的少年……

那人径直上了一辆卡车，卡车旁汇聚了很多人，个个神情严肃。

令狐玖好奇地凑了过去，往车厢里面看了一眼："出什么事情了……哇，好多血！"

他嘟囔道："人还没死就叫医生啊！让个小屁孩在里面，祸害人吗？"

他话音未落，就眼睁睁地看着那个小屁孩面不改色地伸手，直接插进了陈清酒的肚子里。

没过多久，他就将完整的菟丝子取了出来。

令狐玖："行吧……"

万俟子琅安静地坐在一边。

天色已经黑了，隐约有树叶被风吹动的声音传来。救援人员知道他们这边的情况后，派了不少医务人员过来，现在他们全部聚集在车下，偶尔会轻声交谈几句。

但那声音在她耳中与风声无异。

她安静地看着燕归将那株菟丝子放在桑肖柠的身上。

那植株很是脆弱，茎也是细细的一条，看上去似乎并不是什么生命力很强的生物。但就是这么一株看上去有些柔弱的生物，在放下的一瞬间，立刻开始扎根，疯狂生长。

它浸泡在血液之中，很快与血肉融合，车厢里渐渐弥漫出一股奇怪的味道。有人用力嗅了嗅，悄声问这是什么味道，也有人垂下眼帘，几乎立刻意识到了——

这是植物生长的清新气息。

而在无边黑暗中，伴随着它诞生的——是生的希望。

图书在版编目（CIP）数据

　　黎明之上. 2 / 仄黎著. -- 广州：广东旅游出版社，
2025. 2. -- ISBN 978-7-5570-3465-8

　　Ⅰ. I247.5

　　中国国家版本馆 CIP 数据核字第 2024435RY9 号

黎明之上 . 2

LIMING ZHISHANG . 2

出 版 人：刘志松
总 策 划：曾英姿
责任编辑：梅哲坤
责任校对：李瑞苑
责任技编：冼志良

广东旅游出版社出版发行
地址：广州市荔湾区沙面北街 71 号首、二层
邮编：510130
电话：020-87347732（总编室）　020-87348887（销售热线）
投稿邮箱：2026542779@qq.com
印刷：湖南天闻新华印务有限公司
　（湖南望城湖南出版科技园　电话：0731-88387578）
开本：880 毫米 ×1230 毫米　　1/32
字数：230 千字
印张：9.5
版次：2025 年 2 月第 1 版
印次：2025 年 2 月第 1 次印刷
定价：48.60 元